PAU-DE-ARARA
Classe Turística

Regina Rheda

Pau-de-arara
Classe Turística

EDITORA RECORD
RIO DE JANEIRO • SÃO PAULO

CIP-Brasil. Catalogação-na-fonte
Sindicato Nacional dos Editores de Livros, RJ.

R36p   Rheda, Regina, 1957-
      Pau-de-arara classe turística / Regina Rheda. —
      Rio de Janeiro : Record, 1996.
      224 p.

      ISBN 85-01-04599-3

      1. Ficção brasileira. I. Título.

96-0893
      CDD — 869.93
      CDU — 869.0(81)-3

Copyright © 1996 by Regina Rheda
Capa: Manifesto / Guto Lins

Todos os direitos reservados.
Proibida a reprodução, armazenamento ou transmissão de partes deste livro, através de quaisquer meios, sem prévia autorização por escrito.

EDITORA AFILIADA

Direitos exclusivos desta edição adquiridos pela
DISTRIBUIDORA RECORD DE SERVIÇOS DE IMPRENSA S.A.
Rua Argentina 171 — 20921-380 Rio de Janeiro, RJ — Tel.: 585-2000

Impresso no Brasil

ISBN 85-01-04599-3

PEDIDOS PELO REEMBOLSO POSTAL
Caixa Postal 23.052 — Rio de Janeiro, RJ — 20922-970

Primeira Parte

Brasil

Nas décadas finais do século XX, o Brasil viveu um fenômeno inédito em seus quinhentos anos de história. Um grande número de jovens brasileiros de classe média decidiu trocar o diploma pelo esfregão, a roupa de grife pelo avental, o volante pela pia, a prosperidade pela gorjeta e o Brasil pelo Primeiro Mundo. Nossa pátria, mãe ausente, submissa e ignorante, dilapidada por uma sucessão invencível de governantes parasitas, deserdou mais de uma geração de universitários e profissionais liberais que, vazios de identidade, contrabandearam os seus sonhos para as áreas subalternas da Europa, do Japão, do Canadá e dos Estados Unidos. Jovens que jamais se empregariam como lavadores de pratos em seu país foram fazê-lo no exterior, onde a remuneração pelo serviço suplantava os salários que os professores brasileiros recebiam na sua própria terra. Atrizes recém-formadas, sem perspectiva profissional no Brasil, empregaram-se como dançarinas em cabarés de Nova York; professoras tornaram-se garçonetes em Paris; psicólogas, faxineiras em Londres; sociólogas, manicures em Milão. Netos de imigrantes japoneses que davam aulas de física e de matemática viraram operários no Japão.

A informação de que descendentes de estrangeiros tinham direito ao passaporte do país dos ancestrais espalhou-se entre a juventude com a velocidade de um mexerico. Tornar-se um cidadão da Comunidade Européia significava, ao brasileiro que se sentia inferiorizado pelo destino, obter uma elevação de *status* social e um bom emprego na Europa. Essa ilusão impeliu filhos, netos e bisnetos de imigrantes à formação de extensas filas nos consulados estrangeiros. De todas elas, nenhuma foi tão comprida nem tão madrugadora quanto a que se espichou às portas do Consulado Italiano, na avenida Higienópolis, em São Paulo. Ali, Magaldis, Milanis, Romittis, etc. eram despistados por informações difusas e contraditórias de funcionários estabanados que os faziam voltar inúmeras vezes, na intenção deliberada ou na esperança inconsciente de fazê-los desistir do Primeiro Mundo pelo cansaço.

Em seu esforço instintivo de reação à depressão nacional, a debandada juvenil tinha um caráter individualista, ingênuo e descuidado. A morte de um clandestino brasileiro encontrado congelado no compartimento do trem de pouso de um Boeing, no aeroporto de Roma, logo que o avião chegou do Rio, em 1993, pintou um dos quadros mais feios desse êxodo.

Rita Setemiglia amadureceu a decisão de tirar o passaporte italiano e morar na Europa enquanto esperava a vez na fila para dar entrada ao seguro-desemprego. Viva e miúda, de ar inocente, parecia mais nova do que a mulher de trinta que era. O nariz arrebitado erguia-lhe o rosto num sorriso permanente. O queixo delicado, os gestos suaves e os enormes peitos atestavam a mãe afetuosa que poderia ser se um príncipe lhe semeasse seus encantos.

O fato de que fosse uma artista talentosa, formada pela USP, de carreira promissora, ganhadora de prêmios, elogiada pelos críticos e, apesar de tudo, cismasse de abandonar o país para ser babá em Londres, devia-se menos a um lapso de inteligência (de resto amplamente comprovada) do que a uma ressaca emocional causada por um coquetel venenoso de fantasia e depressão. Rita já tinha sufocado a ambição de ser cineasta um ano antes, quando, para atender à necessidade de sobrevivência, conseguira, na prefeitura, uma boquinha como auxiliar de pesquisa fotográfica para o Patrimônio Iconográfico Municipal. Vieram as eleições, o novo prefeito assumiu, extinguiu o Departamento de Pesquisa Fotográfica, criou em seu lugar o Setor de Levantamento Fotográfico, trocou a equipe de apadrinhados do ex-prefeito por indicados do novo partido e demitiu Rita Setemiglia.

Quando Rita chegou ao Departamento Regional do Trabalho, às seis horas da manhã, para dar entrada ao seguro-desemprego, uma neblina compacta escondia a fila que já se estendia por todo o quarteirão e dobrava a esquina. O DRT só abria para o público às nove horas, mas os desempregados chegavam bem antes para serem atendidos em tempo e não precisar voltar no dia seguinte. Rita ficou atrás de uma mocinha magra e alta, muito morena, que atirava comentários velozes para os lados na tentativa de agarrar conversa com alguém.

— Tem gente aqui desde as quatro da manhã — a mocinha rodava as íris sem destino. — Gente que deve ter saído de casa às duas horas!

Ninguém disse sim nem não e a mocinha insistiu:

— Nem morta que eu levantava às duas da madrugada para me abalar para cá. Mandava esse seguro-desemprego à merda.

Um crioulo de faces escavadas, olhos de boi e bafo de cachaça pediu licença e colocou-se atrás de Rita.

— Uma merrequinha dividida em parcelas — a esbelta tagarela virava o pescoço para trás e para a frente. — Esse é o nosso seguro-desemprego. Não paga a aporrinhação de ficar na fila.

— Mas já dá para o birinaite! — o bafo do crioulo embriagou a neblina, que se liquefez em salpicos de saliva.

A morena exagerou uma risadinha para amarrar o interlocutor.

Rita afastou-se um pouco para poupar o rosto aos golpes etílicos. Enquanto o crioulo conversava com a moreninha, a fila aumentava, a neblina sumia, surgia o sol, todo mundo tirava os agasalhos, algumas pessoas sentavam na calçada, um vendedor de pipocas aparecia, o chão nublava-se de saquinhos amassados, trios e quartetos batiam papo, um vendedor de quebra-queixo se estabelecia, uma criança oferecia lixas de unha, um mascate conseguia vender duas banquetas dobráveis de lona.

À nove horas o DRT permanecia fechado.

— E tudo para ganhar uma miserinha! — dizia a morena.

— Na Alemanha, o sujeito trabalha dois anos, fica mais dois anos sem trabalhar ganhando quase a mesma coisa, e depois o governo ainda arruma outro emprego para ele.

— É, mas é alemão, né? É um povo civilizado! — respondeu o crioulo, com o hálito mais ameno. — É o povo que inventou o chope e a cerveja!

Nove e meia. A fila encaroçava. Senhores bufavam. As senhoras da frente calculavam o atraso na preparação do almoço. O crioulo pediu à morena que guardasse seu lugar enquanto ele dava um pulinho no botequim.

Às dez horas, uma funcionária gordota, de pixaim despenteado e pálpebras preguiçosas, chegou na frente do DRT. A fila produziu um burburinho uniforme, parecido com uma vaia, do qual se libertou uma ou outra palavra clara de protesto. Em vez de abrir o estabelecimento, porém, a gordota subiu num degrau que antecedia a porta e ordenou que se desfizesse a fila. Alguns homens fungaram. Uma ou outra mulher se apavorou. A ordem percorreu a fila do começo ao fim, como numa brincadeira de telefone sem fio. Todos perguntaram o que estava acontecendo, mas a gordota, de medo ou de pura antipatia, parada como uma estátua sobre o degrau, sustentou o mistério. Em poucos minutos, uma assembléia de desempregados se apertou na calçada de cimento esburacado. A moreninha esguia, muito calada, enfiou-se entre eles até conseguir colar-se à funcionária.

— Olha, gente — a voz da gordota tremulou sobre as cabeças, agitando-as. — Hoje nós não vamos poder atender ninguém.

Um rugido revolveu a multidão. A gordota endureceu a voz e concluiu:

— Estamos em greve por tempo indeterminado porque faz quatro meses que não recebemos os nossos salários. Contamos com a compreensão de vocês, que também sabem como é difícil ficar sem dinheiro, já que estão desempregados.

Seguiu-se um bate-boca que Rita abandonou imediatamente para enfrentar outra fila, desta vez às portas do Consulado Italiano, onde, ao fim de uma hora e meia de espera, pegou uma senha para voltar na manhã da segunda-feira seguinte.

De acordo com uma lista de documentos necessários à obtenção da cidadania italiana, entregue às pressas por um funcionário carcamano com dedos de nhoque, a prova de que sangue italiano alimentava o corpo de Rita seria dada a partir dos documentos de seu bisavô paterno. Do obscuro calabrês, entretanto, não ficara registro no Brasil, nem mesmo nos cartórios do Bexiga, bairro onde Giovanni Settemiglia se estabelecera, ainda moleque. Fiapos de lembranças que Rita conseguiu reunir por telefone, de parentes distantes e dispersos pelo estado de São Paulo, teceram um primo octogenário de segundo ou terceiro grau que vivia numa longínqua cidadezinha da Calábria, chamado Domenico Settemiglia, e que poderia, caso tivesse saúde e relações, fornecer as certidões de Giovanni. Rita mandou-lhe uma carta em italiano, escrita com a ajuda de uma professora que contratara para ensinar-lhe a língua rapidamente. A resposta chegou sem demora, besuntada de um afeto inesperado, encharcada de palavras de saudade e de boas-vindas à futura imigrante. Numa profusão de erros ortográficos, que feriam a língua de Dante com garranchos ferozes, Domenico Settemiglia explicava o seu parentesco com a brasileira: o pai dele era irmão do bisavô dela, então ele era primo do avô dela, do pai dela e, portanto, dela própria. Informava que os documentos de Giovanni estavam numa cidade vizinha e que iria obtê-los pessoalmente, fazendo questão de assumir todas as despesas com transporte e cartório. Garantia ter muitos parentes e amigos na Itália que logo ofereceriam um bom emprego para a sua *cugina*. Pedia notícias de todos os tios de Rita e de suas esposas, cujos nomes sabia, e sobre quem demonstrava surpreendente conhecimento. Pedia ainda uma fotografia dos parentes reunidos e uma outra em que Rita aparecesse sozinha. Ao despedir-se, mandava muitos abraços e beijos dele, da esposa Antonella e do cachorrinho Lulluccio.

Rita lambuzou uma resposta de carinho e gratidão. Não lhe custava adular, a distância, o velhinho de quem dependia a sua mudança para a Europa. Avisou que já estava providenciando as fotos dos parentes reunidos, conforme ele pedira, e enfiou no envelope um velho retrato 3x4 seu, arrancado de uma carteirinha vencida de piscina.

Rita sentou na poltrona forrada de plástico verde-garrafa para esperar o Dr. Feitosa. O pequeno escritório, abafado e mofento, se espremia entre montanhas de papéis que uma estagiária tentava desbastar à luz indecisa de uma lâmpada fluorescente aos cacos. Em cima da mesa, quatro colunas de pastas recheadas de processos desabavam sobre um microcomputador e um telefone. A cada chamada deste, a estagiária abandonava sua papelada com evidente contrariedade e se atirava contra a poeira suspensa no ar para

Bodas de Ouro Matrimoniais

de

Florinda

e

Miguel

09-12-40   09-12-90

EDITORIAL MISSÕES
CUCUJÃES (PORTUGAL)

B 41

Viver no amor,
é fazer juntos
o caminho.

agarrar o fone e responder, às pressas: "Dr. Feitosa está no fórum, favor ligar mais tarde."

Dr. Feitosa, esbaforido com o atraso de quarenta e cinco minutos, invadiu o escritório arrancando o paletó e afrouxando o nó da gravata com a mão esquerda, e apertando a de Rita com a direita.

— Como vai, dona Rita? Está me esperando faz tempo? Aceita um café? A enxaqueca do seu pai melhorou?

O advogado tinha o hábito de fazer todas as perguntas de uma vez só e em seguida se calar para observar o desfiar atabalhoado das respostas. Rita mal teve tempo para abrir a boca até o telefone tocar e ser imediatamente atendido.

— Alô? Dona Wanda? Já voltou do litoral? Pegou trânsito na estrada? Conversou com seu marido? Recebeu o meu recado?

Dr. Feitosa fora recomendado pelo pai de Rita, que o tinha em ótima conta desde que ele lhe ganhara uma causa para desembaraçar a escritura de um terreno no Vale do Paraíba, mediante honorários bastante modestos. Devia ser mesmo um ótimo profissional, do contrário não teria todas aquelas pilhas de processos sob sua responsabilidade.

A estagiária serviu-lhes café de uma garrafa térmica e voltou, aos suspiros, para suas montanhas de papéis. O advogado sorveu o líquido morno em silêncio, enquanto a cliente desenrolava suas respostas do outro lado da linha. Rita se remexeu na poltrona, impaciente. Para fazer alguma coisa, olhou, uma por uma, as certidões que trazia dentro de um envelope.

— Está quite com a receita? Despachou os documentos? Emitiu aquele fax? Pode ligar amanhã? — O Dr. Feitosa degustou o desfiar das respostas, desligou o telefone e, retirando um cigarro torto do maço amarrotado, perguntou para Rita:

— A senhora fuma? Sarou ou não sarou a enxaqueca do seu Setemiglia? Quer outro cafezinho? Em que posso ajudá-la?

Rita se remexeu novamente na poltrona para ordenar a seqüência das respostas conforme a das perguntas. Precisava se mostrar lúcida e firme para neutralizar o ar de mulher inocente que sempre afrouxava os escrúpulos dos profissionais com quem tratava. Aceitou o socorro de um cigarro aceso numa resposta afirmativa à primeira pergunta, embora não fumasse.

— A enxaqueca do meu pai passou com a idade — foi a segunda resposta. — E por falar nisso, eu só posso tomar um cafezinho por dia, senão tenho dor de cabeça. Não posso brincar com a minha saúde, principalmente agora que pretendo mudar para a Europa.

Dr. Feitosa lhe examinava cada gesto com pupilas cirúrgicas, enquanto a fumaça de seu cigarro procurava caminho entre os grãos de pó suspensos no ar. Rita fumava sem tragar. Os joelhos dela se colaram por instinto.

— Para morar na Europa eu preciso obter a minha cidadania e o meu passaporte italianos — ela continuou. — Todas as certidões dos meus ascendentes paternos estão aqui, inclusive as do meu bisavô, enviadas por um primo distante da Calábria.

O conteúdo do envelope que Rita trouxera foi colocado sobre o pequeno território desocupado da mesa.

— Como o senhor pode ver, o sobrenome do meu bisavô é *Settemiglia* com dois *t*. Mas olhe aqui: a partir do meu avô, sabe-se lá por que cargas-d'água, foi tirado um *t* do sobrenome... O *Setemiglia* do meu avô, o do meu pai e o meu não batem com o *Settemiglia* do meu bisavô. Por isso o Consulado Italiano me recusou a cidadania e o passaporte.

— Você quer que eu corrija o sobrenome do...?

Rita interrompeu a nova leva de perguntas com uma conclusão:

— Quando o senhor tiver incluído no *Setemiglia* o *t* que está faltando, eu já estarei na Europa com um visto provisório de turista. O resto eu posso fazer de lá mesmo.
— Você não vai esperar que...?
— Vou embarcar daqui a três semanas para Londres — a voz macia cortou. — Aproveitei a baixa estação turística para comprar uma passagem quarenta por cento mais barata. Em Londres é fácil arrumar trabalho e eu sei inglês muito bem.
Uma sombra (ou teria sido um lampejo?) pareceu disparar sobre os olhos do Dr. Feitosa. Rita lhe atirou uma gentileza:
— O meu pai disse que eu posso deixar o caso nas mãos do senhor e viajar tranqüila.
— Quanto você pode me adiantar? — foi a resposta do advogado.

— *Chi va a Roma per la prima volta non puó dimenticare di vedere la Fontana di Trevi.* (Quem vai a Roma pela primeira vez não pode esquecer de ver a Fonte di Trevi.)
Rita se esforçava para se adaptar à nacionalidade que estava prestes a obter. Orgulhava-se ao constatar que seus traços vênetos, herdados da falecida mãe, harmonizavam com os trechos da lição de italiano praticada na frente do espelho num prazer quase gustativo.
— *Mi piace moltissimo parlare italiano!* (Gosto muitíssimo de falar italiano!) — ela interpretava de diferentes modos, examinando-se sob vários ângulos e encontrando semelhanças com Rita Pavone aqui, com Claudia Cardinalle ali, com Sophia Loren acolá. Não fossem as imperfeições do sotaque e do talhe das roupas, jamais seria detectada como uma estrangeira na Itália, e muito menos como uma brasileira. Poderia passar por francesa, espanhola, portuguesa (ou mesmo irlandesa), dada a sua compleição física. Pois se era uma européia! Sentia-se superior aos seus amigos, presos a seus destinos

caboclos, fadados à desimportância, inapelavelmente enraizados na impotência periférica do Brasil.

— *Il mio nome è Pino Rossi e questa è mia moglie. Scusi, è libera quella sedia?* (O meu nome é Pino Rossi e esta é minha mulher. Desculpe, aquela cadeira está livre?)

Era sua última noite na quitinete alugada da rua Avanhandava, onde passara quatro anos solitários arruinando os tímpanos. Morava no segundo andar de um pequeno prédio que ficava em cima dos restaurantes italianos mais freqüentados da cidade, a cujas portas formavam-se filas intermináveis de carros buzinando e de gente berrando. Na frente dos restaurantes, do outro lado da rua, havia uma churrascaria com um ambiente interno e outro externo, sempre apinhados de fregueses. Ao lado da churrascaria, um ponto de táxi e um botequim; em cima deste, uma boate e um piano-bar. Nessa rua estreita, que servia de atalho para a avenida Nove de Julho, o trânsito mais entupia do que escoava. Os motoristas disparavam as buzinas, irritando os moradores, que lhes torpedeavam os automóveis com garrafas, palavrões, frutas e penicos. Entre quatro e seis horas da manhã, quando o barulho sumia para dar vez ao gorjeio de algum passarinho de gaiola, não era raro ouvir-se um tiroteio entre traficantes de cocaína, seguido das sirenes da polícia e da ambulância.

Ao barulho que invadia o apartamento de Rita sobrepôs-se o zumbido azedo da campainha. Eram os amigos. Tinham insistido em organizar um pequeno bota-fora, ainda que a emigrante estivesse mais inclinada para a melancolia e a contemplação do que para os festejos e os cumprimentos. Irromperam pela porta aos gritos, estourando champanhe, espalhando-se no chão e abarrotando a pia de bebidas e *pizzas*.

Rita vendera todo o conteúdo de seu apartamento menos as roupas, o colchão e o espelho. As roupas já estavam na mala, junto com o diploma de Comunicações e as cópias de seus curtas-metragens premiados. Se não tivesse sido esvaziada, a quitinete seria desconfortável demais para as visitas.

— Você foi no brechó que eu indiquei? — perguntou Samira, a melhor amiga de Rita, sentando-se ao seu lado no sinteco. Neta de libaneses, era afeita a roupas espalhafatosas e bijuterias extravagantes, sem as quais, acreditava, sua elegância natural esmaecia. Naquela noite, cobria-se de uma veste indiana estampada de folhagens do pescoço aos tornozelos, deixando descampada a região abdominal. A cintura muito fina, branca e enxuta, oferecia, de alvo para as setas do Cupido, o pequeno e misterioso umbigo. Os lóbulos das orelhas se espichavam ao peso de um par de brincos de bolas douradas, dispostas em quatro estágios, que terminavam na altura das clavículas.

— Fui e comprei um casaco de inverno francês — respondeu Rita, aceitando uma taça que se enchia de champanhe. — Parece novo, apesar de ter os punhos um pouco puídos.

— Faça um favor para mim quando estiver em Londres — pediu Samira com lágrimas nos olhos. — Vá até o *pub* The Spice of Life, coloque uma moeda na *juke-box* e peça *Anarchy in the UK* pensando em mim!

Samira era filha única de família bem de vida e passara um ano em Londres recebendo uma boa mesada da avó. Partiu sonhando casar com um aristocrata e morar na Inglaterra para sempre. Voltou trazendo em seu diário relatos picantes de seus casos com um pedreiro, um garçom e um estafeta.

A pequena Luana enroscou a bota ortopédica nos tecidos de Samira e caiu, banhando-lhe de guaraná o umbigo desabrigado. Luana era uma das gêmeas malcriadas de outra grande amiga de Rita, Verinha, que naquela noite não pôde conversar porque se ocupava em prevenir a devastação que a pequerrucha procurava perpetrar no ambiente. O marido de Verinha ficara em casa toureando Dandara, a outra gêmea, para que as irmãs não se encontrassem, sob pena de se matarem.

Samira foi ao banheiro lavar o abdômen que ficara grudento com o açúcar do guaraná e Teca tomou seu lugar ao lado da anfitriã.

— Conseguiu juntar uma boa grana para a viagem? — perguntou-lhe Teca com o sentido prático de quem precisa arrancar da vida tudo o que esta lhe roubou. Fora atacada de uma poliomielite que lhe invalidara as pernas, substituídas em sua função locomotora por um par de muletas infatigáveis. Sobre elas, Teca visitara boa parte da Europa. Seus namoros tórridos com rapazes imberbes lhe valeram o epíteto de Papa-Anjo.

— O suficiente — respondeu Rita, observando a terrível Luana espancar a mãe e os convidados com as muletas de Teca.

— O dinheiro dos meus prêmios eu dei adiantado para o advogado. Com a indenização pela demissão, comprei a passagem de ida e volta mais barata, válida por sessenta dias, e vou poder me manter viva uns meses em Londres mesmo se não conseguir trabalho.

Rita era a única dali que nunca tinha viajado para o exterior. Verinha tinha passado dois anos em São Francisco graças a uma bolsa-de-estudos gánha pelo marido. Leonel fizera todo o Oriente. Lídia morara no Canadá. Aldo e Turíbio, juntos havia oito anos, tinham gozado a viagem de núpcias em Buenos Aires.

Fez-se uma lista de contatos e dicas no estrangeiro. Samira consultou seu diário para recomendar restaurantes baratos, *pubs* e *nightclubs* londrinos. Todos desejaram sucesso à viajante e invejaram a sua sorte.

Luana jogou os maços de cigarro na privada, incendiou o colchão, espetou os convidados com o saca-rolhas, quebrou o espelho, vomitou na mãe, chorou de sono, caiu da janela e criou um galo.

No final da reunião, Samira se despediu de Rita com seu abraço acetinado:

— Que sorte a sua, ser descendente de italiano! O que é que vale neste mundo um passaporte libanês?

Segunda Parte

INGLATERRA

Londres, abril.

Querida Samira
    É minha primeira noite aqui e eu não consigo dormir nem parar de chorar, apesar do Zeca e da Wendy terem sido uns amores comigo; ela até me recebeu com um buquê de flores quando eu cheguei com o Zeca do aeroporto.
    Samira, como você pôde adorar tanto esta geladeira? Não me refiro ao clima, porque esse eu consegui tapear me embrulhando no casaco francês lá do brechó. Estou me referindo à indiferença deste povo... Samira, me responda, mulher: que truque você usava para que eles olhassem tanto para você? Eles não ligam para ninguém, olham a gente uma vez para detectar o obstáculo no trajeto deles e depois desviam. O Zeca me disse que os ingleses são mais famosos na Europa pela frieza do que por qualquer outra coisa. A Wendy falou que Londres é o pior lugar para uma pessoa solitária ficar.
    Eu não empatei todas as minhas economias nesta viagem para ser esnobada! Pois saiba que estou pensando em trocar esta cidade cinzenta e depressiva pela luz dourada da Itália na semana que vem.
    Já estou até vendo você ligar para a Verinha e comentar (se aquelas gêmeas intragáveis não tiverem despedaçado o telefone): "Mas a Ritinha mal chegou e já está reclamando, é bem dela isso..." Pois eu lhe digo que até você que é otimista teria ficado arrasada como eu estou agora, se lhe tivesse acontecido o que me aconteceu no aeroporto de Heathrow.
    O negócio começou logo dentro do avião, um pouquinho antes da aterrissagem, quando os passageiros que não tinham passaporte da Comunidade Européia precisaram preencher um cartãozinho com

dados pessoais e o endereço de onde iriam ficar. No aeroporto, esses passageiros foram separados dos europeus por uma placa que indicava "Other Passports". Ali, várias pessoas de pele escura e de olhos puxados esperavam pelos seus vistos de entrada, umas em pé, impacientes, outras sentadas num banco com ar desalentado... Juntei-me a elas.

Havia uns três ou quatro guichês onde os agentes da imigração — immigration officers — *ficavam se revesando, com panca de importantes e ar de entojados, muito alertas e expeditos. Olhavam por cima da gente com umas caras de quem comeu e não gostou, mandando a gente ir pra lá e pra cá feito umas baratas tontas. Depois de ricochetear em todos os guichês, fui parar na frente de um agente branquicela mais ou menos da minha idade, de pele esburacada e queixo embutido. Perguntou quanto tempo eu queria ficar no Reino Unido. Fiz uma cara bem simpática e respondi a mesmíssima coisa que você, Samiroca, quando veio pra cá: "As long as my visa permits."*

Bem, pois aí que a coisa ficou preta pro meu lado. Ele disse que para uma imigrante com passagem de ida e volta válida por dois meses a minha resposta era muito vaga. E desembestou num interrogatório de quatro horas *que me arrebentou os nervos e abalou minha autoconfiança. Empreguei toda a minha criatividade para convencer aquele antipático de que eu não tinha vindo para ficar, mas quanto mais pergunta ele fazia e mais resposta eu dava, mais enrolada eu ficava.*

O sujeito me humilhou e vasculhou a minha vida como se eu fosse uma bandida!!! Revistou minha bagagem, escarafunchou minha bolsa, contou meu dinheiro, leu minha agenda, desenrolou o meu diploma e assistiu aos meus curtas-metragens *(já posso pôr no currículo que minha obra foi exibida na Inglaterra). Daí enfiou o pobre do Zeca, que tinha ido me buscar no aeroporto, numa salinha, e o entrevistou durante meia hora, para saber se as informações dele batiam com as minhas. Por fim, ele se fechou comigo numa outra sala e disse que nada do que eu tinha falado era convincente, e que*

estava passando pela cabeça dele a idéia de me recusar o visto de entrada.
Não consegui mais me controlar e abri um berreiro. "Você não tem esse direito!", eu me defendi no meu inglês mais fluente. "Você viu a minha passagem válida por dois meses e sabe que eu tenho dinheiro para ficar esse tempo em Londres! Você não encontrou drogas na minha bagagem! E, além do mais, eu nunca vou querer trabalhar ilegalmente na sua terra para não ter problemas como estes que você está me dando!" E o sujeito lá, ouvindo tudo com o queixo engolido. Enxuguei o nariz e os olhos e arrematei: "Nunca fui tão humilhada em toda a minha vida, a ponto de chorar!... Mas eu sei que isso não significa nada para você, um anglo-saxão de sangue frio, para quem chorar é coisa de espanhóis e de italianos!"

Menina, daí a coisa virou. O immigration officer perdeu o rebolado. Sumiu por uns minutos e voltou cheio de modéstia, trazendo para mim um pouco de chocolate quente dentro de um copinho de plástico. Foi aí que eu notei que ele não tinha queixo mas tinha um gogó muito saliente. O gogó dele ficava subindo e descendo como um elevador por aquele pescocinho de frango depenado.

Enquanto eu mamava o líquido docinho e esperava que o meu rosto desinchasse, ele me contou que não era anglo-saxão. Disse que era de Chipre. Apresentou-se cordialmente: Ian Weston. Falou que era um imigrante como eu, me mostrando a carteirinha de funcionário e até me pedindo que não reparasse na fotografia. "Pare de me chamar de imigrante!", insisti, bem durona. "Eu não sou IMIGRANTE! Eu sou TURISTA!" Aí ele disse que já ia resolver aquilo tudo e saiu de novo da sala. Fiquei lá chorando, num desamparo só.

Ele voltou. "Here's your ticket", devolveu minha passagem, criando um suspense. Aí me mostrou o meu passaporte: "And here's your passport with a six-month visa!"

Ah, que alívio! Meus músculos relaxaram na mesma hora. "Thank you!", eu sorri. Ele me olhou com cara de boi sonso: "Desculpe tê-la feito esperar tanto tempo. Não foi nada pessoal. Eu estava só fazendo o meu trabalho. Você gosta de cerveja?"

Engasguei com o meu último gole de chocolate. Será o Benedito que aquele interrogatório ainda não tinha terminado? Resolvi me fazer de desentendida: "Cerveja? Mas cerveja não combina com chocolate quente!" Ele riu gostosamente, vigiando a porta da sala. "A cerveja não seria para agora", esclareceu. "Mas para qualquer noite destas, em um pub."

Samira, eu não sabia o que fazer. Estava insegura, vulnerável, esgotada. Olhei bem para aqueles olhos dissimulados e disse: "Já sei! Você quer se aproximar de mim para saber se eu tenho amigos brasileiros em situação ilegal ou traficando drogas! Você quer me espionar!" O gogó subiu e desceu. "Eu não sou um policial. Se você quiser, pode fazer uma queixa contra mim neste local", ele disse, me entregando um cartãozinho com um endereço. Depois entregou outro com o telefone dele: "Mas eu espero que você me ligue para tomarmos uma cerveja, e então eu poderei lhe explicar, se você tiver paciência, como funciona a política de imigração na Inglaterra." "Alright, let's be friends", foi o que eu encontrei para dizer naquela situação.

Essa história me deixou com pavor de trabalhar. Nem bem cheguei, já estou na mira da polícia. Como se eu tivesse assassinado alguém!!!

Bom, já estou com a mão doendo de escrever. Por favor, leia esta carta para os amigos. Beijos a todos e torça por mim!

Ritinha

P.S. Quando ler a carta para a Verinha, não se esqueça de pular a parte das gêmeas.

— Poor Rita, she must have had a very difficult time at the airport. — disse Wendy ao namorado na cama do maior quarto da casa. Os dois olhavam prospectos turísticos para escolher seu roteiro de lua-de-mel.

Era a segunda vez que a casa de Wendy em West Hampstead hospedava gente do Brasil. No verão anterior, um casal amigo do Zeca ocupara durante seis semanas o quarto em que Rita estava agora. Na ocasião, Wendy não pudera dar muita atenção a eles, mas fizera a gentileza de condenar qualquer intenção de pagamento pela hospitalidade.

— Adoro essa atmosfera brasileira invadindo a minha casa! — ela lhes disse muito simpática, simpática demais, no português cheio de sotaque que encanta os brasileiros, e no seu jeito ansioso de sorrir todos os dentes.

Wendy era uma inglesa de ancestrais escoceses e parentes menos ricos do que esnobes, aos quais se ligava tanto por amor quanto por um forte instinto de família. Introduzir Zeca, a quem amava com igual intensidade, no preconceituoso feudo familiar, e com o brasileiro dar continuidade à sua linhagem tornara-se, pelo enorme esforço exigido, a sua obsessão.

Também o Zeca provinha de uma família muito bem-situada socialmente (apesar de brasileira); ortopedista recém-formado, com consultório montado em São Paulo, tinha merecido uma bolsa-de-estudos para se especializar na Inglaterra depois de uma disputa duríssima; era culto, de modos agradáveis e finos; amava Wendy e a tratava melhor do que nenhum namorado inglês jamais a tratara... Todas essas qualidades eram levadas em conta pelos familiares da moça na hora de empregarem sua polidez técnica e ritualística para receber o futuro genro. Mas ele tinha o defeito imperdoável de não ser anglo-saxão.

Por respeito aos sentimentos de Wendy, familiares e pretendente procuravam se aturar em visitas recíprocas e constantes que deprimiam Zeca. A tentativa que eles faziam para aceitá-lo era estéril por ser tentativa, e não vontade. O desprezo pelo sul-americano não se mostrava nas palavras, mas no tom da voz; não no olhar, mas na sua luz; não nos gestos, mas na sua temperatura. A atenção que lhe davam não tinha alma.

O amor de Wendy por Zeca e os esforços dela para torná-lo querido da família o comoviam; aos poucos, ele passou a encarar o futuro compromisso com estoicismo. Se casar com Wendy era casar com sua família racista, que assim fosse.

— Como você conheceu Rita? — perguntou Wendy em inglês. Preferia conversar no seu idioma para que Zeca pudesse imitar a sua prestigiosa pronúncia de Oxford.

— Na festa de um amigo, uns cinco anos atrás — ele respondeu na língua de Jane Austen. Uma pequena falha no dente incisivo superior, causada por uma batida na beira da piscina quando criança e que, para o gosto das brasileiras, aumentava o seu charme, deixava-lhe o som do S parecido com o do F. Por sugestão da futura sogra, prometera à namorada que, antes do casamento, recorreria aos serviços restauradores de um dentista para que seu discurso de noivo, na festa de núpcias, fosse pronunciado de forma tão impecável quanto possível.

— Ela é muito amiga sua? — quis saber Wendy, para quem o eixo do mundo eram as relações de parentesco e de amizade.

— Hoje nem tanto. Tivemos um flerte — ele pareceu dar pouca importância ao fato enquanto folheava as ilhas do Pacífico.

Wendy franziu as sobrancelhas e abriu bem os olhos castanhos. Com as mãos redondas e pequenas, varreu rapidamente todos os prospectos da cama para o chão e grudou-se ao namorado.

— *I'm jealous!* — ela riu e o beijou.

Em nenhuma outra roupa Wendy ficava tão bonitinha quanto naquele microquimono de seda chinesa que destacava suas pernas grossas de giz branco. Zeca apalpou seus pequenos seios, planos como dois pires emborcados. Estava cansado. O interrogatório no aeroporto e a arrogância do agente da imigração ainda vibravam nas suas têmporas.

— Rita precisa viajar um pouco — ele disse. — Ainda está muito caipira. Sente aquela inferioridade típica do matuto que pensa que a civilização tecnológica é o paraíso.

Wendy reengatou sua língua na do namorado. Suas mãos deslizaram sobre a pele dele como cisnes rechonchudos.

— Infelizmente o modo como ela foi tratada pelo agente de imigração deve ter tirado sua vontade de viajar — ele recolheu um prospecto do chão e passeou as íris rápidas sobre as ilhas Canárias.

— Ela poderia ter feito uma queixa contra ele — Wendy se aborreceu. — Não fez porque não quis.

— Ela se sente ameaçada, Wendy. Tem medo de que ele queira se vingar depois!

Wendy encaixou a cabeça entre o queixo e o pescoço de Zeca para olhar o prospecto que ele segurava. Era a geografia do mundo dissecada, fotografada, impressa e distribuída com promessas de felicidade.

— Pobre Rita, não teve sorte — Wendy franziu as sobrancelhas e aumentou os olhos. — A tendência da Europa é fechar-se cada vez mais aos imigrantes... Mas é injusto que as pessoas não possam ir aonde quiserem! O planeta pertence a todos os que vivem nele!

Zeca beijou os lábios que tinham pronunciado aquelas frases generosas e atirou o prospecto para o ar. Ilhas e montanhas do mundo todo sobrevoaram a cama e aterrissaram no carpete. Um quimono de seda chinesa e uma calcinha flutuaram como pára-quedas. Wendy era toda planícies, vales e montanhas de leite, cavernas e mares profundos, florestas e matas densas. Os dedos do amante percorreram sua virilha:

— Por que as inglesas não se depilam? Só em volta, assim... Fica mais bonitinho.

— É insano! — os dentes ansiosos riram. — Dói, pinica, não é natural...

— Mas você gosta que eu faça a barba todos os dias.
— Você nunca implicou com os pêlos do meu púbis antes, seu chato.

Quando Rita levantou, Zeca e Wendy já tinham saído e uma cópia da chave tinha sido deixada sobre a escrivaninha. Perto da chave, um vaso com água prolongava a agonia das flores que a brasileira recebera da inglesa.

Rita deitara na cama como uma planta murchando no canteiro, mas, ao acordar, algumas horas depois, já recobrara todo o viço. Londres amanhecera à disposição da sua imensa curiosidade. Quem sabe a brasileira perdesse o medo quando desvendasse os mistérios da cidade, esquecendo sua imagem baça e cinzenta em favor do ofuscante caleidoscópio pintado por Samira. Afinal de contas, Londres era a capital cultural da Europa, onde conviviam tradição e ousadia. Rita se espreguiçou e observou em volta.

Trancafiado dentro de casa, um silêncio solitário dormia sobre o carpete bege, ao lado do aquecedor. Na rua, ninguém fazia barulho para não o acordar. As casas vitorianas, ajoelhadas nas calçadas, rezavam, quietas. Algumas penugens brancas de neve esvoaçavam contra o céu azul. As árvores esqueléticas estendiam os braços nus pedindo o agasalho das folhas. Um ou outro automóvel escorregava, mudo.

Rita pegou a escova de dentes e foi ao banheiro. Ao lado da pia, sobre o armário, um aquário em forma de bolha abrigava um peixinho dourado. Ele mandou-lhe beijos redondos como a sua pequena casa de vidro. Em retribuição, ela despejou na água um pouco de ração retirada de um frasquinho. O peixe bicou os grãozinhos que desciam para o fundo do aquário e observou a visitante escovar os dentes, tomar banho, vestir-se, pentear-se e sair do banheiro. Depois, na falta do que fazer, retornou à sua meditação ascética.

A cozinha era uma estufa onde se amontoavam embalagens

vazias e louça suja. "Casa de européia", pensou Rita. "Uma imundície." Jogou todas as embalagens no lixo, lavou a louça e areou as panelas. A pia, diferente das que Rita conhecera no Brasil, tinha duas pequenas banheiras, uma do lado da outra. "Quanto mais pias eles têm, mais porcarias juntam." A parte interna da chaleira elétrica apresentava uma espécie de craca marrom que Rita retirou, enojada, com uma esfregação furiosa de esponja de aço e sapólio. "É um pequeno favor que faço à Wendy e ao Zeca em troca da hospedagem", apreciou, satisfeita, a água quente da torneira expulsar pelo ralo a espuma contaminada.

Comeu pouco, com medo de dar despesa. Meia maçã e um copo grande do leite forte e cremoso, superior ao melhor leite A comprado nos supermercados brasileiros, bastariam para sustentá-la durante umas quatro horas. Meteu-se no casaco francês, conferiu dinheiro, chave, mapas e guias dentro da bolsa e saiu.

As transeuntes inglesas eram umas marmotas, mas os homens... Os homens eram tão bonitos! Das golas dos seus casacos escuros brotavam caras coloridas por olhos azuis e cabelos amarelos. Os narizes empinados, vermelhos de frio, sinalizavam *proibido avançar*.

Rita parou num dos inúmeros postos do correio e enviou a carta para Samira. Na entrada do metrô, retirou da bolsa seus mapas e guias e, para estudá-los com atenção, colocou-se perto do guichê de venda de bilhetes. Ficou ali alguns minutos. Depois guardou de volta todos os papéis, mais atrapalhada do que antes. Sempre tivera péssimo sentido de direção. Para ela, o socorro dos populares era sempre mais eficaz do que a abstração dos mapas e dos gráficos.

— *Excuse me* — disse ao vendedor de bilhetes. — *Can you tell me how to get to King Street?*

Na King Street ficava a agência do Banco do Brasil onde Rita iria trocar dólares por libras. O banco fora indicado pelo Zeca por oferecer três vantagens: comunicação em português, taxa de câmbio baixa e clientes brasileiros; quem sabe, na fila, Rita acabasse fazendo contatos úteis ou até mesmo uma amizade.

O vendedor de bilhetes era um senhor negro de gestos vastos e radiosos. De seus beiços pulou, feito pipoca, a explicação num inglês que as escolas de idiomas não ensinam, e de ressonância semelhante às batidas de um atabaque.

— *Would you please speak slowly?* — pediu Rita.

Os lábios percussionistas descobriram dois teclados brancos e perfeitos, e repetiram gentilmente a explicação, desacelerando o ritmo dos atabaques. Uma pequena fila se formou atrás da brasileira, que continuava desorientada.

— *Excuse me, can I help you?* — Rita ouviu às suas costas.

Era um inglês tímido e branco como um coelho. Dois toldos de cílios loiros defendiam seus olhos frágeis da luminosidade da testa calva. Um cachecol vermelho berrante se enroscava desajeitado no seu pescoço e se escondia debaixo do casaco, envergonhado.

Rita lhe repetiu a pergunta.

O inglês se perturbou. Existiam *Kings Avenue* e *King's Avenue*, com e sem apóstrofo, assim como *Kings Road* e *King's Road*, pelo que ele soubesse, mas essa *King Street* ele temia não conhecer. Ela tinha certeza de que era *King Street*? Tinha.

Ele largou a valise aos pés dela, abandonou a fila, foi à banca de jornais, comprou um guia, procurou a rua, abriu o mapa que Rita trazia, circulou a região com uma caneta (tendo antes perguntado se podia usar a caneta ou se Rita preferia que ele usasse um lápis), pegou um mapinha do metrô, marcou o trajeto com flechas e reforçou a conexão com uma cruz. Depois, recolheu-se novamente à sua timidez e ao seu lugar na fila. No caminho para a plataforma, Rita atrasou o passo para lhe agradecer a gentileza e dizer que se devia a cavalheiros como ele a fama de *polidos* atribuída aos ingleses pelos brasileiros. O inglês se enroscou nas próprias pernas como o cachecol no seu pescoço, e seu rosto não ficou menos vermelho. Sentou-se sozinho num banco afastado do trem, imóvel e mudo, fitando as mãos brancas pousadas sobre a valise que se apoiava nos joelhos colados.

No Banco do Brasil predominava o português falado a partir do Rio de Janeiro até o Norte do país. No setor de câmbio, enquanto esperavam ser atendidos, três brasileiros homossexuais e uma baiana redonda como um acarajé criticavam, em voz alta, os conterrâneos que atravessavam todo o Atlântico para chegar em Londres, juntar mais brasileiros e reclamar do trinômio solidão-frio-comida.

— De brasileiro, inflação e feijãozinho eu quero distância! — o mais exagerado representava a distância com o braço esticado e a mão espalmada.

Rita fez questão de nem olhar para eles. Trocou o dinheiro e pediu licença à funcionária para usar o banheiro.

— Nós não temos toalete — respondeu a bancária, de má vontade, para o calendário pregado na parede.

"Metida!", pensou Rita, tomando o rumo do McDonald's. "Funcionária pública brasileira no Primeiro Mundo é tão chique que não faz cocô!"

Fazer xixi no McDonald's era um dos tópicos do guia turístico feito para Rita pela amiga Samira. Nessas lanchonetes abundantes e repletas, o usuário conseguia entrar só para desfrutar do banheiro grátis, limpo, provido de papel higiênico e de lavabo. "Outra alternativa é usar aquelas cabines sanitárias que ficam na rua, e que são acionadas com uma moeda", ensinara Samira. "O problema é que, enquanto está lá dentro, você precisa ficar contando o tempo, porque depois de alguns minutos a porta se abre automaticamente, estejam ou não arriadas as suas calcinhas."

Rita resolveu se orientar pelo mapa para ir a pé até o McDonald's da Oxford Circus; o caminho parecia simples e reto, mas ela o prolongou num U. Descobriu a Trafalgar Square, onde a estátua do Almirante Nelson, de cima de seu monumento, posava para as fotos dos turistas japoneses e adestrava pombos; atravessou o Saint James' Park, em cujos lagos navegavam cisnes e em cujas alamedas crianças sem frio tomavam sorvete, e de onde podia ver, na frente do Palácio de Buckingham, uma fanfarra de guardas parecidos com soldadinhos de chumbo; espiou a boa e a má literatura do mundo todo que vinha se oferecer às toneladas nas livrarias da Charing Cross Road; misturou-se aos jovens turistas italianos que faziam hora debaixo do monumento a Eros em Piccadilly Circus... de forma que, ao chegar no McDonald's, fomentava uma batalha cruel entre sua bexiga e seu esfíncter.

A lanchonete estava apinhada de turistas de todas as idades, em sua maioria italianos, franceses e japoneses. Imigrantes africanos preparavam os sanduíches e limpavam o chão. Um zunzum multilíngüe escorregava na atmosfera engordurada de fritura.

Ainda que ninguém estivesse reparando em Rita, ela percorreu o caminho do banheiro toda tímida; quando saiu, passou, relutante, pelo caixa, comprou, por consideração, uma porção pequena de fritas (embora não sentisse fome), e sentou-se a uma mesa junto com duas negras. Uma delas era muito afoita no mastigar, no engolir e no falar, atos que praticava simultaneamente e sem intervalo. A outra, quieta e apagada, ouvia a amiga sem descolar o bico do canudinho pelo qual sugava uma Coca-Cola. Indiferente à presença de Rita, a primeira metralhava seu discurso num desafogo descontrolado e extravagante. As palavras percutiam nos seus beiços como tambores para se projetar em furiosos estampidos. Rita ouvira aquele inglês de atabaques no guichê do metrô e procurava desvendá-lo, sem sucesso. O chamado *inglês britânico* que levara anos para aprender na Cultura Inglesa não lhe possibilitava compreender a linguagem plebéia das ruas. As pessoas na lanchonete executavam, com suas diversas línguas e pronúncias, uma sinfonia anárquica cujos temas eram a liberdade da linguagem falada e a precariedade da comunicação pela palavra, o que produziu em Rita um sentimento ao mesmo tempo aflitivo e confortador de inevitável solidão.

Ainda dava tempo de conhecer parte do Museu Britânico, para o qual Rita se dirigiu com facilidade pelo metrô. Tratava-se da mais vasta coleção de *souveniers* surrupiados das outras nações pelo Império Britânico. Um homem de 3.400 a.c., preservado de forma natural, mas parecido com um enorme maracujá seco em posição fetal, tinha sido arrancado das entranhas do planeta para ser exposto aos curiosos dentro de uma caixa de vidro. "Ingleses perversos!", choramingou Rita. "Saquearam o mundo todo e agora tratam como bandida uma criatura inofensiva como eu!" Ainda com lágrimas nos olhos, deslumbrou-se com a beleza da arte egípcia, mas se decepcionou com as pinturas dos sarcófagos, que pareciam feitas por crianças. As pinturas pré-históricas, os templos gregos quase intactos, os vasos, as moedas e demais objetos da Idade Antiga arrancaram de Rita uma saudade escura e morna de lugares onde nunca estivera e de tempos que nunca vivera.

Saiu do museu exausta, mas lépida. Tinha passado mais de uma hora admirando restos de gente morta em sarcófagos, urnas e vitrines, e agora queria voltar aos domínios de Eros.

Satisfazer a curiosidade sobre um país desconhecido incluía descobrir as inclinações afetivas dos homens que faziam esse país. "Os *pubs* são os melhores lugares para se encontrar gente", afirmara Samira, e era melhor que ela estivesse certa porque Rita acabaria enjoando de tanto se divertir sozinha. Escolheu um dos mais freqüentados pela amiga, o Carnarvon Castle, onde se tocava música ao vivo e de graça, perto da estação Camden Town. Como ainda não anoitecera, enterrou-se calmamente nos subterrâneos do metrô, onde topou com *punks*, jogou moeda para uma contrabaixista, admirou a criatividade dos cartazes, imaginou um suicídio, encarou loirinhos, foi cantada por um indiano, desviou de escoceses alcoólatras, embaraçou-se nas linhas e perdeu-se nas conexões.

Quando chegou ao *pub*, horas mais tarde, encontrou quase todas as mesas ocupadas. A porta fechada contra o frio e as paredes sem janela comprimiam uma quantidade tão grande de fumaça de cigarro que o local poderia explodir se algum cliente tossisse. Finados cantores de *blues* emitiam do Além suas lamúrias gravadas em disco. Um jovem de cabeça pelada e argolas no nariz dividia o trabalho de vender cerveja no balcão com uma *punk* velhusca de modos masculinos. Dois enormes *sheep-dogs* de língua de fora empurraram a porta e entraram, seguidos por um velho *hippie* ruivo que, mantendo-os presos às coleiras, os mandou deitar perto da entrada e lhes deu água de um cantil.

Rita comprou sua bebida e sentou-se sozinha a uma mesa com três cadeiras. O pequeno palco estava sendo decorado para o espetáculo pelos próprios músicos, quatro quarentões com aparência de figurantes de faroeste. Estenderam um varal de roupas surradas, presas à cordinha com pregadores de madeira, e nas quais se podia ler as palavras com o nome da banda, Brett Marvin and the Thunderbolts, dispostas da seguinte forma: *Brett Marvin* numa toalha de banho, *and* num calção, *the* numa camisa e *Thunderbolts* num lençol marcado pela pegada de um sapato. Posicionaram uma velha tábua de passar roupa como suporte para um dos instrumentos, montaram uma bateria de latas amassadas de diversos tamanhos e depois sentaram-se todos a uma mesa para beber cerveja até a hora do *show*.

Em poucos minutos o *pub* estava lotado. Uma boa quantidade de homens atraentes se acotovelava, de pé, nas passagens entre as mesas e perto do balcão. Um ou outro olhar passava, num discreto facho de luz azul, por Rita e suas duas cadeiras vazias. Ela deixou o copo de bebida na mesa e foi ao banheiro retocar o batom. O caminho, obstruído por uma barreira de corpos em jaquetas vulgares de couro e de *jeans*, teve que ser aberto no peito, em massagens oportunas mas inócuas.

Na parede do banheiro, fixavam-se dispositivos cheios de camisinhas e de absorventes, acionados a moedas. Rita experimentou retirar uma camisinha e guardou-a na bolsa. Surpreendeu-se morena no espelho, passou o batom, ajeitou o cabelo, aprovou o resultado e penetrou de novo na cerrada floresta de homens para voltar à sua mesa.

A banda subiu no palco e anunciou seu *blues* dos anos 30. Calaram-se os melodiosos queixumes gravados em disco. Esfriou-se o burburinho. Perto da porta, a respiração dos dois *sheep-dogs* de língua de fora sacudia seus corpos pesados e felpudos.

Os músicos atacaram a primeira canção sem precisar afinar os instrumentos nem contar até três. O prazer que sua arte lhes dava seduziu até os tagarelas mais *blasés* das mesas afastadas. Rita achou as músicas ótimas e o grupo excelente, mas gostou mais ainda dos instrumentos. Um deles era uma cruz de pau da altura de um homem, com dezenas de tampinhas de garrafa tilintando na parte de cima e uma botina calçando a parte de baixo. O percussionista segurava a cruz na junção das duas madeiras para golpear o chão com a botina e chacoalhar as tampinhas, batendo os pés contra o palco, num estonteante malabarismo de ritmos.

Uma pausa aos quarenta e cinco minutos de espetáculo devolveu aos músicos as canecas de cerveja. Branco de fumaça, o ambiente queimava olhos e gargantas. Uma gritaria subjugava os *blues* primordiais que ressuscitaram por alguns minutos em disco. As garçonetes perfuravam com dificuldade os blocos de gente, equilibrando, nas mãos, pilhas de copos de um metro e meio de altura.

Para fazer companhia a Rita, chegou, pesado e sonolento, o cansaço dos últimos dias. O desconforto da viagem, a diferença de fusos horários, a tensão em Heathrow, a insônia e a agitação turística tinham endurecido os músculos e queimado os pés da recém-chegada. Rita fez um brinde secreto às suas duas cadeiras vazias e tomou o último gole da cerveja choca.

A banda mal iniciara a segunda parte do *show* quando um mocinho de suéter xadrez se destacou do seu grupo para se aproximar da brasileira. Falou qualquer coisa inaudível, mostrando com a mão uma das cadeiras vazias. Rita adivinhou que ele perguntava se podia sentar-se. Era bonitinho, muito novo (talvez novo demais), olhos verdes, cabelos louros, nádegas fornidas... um pouco aguado. Um flerte, um namoro, uma amizade, no mínimo uma prosa. O dia tinha sido ótimo e a noite prometia não ficar atrás. Rita escreveria outra carta no dia seguinte mesmo, contando tudo, desta vez para Teca, que amava os imberbes. Suavizou o rosto, sorriu os olhos e disse:

— *Yes!*

— *Thank you!* — agradeceu o rapazinho com uma rápida inclinação da cabeça. Carregou a cadeira para junto do seu grupo e lá ficou.

Rita pediu à garçonete outra cerveja. Precisava de líquido para engolir a pílula áspera e amarga da decepção. Concentrou-se na música mas começou a achá-la enjoativa porque os *blues* são todos sempre a mesma coisa. Espiou em volta. A bebida tornara mais desinibido o comportamento geral. Muitos europeus dançaricavam, na sua maneira insossa, os corpos empedernidos; um ou outro olhava em volta à procura de companhia.

— *Excuse me, is there anybody sitting here?* (Com licença, há alguém sentado aqui?)

Rita se voltou para o dono da voz que lhe fizera a pergunta. Muito alto, ele tinha se curvado pela metade para atingir, por trás, o ouvido dela. A jaqueta de couro preto, estrelada de tachinhas, salientava o pescoço viril e prometia um tórax vasto. Algumas mechas dos cabelos loiros e compridos tinham pulado nos ombros de Rita, onde brincavam.

— *Sorry?...* — ela se deu tempo para se armar contra outra

desilusão. E estremeceu. "Ele é bonito demais para se interessar por mim", pensou.
— *Il y a quelqun sur cette chaise?* — ele repetiu a pergunta em francês, achando, naturalmente, que Rita fosse francesa (o que muito a lisonjeou).
— *No, there is not. (Não, não há.)* — ela se apressou em mostrar que sabia a língua dele. Como gostava de praticar idiomas! Com que prazer encerraria o roteiro turístico do dia trocando notícias e idéias com um anglo-saxão de ombros varonis!
Ele pousou a mão grande e bem-esculpida no espaldar da cadeira vazia:
— *Can I take it away?* (Posso levar isso?)
— *Of course!* — Rita consentiu, mantendo o sorriso à custa de um incrível sacrifício e vendo a companheira de noitada se afastar com o rapaz.

Um pouco irritada, decidiu ir embora antes que os artistas terminassem de retirar música de suas latas amassadas e de seu crucifixo de tampinhas. "Samira tinha razão, os *pubs* são os melhores lugares para se encontrar gente", pensava, embrenhada no aglomerado humano de jaquetas que lhe barrava a saída. Pulou os *sheep-dogs* que dormiam os queixos em cima das patas gordas e atirou-se na noite fria de volta à estação do metrô.

O trem desafiou o mito da pontualidade britânica e atrasou quarenta minutos. No vagão cheio demais para o horário, os passageiros sentados mantinham as pálpebras baixadas sobre notícias escabrosas de jornais ou sobre as próprias mãos, recatadamente pousadas no colo. Um casal de mochileiros cochilava, cabeça contra cabeça, indiferente ao tropel da composição sobre os trilhos, aos gritos da campainha a cada parada e ao estardalhaço do abre-e-fecha das portas. Ao barulho monótono do trem misturava-se o retinir sussurrado do *walk-man* de uma jovem lourinha de pouco asseio.

Na estação Covent Garden, uma negra belíssima, de saia

curta, e visivelmente bêbada, entrou no trem, amparada por um negro muito elegante no seu terno folgado de lã escura. Sentaram-se no banco em frente ao de Rita e conversaram animadamente, batucando seu sotaque de atabaques nos lábios grossos, enquanto rolavam os olhos enormes e buliçosos pelos passageiros. Eram simpáticos, pareciam acessíveis e irradiavam gosto pela vida. Rita sentiu vontade de conversar com eles. Reparou na bêbada. A parte branca dos seus olhos esbugalhava vinho tinto. Os cabelos explosivos se retorciam num penteado espetacular. As unhas grandes e pontiagudas esguichavam vermelho. Rita observou-lhe os lábios tamborilantes na tentativa de lhes filtrar o inglês, e de tal forma se absorveu na leitura deles que ali esqueceu a vista, sem se preocupar em esconder a curiosidade. Os olhos da negra se desenrolaram dos outros passageiros, patinaram em Rita, rodopiaram de esguelha, escorregaram de novo no rosto da brasileira e nele desabaram. A batucada de seus lábios silenciou. Rita abriu-lhe o semblante num clarão amigo. Como adoraria descobrir quem era, o que fazia, e, mais que tudo, a origem do seu intrigante sotaque! A negra procurou aprumar o pescoço bamboleante e berrou o inglês perfeitamente inteligível que guardava para as ocasiões especiais:

— *Why are you staring at me? Are you a lesbian looking for pussy?* (Por que você está me encarando? É uma lésbica procurando boceta?)

Rita não conseguiu se mexer até ter certeza de que a negra estava, de fato, gritando com ela.

— *Stop staring at me! I don't like women staring at me!* (Pare de me encarar! Não gosto de mulheres me encarando!) — asseverou a bela de ébano.

Os passageiros ergueram as pálpebras por alguns instantes e movimentaram os olhos inexpressivos na direção da bêbada. O trem estava parando na estação Charing Cross. Rita pulou do banco e desceu para fazer a conexão para West Hampstead.

Foi recebida em casa pela Wendy ansiosa das sobrancelhas contraídas sobre os olhos muito abertos.

— Rita, graças a Deus você chegou! Zeca e eu estávamos preocupados! Quase chamamos a polícia! — ela contorceu os maxilares na trabalhosa articulação do seu português incipiente.

Zeca veio da cozinha, a cintura cingida por um avental. Preparava um mexido de ovos com cogumelos frescos para o jantar. Trazia, nos olhos negros, o riso doce que tinha conquistado o carinho de Rita para um namoro-relâmpago cinco anos antes.

— Eu não disse que estava tudo bem, Wendy? A Ritinha sabe se cuidar — ele estalou um beijo na bochecha da brasileira.

Rita contou-lhes sobre o atraso do metrô, que a mantivera na rua por mais tempo do que seria de se esperar de uma turista debutante. Mas não pôde evitar uma sensação desconfortável causada pela preocupação exagerada da anfitriã, que a fazia sentir-se menos uma hóspede do que um incômodo.

— Tenho a impressão de que para os ingleses eu sou um caso de polícia — Rita usou o seu jeito inocente para camuflar uma alfinetada.

— Não é isso — Wendy sentiu a picada. — Ficamos com medo de que você pudesse ter sido abordada pelo agente da imigração que, na minha opinião, é um pervertido.

— O fato de ele ter me passado uma cantada não me incomodou — Rita lembrou a lascívia da raça que depila o púbis feminino para entremostrá-lo num fio-dental. — O pior foi ele me humilhar e me deixar com medo de trabalhar.

Alguns segundos foram gastos para a tradução da expressão *passar uma cantada*, que Wendy decorou de boa vontade, repetindo-a duas ou três vezes.

— Cantadas durante o serviço são inadmissíveis na Inglaterra — Zeca informou à brasileira. — É por isso que a Wendy está tão preocupada com você.

A refeição foi animada por vinho e pelas impressões da

viajante em português. Rita lamentou a frieza dos londrinos mas se declarou decidida a aproveitar o visto de seis meses para conhecer melhor a cidade. Enjoada de perseguir aos tropéis a conversa dos brasileiros, Wendy levantou-se para tomar banho, carregando sobre os olhos castanhos o peso das sobrancelhas contraídas que tinham atravessado todo o jantar como que paralisadas por uma cãibra.

Zeca começou a lavar a louça. Rita quis ajudá-lo, mas ele disse que não precisava porque ela era visita. Ela ficou reparando nele pelo canto do olho. Era possível ter mudado tanto em tão pouco tempo? Anos atrás, estar numa situação inferior à da namorada seria tão desconfortável para ele como para a maioria dos latinos formados em ambiente patriarcal. E agora? Tudo ali era de Wendy: casa, carro, país, língua, família, e até ele próprio, que estava sendo enfiado por ela, a duras penas, no meio daquilo tudo.

— Já está tudo pronto para o casório? — quem sabe Rita descobrisse o que ia no fundo da alma do amigo.

— Até o verão vai estar — ele respondeu numa voz sem tom.

A pedido da família de Wendy, e com pleno consentimento da moça, a união dela com Zeca (que começou escandalosamente na casa que ela ganhara dos pais) seria legitimada em julho num casamento tradicional inglês. Num passado ainda fresco, Zeca fora radicalmente avesso a casamentos. Mas é do homem mudar de atitude e de opinião, ainda que a contragosto, e ele agora não só estava prestes a casar no papel e na igreja como até já lavava a louça, de avental e tudo. E que jeito tinha para a coisa! Transformara as duas pequenas banheiras da pia em piscinas rasinhas de água quente; numa, fez espuma com poucas gotas de detergente e ali mergulhou toda a louça suja, esfregando-a com a esponja; na outra, enxaguou toda a louça ensaboada, depois trocou a água por outro tanto de água limpa, com a qual fez o enxágüe definitivo. O processo parecia menos asseado que o brasileiro, em que a torneira costuma ficar aberta deste o ensaboamento do primeiro até o enxágüe do último utensílio, mas era mais econômico.

— Se você está mesmo disposta a ser empregada na Europa, Ritinha, tem que assimilar o método europeu de lavagem da louça — debochou Zeca. Pegou a chaleira elétrica, que a brasileira fizera luzir como um diamante, e encheu-a de água para o chá.

— Não posso acreditar que você tenha mudado tanto que nem nojo de chaleira com craca você tem! — a hóspede riu.

— Lição número dois: nunca retire o que você chama de *craca* da chaleira elétrica de um inglês. É o mesmo que colocar água no chopinho de um brasileiro. É a craca que dá o gosto ao chá. E, já que estamos falando de economia doméstica, não misture as embalagens recicláveis ao lixo comum.

Levaram as xícaras com chá para a sala e sentaram no sofá, um ao lado do outro.

— Como você mudou, Zeca — a hóspede procurou criar um clima de confidências. — Era incapaz de lavar um pires. Agora virou *expert* em economia doméstica.

— Ninguém muda assim de uma hora para a outra — ele continuava honesto. — Tive que me adaptar, só isso.

— Vai ficar na Inglaterra para sempre?

— Espero que não — ele baixou a voz. — Por isso que quanto mais cedo esse casamento sair, melhor. Termino o curso e volto para o Brasil com a Wendy.

— Ela quer?

— Detesta o Brasil. Foi duas vezes para lá e ficou reclamando o tempo todo. Se não era dos mendigos, era da violência, se não era da desorganização, era de um rio fedendo. Mas ela precisa entender o meu lado. Os ingleses nunca vão permitir que eu tenha uma posição de primeiro escalão. Até no meu relacionamento com ela a coisa não é muito diferente.

— Como assim? — Rita tomou fôlego antes de um gole de chá. A conversa chegara aonde ela queria. Gostava de uma fofoca!... Mais, até, do que dos cadáveres embalsamados do Museu Britânico.

— Aqui é tudo dela. — A casa, o carro, a família, o país, a língua...

— Entendi.

— Eu mesmo me sinto, às vezes, propriedade dela. No Brasil, ao contrário, vou ser o chefe da minha família. Viu só? Ainda sou machão — os lábios começaram a fabricar um sorriso mas desistiram e resolveram tomar chá.

A porta do banheiro abriu, empurrando um perfume de xampu para dentro da sala. Wendy apareceu em seguida, muito catita no seu quimonozinho de seda chinesa, os cabelos molhados, as sobrancelhas e os lábios esticados num esforço de simpatia. Viu Zeca e a anfitriã lado a lado, os rostos atrás das xícaras de chá.

— *I'm sorry, but I will invade!* (Desculpem, mas vou invadir!) — a inglesa arreganhou a sua ansiedade nos dentes risonhos e se intrometeu entre os dois.

O casal ficou estalando bicotas. Rita sorveu as últimas gotas do chá, indecisa quanto a continuar conversando ou raspar-se dali para o seu quarto. Deveria ou não deveria perguntar sobre o intrigante sotaque de atabaques que ouvira dos negros? Espiou de esguelha o casal. Wendy estava no colo do namorado, abraçada ao seu pescoço e comendo sua boca como um coala que, agarrado ao tronco do eucalipto, devora suas folhas e seus brotos.

— Bom, eu vou dormir — a hóspede se levantou.

— *Rita, please don't feed the gold-fish when you go to the bathroom. He might become ill.* (Rita, por favor não alimente o peixe quando for ao banheiro. Ele pode ficar doente) — disse Wendy franzindo as sobrancelhas.

— Ele tem hora certa para comer uma quantidade limitada de ração — Zeca acrescentou.

Rita demorou para dormir. Seu espírito, preso a seu corpo por músculos endurecidos, não conseguia voar a deliciosa morte. O sono se aproximava de mansinho da sua mente, mas se espantava com a gritaria lá dentro e fugia. Turistas. Metrô. Suicídio. Múmias. *Blues*. Atabaques. Embalagens jorram da torneira e fogem pelo ralo. O peixe e a chaleira têm uma indigestão por culpa de Rita. Do guichê de imigração, Wendy avisa que no Reino Unido não há toaletes. Rita pede desculpas e diz que não queria incomodar.

O silêncio que vivia trancafiado na casa acordou mal-humorado porque Rita ainda estava na cama e já eram três horas da tarde. De birra, obrigou o telefone a tocar, só para acordá-la. Rita esticou as pernas debaixo do edredom, abriu os olhos, deitou de lado e puxou o edredom até as orelhas. Priii. "Besteira atender. Deve ser gente que eu nem conheço, querendo falar com o Zeca e a Wendy." Priii. "Melhor atender e dar o número do trabalho do Zeca." Priiii. "Melhor atender."

— Alô?

— *Good afternoon. Is it 204 7553?* — Os números foram proferidos lentamente por uma voz de professor que dá um ditado para um aluno meio burro.

— *Yes.*

— *May I speak to Miss Rita Setemiglia, please?* — A voz açucarada fungou a interrogação depois do *please*. Era hesitante, tímida e cortês. Qualquer um podia perceber que pertencia a um bom sujeito.

— Quem é? — Rita perguntou em inglês.

— Ian Weston — adivinhava-se um sorriso pueril do outro lado da linha.

Rita estremeceu.

— Ian Weston, o agente da imigração?!?

— Sim! Então, o que está achando de Londres? — o sorriso bafejava cordialidade.

— Ian Weston, o policial que me humilhou no aeroporto como se eu fosse uma criminosa?!?

— Eu não sou um policial! — as palavras eram sopradas com a respiração aflita. — Já lhe pedi desculpas, Rita, e peço de novo. Sinto muito, muito, muito. Eu só estava fazendo o meu trabalho.

— Você fez mal em ter ligado.

— Nunca telefonei para um imigrante antes. Gostei de você e quero ser seu amigo — a confissão veio rouca e insegura, arrancada a boticão.

— Imigrante, não — corrigiu Rita, amolecendo. — Turista.

Um mormaço subiu do seu coração para as orelhas. Numa cidade que Rita classificara entre hostil e indiferente, aquele agente estava arriscando o emprego pela sua amizade. Policial também era filho de Deus. Talvez merecesse uma chance.

— Dê-me pelo menos uma chance de lhe mostrar meu outro lado — pediu a voz frágil, à custa, provavelmente, de um esforço inimaginável. — Não quero lhe deixar uma impressão negativa da Inglaterra.

Rita recordou as feições de Ian Weston no aeroporto. Lembrou-se do gogó-elevador subindo e descendo pelo pescocinho de frango depenado para abastecer de arrogância a cara sem queixo. Era um retrato com que as cores da ternura e da humildade não combinavam. Desconfiou.

— Se você não tiver compromisso amanhã à noite, poderei passar aí para pegá-la — ele ousou.

— Não... — Rita afastou o possível espião. — Acho melhor marcarmos um encontro na cidade.

— Eu conheço Londres tão mal quanto você — ele se desesperou. Morava numa cidadezinha próxima ao aeroporto. — Nós vamos nos perder.

— Então eu vou pedir aos meus amigos uma sugestão sobre algum lugar seguro. Telefone amanhã de manhã — Rita desconversou, à brasileira.

— Até amanhã, então. Foi bom falar com você — a voz tímida suspirou.

— Se esse sexomaníaco telefonar de novo, eu chamo a polícia! — Wendy esbravejou no poderoso inglês da elite. Suas mãozinhas brancas e impacientes devolviam ao cabide os casacos e os cachecóis que ela acabara de derrubar, sem querer. Os cabelos finos, despenteados pelo exercício, pincelavam o ar cortado pelos braços curtos e nervosos. Os olhos muito abertos, comprimidos pelas sobrancelhas franzidas, espirravam um brilho marrom.

Afundada numa poltrona, Rita olhava as pontas dos sapatos e roía uma torrada. Zeca estava tenso, sentado na beira do sofá, as mãos segurando os joelhos e os pés segurando o chão. Na mesinha, três xícaras evaporavam chá quente.

— Ele está invadindo a minha casa! — Wendy assentou os fios de cabelo com as mãozinhas, tomando seu lugar ao lado do namorado. — Ele está invadindo a minha privacidade!

— É estranho — Zeca soltou um dos joelhos para apertar a mão da inglesa. — Esse tipo de coisa não acontece na Inglaterra. Esse agente só pode estar querendo espionar Rita.

— *Rita must have been charming!* — Wendy falou como se a hóspede não estivesse presente.

— Eu não joguei charme! — Rita emergiu das profundezas da poltrona, mas foi ignorada.

— Pode ser que ela tenha jogado charme sim... E por que não? — na ausência da acusada, Zeca fez sua defesa. — O que mais ela podia fazer naquela situação? O agente tinha o poder de mandá-la de volta ao Brasil. Ela usou a única arma que tinha.

— Eu não joguei charme nenhum...

— Ela só precisava ter dito *não* ao telefone — Wendy cortou.

— Ela disse *não*, indiretamente. Ele que não percebeu. Ela deu uma enrolada nele, desconversou, e isso no Brasil significa *não* — explicou Zeca.

As sobrancelhas de Wendy se descontraíram e seus olhos castanhos se reacomodaram ao limite das órbitas. Por entre os dentes perfeitos saíram, devagar, flutuando no redondo cicio da nobre pronúncia, as palavras carregadas de verdade antropológica:

— Pois aqui na Inglaterra isso significa *sim*!

Os dentes de Rita trincaram a torrada, que se decompôs em flocos e farelos sobre o carpete. Ágeis como bicos de passarinho, as pontas de seus dedos os pinçaram de volta ao pires. Talvez ela estivesse bancando a tonta, pensou, mas aquele povo parecia estar fazendo uma tempestade num copo d'água. Tanto perereco por causa de uma paquera no aeroporto! Seus pequenos olhos assustados procuraram ajuda nos olhos negros do amigo.

— Antes a *Wendy* tivesse atendido o telefone! — disse-lhe o brasileiro. — Quando o agente ouvisse o sotaque dela, ficaria tão intimidado que acabaria desistindo.

Rita se lembrou de perguntar sobre o sotaque de atabaques dos negros, mas estava tão sem-jeito que deixou o assunto para outra oportunidade, ainda que, conforme ela podia notar, a questão da pronúncia fosse tão fundamental para a sociedade inglesa quanto a questão da privacidade, tratada naquele momento.

Wendy voltou para ela os olhos castanhos, oprimidos por uma ligeira contração das sobrancelhas:

— Eu vou dizer o que você vai fazer, Rita. Quando o agente de imigração ligar, diga que não quer encontrá-lo e que não quer que ele telefone de novo. Não dê nenhuma explicação e desligue.

Os olhos negros de Zeca derramaram na brasileira um adocicado suco de jabuticaba:

— Aqui na Inglaterra, Ritinha, quando uma mulher rejeita um pretendente ela tem que dizer, logo de cara, *não*.

— E se o agente ainda continuar insistindo, Rita sai desta casa — decretou a anfitriã.

Mrs. Crawford tinha sido espancada, era óbvio. Quando a trouxe, quase desmaiada, ao hospital, o marido disse que ela torcera o tornozelo no degrau mais alto da escada e rolara até embaixo, derrubando a estante de livros em cima do próprio corpo. Mr. Crawford, arquiteto de maneiras polidas, recendia a álcool. Sua esposa, editora, apresentava contusões e escoriações generalizadas, traumatismo abdominal com ruptura do baço, equimose conjuntival, hematoma periorbitário e fratura da perna.

As informações médicas estavam no relatório que Zeca acabava de escrever na sala dos estagiários de Ortopedia e Traumatologia que dividia com cinco ingleses e um indiano. Dentro de meia hora, o supervisor os reuniria ao pé do leito de Mrs. Crawford, então de perna engessada e hemorragia estancada, para fazerem a sua avaliação clínica.

Zeca estava um pouco nervoso. As discussões com o supervisor eram muito disputadas e um médico sul-americano precisava mostrar-se muito melhor do que seus colegas ingleses se quisesse ser considerado tão competente quanto eles. Para tornar a situação mais melindrosa, Mrs. Crawford preferira adotar a versão mentirosa do marido.

Não eram incomuns os casos de espancamento de mulheres entre ingleses de formação universitária; menos raras ainda eram as vítimas de abuso sexual infantil. Muitas vezes, as próprias vítimas e seus acompanhantes escondiam as verdadeiras causas dos ferimentos, atribuindo-as a tombos, atropelamentos e acidentes bizarros. Um dos primeiros pacientes ingleses de Zeca foi um senhor de meia-idade muito tímido que se apresentou, sozinho, ao pronto-socorro, flagelado por dores no ânus. Os exames revelaram que no reto do paciente alojara-se um pepino. Zeca tratou-o com a discrição que o caso exigia, evitando perguntas desnecessárias à cura do problema. O paciente, entretanto, a quem a dor da humilhação suplantava a dor física, sentiu-se obrigado a dar alguma explicação que lhe minimizasse o vexame.

Assim, depois de suportar todo o tratamento em feroz mudez, o inglês voltou para Zeca a face coberta pela barba tratada, baixou os olhos ao chão e balbuciou: "Caí na horta."

Uma enfermeira apressada enfiou metade do corpo pela porta, avisou que alguém no corredor queria falar com Zeca e sumiu como um fantoche atrás do cenário. Um pouco irritado, Zeca foi atender o visitante. Enfermeiras não costumavam dar muita atenção a estagiários. Só em salas de médicos de verdade é que elas entravam de corpo inteiro. E só para eles é que elas anunciavam os visitantes pelos sobrenomes.

No corredor, havia só um homem. Era magro, estava de costas e vestido de preto. A nuca franzina sustentava, com todas as suas forças, uma cabeça altiva; as mãos metiam-se, resolutas, nos bolsos da jaqueta de couro; o tronco fixava-se sobre as pernas abertas e definitivas. Zeca se aproximou, mas o homem fingiu não notar sua presença.

— Posso ajudá-lo?

O homem voltou-se para ele. Era Ian Weston, o agente da imigração. Usava óculos escuros e impenetráveis. Do alto do pescocinho fortificado pela arrogância, o pequeno bico que se formara no lugar de seu lábio inferior parecia alvejar um ponto qualquer acima do ombro de Zeca, para além das paredes do hospital.

— Acho que sim — respondeu. — Talvez possa me informar por que sua amiga Rita foi tão hostil comigo, hoje de manhã, ao telefone.

Zeca perturbou-se. Observou os bolsos da jaqueta onde Ian enfiara as mãos. Alguma coisa poderia estar escondida ali, talvez uma arma. Conduziu-o a um banco vazio no pequeno jardim onde tomavam sol vários pacientes, que poderiam servir de testemunhas caso o agente ficasse violento.

— Ontem Rita mostrou-se interessada em me ver — o agente falou no tom utilizado durante o interrogatório no aero-

porto. — Disse que perguntaria aos amigos sobre algum lugar onde pudéssemos nos encontrar e pediu-me que lhe telefonasse hoje de manhã. Foi o que eu fiz, mas, para minha surpresa, ela foi muito rude e desligou sem dar explicações. O que vocês andaram dizendo a ela?
— Rita não está interessada em vê-lo — Zeca cortou seco.
— Ela lhe disse isso? — a voz do agente fraquejou.
— Disse — Zeca contou uma daquelas mentiras que trabalham pela verdade. — Você estragou a viagem dela.
O agente tirou as mãos dos bolsos. Tudo o que elas traziam eram os próprios dedos, fininhos como vermes, que foram estalados, um a um.
— Então, por que ela não me disse desde o começo? — parecia perguntar-se a si mesmo.

Zeca procurou explicar-lhe, não sem dificuldade, o jeito sinuoso e indireto que as brasileiras têm de dizer *não*, uma política forjada dentro do costume nacional do adiamento das decisões importantes, chamado, na gaiata linguagem popular, *empurrar com a barriga*.

— É um costume brasileiro muito bizarro — o policial enterrou de novo os dedinhos nos bolsos.
— Acho mais bizarro ainda o seu jeito de se aproximar de mulheres — atacou Zeca. — Usa o próprio trabalho para isso.

Ian tirou os óculos, mostrando o par de olhos tristes pregados no chão. O sol frio formara, nos buracos da sua pele descorada, pequenas poças de suor, que ele enxugou com um lenço puxado do bolso. O pomo-de-adão desceu um carregamento de saliva.

— Você sabe, tanto quanto eu, como é difícil fazer amigos em Londres — ele falou com a voz sumida. — Não costumo freqüentar bares e *pubs*, então minha única forma de conhecer gente é através do meu trabalho. Eu não queria nada de Rita além da sua amizade.

Protegeu-se de novo atrás de seus óculos escuros e meteu as

mãos nos bolsos pretos, como quem se tranca numa sala escura e abafada, onde não brincam crianças e não entram visitas. Zeca sentiu pena da sua solidão de ferro e do seu amor perverso. Ian levantou-se, magriço e branquicento dentro da negra armadura:
— Não quero tomar mais tempo seu. Desculpe o mal-entendido.

Zeca despediu-se dele com um movimento discreto da cabeça e retornou à sala dos estagiários.

Londres, abril.

Querida Verinha
Tenho pensado muito nesses amorecos que são as pequenas Dandara e Luana. É que arranjei uma espécie de filhinho também. Será que vou saber cuidar tão bem dele como você das suas gêmeas? Calma que eu já vou contar tudo.
Descobri que a Wendy é uma boa bisca. Aquela simpatia exagerada, aquele riso arreganhado, me receber com flores... tudo fingimento! Por trás daquele sotaque de Oxford e daquela polidez britânica esconde-se uma grandessíssima casca-grossa! Vou lhe dizer uma coisa, a gente faz a maior ginástica, gasta uma fortuna, atravessa um oceano, invade uma nação, e tudo isso para descobrir o quê? Que mulher é igual no mundo inteiro: morre de medo de perder o macho. A Wendy acha que eu vou arrancar pedaço do Zeca. Vive me dando uns chega-pra-lás. A palavra que ela mais usa é "invasão". Imagine o meu tormento como hóspede de uma mulher dessa, eu que detesto incomodar os outros! Além disso, ela é porca. A casa dela parece um chiqueiro. E anda feito uma marmota, ela que tem tudo para ser elegante: berço, dinheiro, estudo, relações, acesso às melhores lojas e aos melhores estilistas... Mas Deus dá asa para quem não sabe voar. Ontem a gente foi tomar chá na casa de uns brasileiros amigos do Zeca. Que roupa ela usou? Meteu-se numa saiona preta, desbotada,

arrastando no chão, vestiu uma suéter turquesa, um casaco vermelho e calçou umas botinhas roxas de cano curto (não quero ser maldosa, mas acho que a Samira bem que iria achar chiques as botinhas roxas) Nada combinava com nada, mas para piorar a situação ela ainda aplicou um laço de veludo marrom por cima do coque. A risca do cabelo, já meio rançoso, era um caminho de rato. Os fios escapavam, desgrenhados. A cabeça estava que era uma caspa só. Ela coçava o cocuruto, depois roía as unhas e pegava nos biscoitos. Quero morrer seca se estou exagerando! E olhe que ela não é mulher de freqüentar pubs *e clubes noturnos não... só vai a concertos clássicos, jantares e conferências. Não sabe nem o que é* rock'a'billy.

Eu já sei que você vai ligar para a Samira e vai comentar: "Mas a Ritinha fica na casa da inglesa, come, dorme, toma banho, e ainda sai falando mal." Pois eu não estou lá de graça. Fiz questão de dividir as despesas, o que aquela unha-de-fome aceitou de muito bom grado, como se estivesse passando necessidade.

Eu vou ter que sair da casa dela porque o agente da imigração ficou me telefonando e depois foi lá no trabalho do Zeca perguntar por mim, então ela se sentiu invadida. Ela acha que ele é um sexomaníaco sádico e o Zeca acha que ele quer me espionar. Eu mesma não sei o que achar. Ele me mete medo, mas por outro lado... eu estaria sendo muito ingênua se achasse que ele se apaixonou por mim? Estou mais perdida do que cachorro em mudança. Este povo daqui é muito esquisito.

O Zeca queria que eu ficasse hospedada na casa de um brasileiro amigo dele que estuda Psiquiatria aqui. Recusei. Não quero mais favor de ninguém. E se eu quisesse me meter com brasileiro teria ficado no Brasil. Vou sair da casa da Wendy, sim, mas para trabalhar.

A partir de um anúncio para au-pair, *pregado na vitrine de uma loja de* delicatessen, *eu consegui ao mesmo tempo casa, comida e trabalho. Virei babá de um inglesinho de três anos, filho de uma portuguesa viúva supersimpática chamada Maria. Além de cuidar do menino, vou fazer pequenos serviços leves. Ela explicou que não pode me pagar muito, mas eu já me dou por satisfeita se não precisar gastar do meu próprio dinheiro com despesas básicas. Imagino que uma portuguesa seja uma européia com um pé no Brasil, uma criatura civilizada mas cordial, temperando o calor do meu mundo ao frio da Inglaterra. Vou mudar para a casa dela amanhã.*

Neste momento, estou no quarto do filhinho dela, pajeando o soninho dele até que ela volte da Victoria Station, aonde foi levar a ex-au-pair, *que parte à meia-noite para Dublin. Tive muito trabalho para convencer o menino a tomar seu leite e ir para o berço, mas agora ele dorme como um anjo. A casa fica em cima de um* wine-bar, *que já deve estar fechado, porque boteco aqui fecha às onze. Mas até há pouco dava para se ouvir alguma música saída da* juke-box, *como* Garota de Ipanema, *com Astrud Gilberto e Stan Getz.*

Torçam para que este emprego dê certo porque resolvi ficar em Londres até o meu visto vencer; por enquanto, conforme sugestão do Zeca, o meu endereço para correspondência continua sendo o da Wendy (aquela casca-de-ferida).

Beijos a todos.

Ritinha

P.S. Quando ler esta carta para a Samira, pule a parte em que eu falo que ela iria achar chiques as botinhas roxas da Wendy.

Rita meteu a carta no envelope e colou-o. Descansou os olhos no rosto transparente do menino, que flutuava num lençol estampado de nuvens e babava uma chupeta. O cabelinho louro e macio convidava carinhos. As pestanas guardavam dois sonhos azuis. Robert era filho da portuguesa Maria Rodrigues Morton com seu segundo marido, um inglês cheio de vida que morrera de infarto. O primeiro marido, um italiano de Florença de modos derramados, morrera de derrame.

Maria tinha cabelos negros cortados à altura das maçãs do rosto, olhos pretos, dentes perolados, roupas sóbrias e tique nervoso. No seu primeiro encontro com Rita, fora acometida de um ataque de piscadelas acompanhado de repuxos dos músculos faciais que se intensificavam quanto maior o esforço para contê-los. Rita fingiu que não os viu. As convulsões, prováveis seqüelas de tormentos passados, tornavam-se insignificantes perto da heróica simpatia da portuguesa, índice da força daquela mulher que, aos trinta e cinco anos incompletos, já enterrara dois maridos. Rita que, apesar de estar com trinta, nunca tivera marido nenhum, invejou-lhe todos os dois, ainda que defuntos. "Trinta anos! Mas não parece!", a portuguesa ficara espantada. "Então você deve ser uma mulher muito responsável!", concluiu, satisfeita, com um aplauso rápido das pestanas convulsas.

Rita ouviu uma pancada leve na porta e achou que a dona da casa tinha chegado. Esperou. O que se seguiu foi um chamado curto da campainha. Rita desceu a escada e entreabriu a porta. Um homem caído na calçada soltou um gemido. Tinha uma faca enfiada nas costas.

Rita trancou a porta. Não sabia curar um homem esfaqueado. Precisava proteger-se do assassino que ainda deveria estar por perto e guardando outra faca para o pequeno Robert. Subiu correndo as escadas para telefonar à polícia. Pegou o fone. Não sabia o número da polícia e nem o da telefonista. Pôs o fone no gancho. Ligar para o Zeca e invadir a Wendy com um caso de esfaqueamento estava fora de questão. Ian Weston. Talvez ainda tivesse o telefone dele na bolsa. Encontrou, dentro da agenda, o cartão que ele lhe dera em Heathrow. Pegou o fone. Ian Weston lhe metia medo. A polícia inglesa lhe metia tanto medo quanto o assassino. Envolver-se de novo com ela seria um suicídio. Pôs o fone no gancho. Àquela altura, algum transeunte, quem sabe um médico ou um enfermeiro, já teria encontrado a vítima e comunicado o crime às autoridades, cuja chegada esperava ao pé do ferido, prestando-lhe os primeiros socorros. Rita não poderia fazer melhor. Alguém que, por acaso, a tivesse visto entreabrir a porta e trancá-la novamente, recusando ajuda à vítima, concordaria com isso tanto quanto ela própria. Não havia razão para sentir-se culpada. Se resolvesse, de uma hora para outra, desistir do emprego e viajar para a Itália, aí sim, suscitaria desconfianças. O que não dava para fazer era ficar ali, parada ao lado do telefone, numa atitude suspeita. Voltou ao quarto do menino. O envelope com a carta que escrevera à amiga Vera estava sobre a mesinha. Pensou em abri-lo para acrescentar outro PS. Um esfaqueamento durante o seu primeiro *baby-sitting* na Inglaterra... que notícia!! Pegou o envelope e a caneta. Mas e se, durante a investigação, a polícia resolvesse interceptar-lhe a carta com a prova da sua atitude covarde? Guardou o envelope e a caneta na bolsa e apagou a luz do quarto.

No berço, o pequeno Robert ressonava a inocência dos esfaqueadores. Rita refugiou-se no silêncio das estrelas. Como elas, calaria o seu segredo, infinitamente. Como uma estrela muda no céu escuro, esperaria, na poltrona ao lado do menino, a chegada da dona da casa.

A vítima já estaria sendo socorrida no hospital mais próximo. Nenhum órgão vital teria sido atingido. Restaria somente uma pequena cicatriz. Quando voltasse a si, o paciente receberia a visita da família. Depois contaria para a polícia que uma imigrante em trabalho ilegal lhe recusara ajuda.

Rita acordou, o coração aos pulos. Maria tinha acendido a luz. Perguntou, aos cochichos, se estava tudo em ordem. Rita contou-lhe as miudezas do *baby-sitting* e disse que Robert era um menino bonzinho. A portuguesa fez a gentileza de levá-la, de carro, para a sua última noite na casa da Wendy. Não parecia saber qualquer coisa sobre o crime.

— São jamaicanos — informou Maria.

Rita serviu-se de mais um tiquinho de batata. Descobrira, afinal, a proveniência do sotaque de batuque dos negros que encontrara em Londres. Sentiu no corpo uma onda tão gostosa quanto rápida. Estava contente na casa de Maria, ainda que apreensiva quanto às conseqüências do crime. O fato de ainda não ter ouvido nenhuma referência a ele era tão inquietante quanto o remorso por tê-lo omitido.

Para comemorar a mudança de Rita para sua casa, a portuguesa providenciara um almoço especial à inglesa: uma insípida perna de carneiro com batatas cozidas em água e pouco sal. Um molho verde e adocicado de hortelã fora posto sobre a carne para emprestar-lhe certa picardia, mas teria sido de melhor serventia depois da refeição, sobre uma escova de dentes, dado o seu sabor de dentifrício. O apetite da brasileira considerou o repasto frugal, mas seu bom senso obrigou-a a servir-se com moderação dos alimentos cujos pedacinhos, retirados das travessas, foram seguidos, um a um, até seu prato, pelos olhos pretos da patroa como por dois guardas batedores.

Robert rejeitara vitaminas e proteínas aos gritos. Queria se exibir para a sua *nanny* (babá), explicara a mãe. Do repulsivo molho verde e adocicado ele comeu quase meio litro, às colheradas. Boa parte lhe ficou no babador e nas orelhas.

— Robert, mostre a Rita que você é um rapaz crescido e prove a batata — negociou a mãe.

Robert escolheu o menor pedaço de batata, enfiou-o no vidro de molho, lambuzou-o, lambeu-o e cuspiu-o, fazendo uma careta. Voltou para Rita a cara melada de verde e avisou:

— *I'm a big boy now!*

Estava sendo iniciado nos princípios civilizados da sociedade possível. A ele obrigava-se o que mais detestava (a sesta vespertina) e proibia-se o que mais desejava (ver televisão). Coletâneas de Andersen e dos Grimm envoltas em capas sedutoras, historinhas modernas ilustradas em três dimensões, publicações interativas aprovadas por pedagogas, brinquedos educativos concebidos com psicólogas e joguinhos sem pretensão das infâncias de sempre ofereciam-lhe prazeres medíocres, se comparados ao transcendental arrebatamento de que era possuído quando assistia, pela tevê, ao mais enfadonho depoimento em plano fixo de qualquer burocrata dos correios sobre a necessidade de uma reformulação dos códigos postais.

A mãe carregou-o para o quarto e meteu-o no berço para a sesta, que ele preludiou com o choro de um católico condenado à danação eterna. Rita lavou a louça e passou um pano úmido no fogão. Ainda que sentisse uma fomezinha inoportuna a fazer-lhe manhas no paladar, achou-se no dever de guardar, na geladeira, junto a um copo solitário de leite, as sobras fingidas da refeição. Devolveu o vidro de molho com sabor de dentifrício ao armário, passando os olhos por uns feijões enlatados, um potinho de maionese e meio pacote de biscoitos. Varreu o chão da cozinha. Ainda tinha muito que fazer até que chegasse a hora da refeição noturna, que a despensa de Maria prometia não ser farta. Abriu de novo o armário, pegou dois biscoitos e comeu-os, apesar de achá-los enjoativos. Passou o esfregão no piso e em seguida retirou outro biscoito do pacote.

— Você gosta desses biscoitos, não? — Maria chegou de repente na cozinha.

— São muito bons... — Rita sorriu um susto. Lembrou-se de uma empregada portuguesa que trabalhara para sua família, quando ainda era menina, e a quem sua mãe dera as contas por roubar bifes e ovos da geladeira.

— Esses biscoitos são os favoritos de Robert — continuou Maria. — Ele gosta de comê-los na hora do chá.

Rita fechou bem o pacote para que os biscoitos não murchassem.

Maria deixou algumas instruções para o dia e já estava quase saindo para o seu curso de especialização em língua inglesa quando voltou à cozinha.

— Esqueci de lhe avisar que daqui a uma hora o meu cunhado vai chegar aqui com a polícia.

A brasileira reprimiu o tremor das mãos que retiravam as roupinhas de Robert da secadeira:

— Polícia, aqui? Por quê?

Maria acendeu um sorriso suave:

— Eu não quis contar antes para que você não ficasse assustada. Um dos meus cunhados, que é dono do *wine-bar*, foi assaltado e esfaqueado esta noite, quando fechava o caixa.

— Que horror! — Rita arregalou os olhos — E como ele está passando?

— Está em coma, no hospital — disse Maria. Devia estar fazendo um sacrifício inconcebível para manter o controle e não deixar Rita nervosa, porque nenhum cacoete relampejou no seu rosto.

— E quem o levou ao hospital?

— O irmão dele, que o encontrou inconsciente, na calçada.

Rita terminou de organizar as roupinhas e não sabia com que continuar ocupando as mãos. A portuguesa notou a sua aflição.

— Não precisa ter medo de ladrões — acudiu-a. — Assaltos são muito raros em Londres. Foi uma fatalidade.

Rita agradeceu o conforto com um lento baixar e subir das pestanas.

— A coisa vai ser rápida — Maria desceu as escadas. — A polícia vai fazer uma vistoria no prédio e terá saído de casa antes que Robert acorde.

Mas Robert acordou daí a meia hora, voou para a sala e ligou a televisão, cujos controles dominava admiravelmente. Rita tentou atraí-lo para outras atividades, sem sucesso, e desligou a tevê ela própria, o que provocou um berreiro que só a visita dos policiais e do tio conseguiu calar.

Os policiais examinaram, em silêncio, todos os aposentos, portas e janelas, sem importar-se com Rita. A única fala que se ouviu foi dirigida a Robert, quando ele se arrastava escada abaixo para ir embora com eles.

— *What a nice little boy!* — cantarolou um dos guardas.

— *I'm not a little boy, I'm a big boy now!* (Eu não sou um menininho, eu sou um rapaz crescido agora!) — foi a resposta do moleque, seguida de um berreiro formidável assim que a porta se fechou.

Rita e ele brincaram de polícia e ladrão, homem-aranha, cambalhotas, cavalinho (a babá sendo a montaria) e esconde-esconde. Ele tomou o copo de leite, serviu-se de alguns de seus biscoitos enjoativos e deu um para ela. No parque, correu tanto que ficou cansado e quis voltar para casa no colo. Foi um custo enfiá-lo na banheira e um tormento convencê-lo a sair dela. Enquanto Rita o enxugava, ele experimentava a voz numa musiquinha inventada na hora. Rita saboreou um beijo nas suas bochechas macias, frescas e perfumadas de sabonete.

— E então, como foi hoje? — Maria entrou de surpresa no banheiro.

Robert faiscou alegria. Rita levou um susto e disse que tudo correra bem. Maria tomou-lhe a toalha e o filho. Um anzol invisível pareceu fisgar um músculo do seu rosto e repuxar sua pele, provocando-lhe duas ou três batidas rápidas das pestanas.

— Pode deixar que eu o visto — disse secamente.

Quando mãe e filho voltaram à cozinha, encontraram Rita à sua espera, ao lado da mesa posta para o jantar. A brasileira tinha garimpado a perna do carneiro para separar do osso cada partícula de carne, com a qual encheu todo um prato e à qual misturou um pouco de maionese. Atrevera-se a abrir uma lata de feijões, que temperou com os parcos condimentos disponíveis.

Surpresos, os olhos pretos da patroa lamberam os dois pratos:

— Quanta comida, Rita! A que horas chega o batalhão?

Ao final da refeição, agradeceu à brasileira o seu empenho na cozinha mas pediu-lhe que se poupasse o trabalho de preparar futuros jantares e almoços, confessando-se constrangida por não poder pagar-lhe o salário que ela merecia.

O cunhado de Maria morreu dois dias depois. Com ele foram enterradas as apreensões de Rita. O alívio que ela sentiu ao receber a notícia foi varrido para baixo de uma máscara de dó como poeira para baixo de um tapete. O vexame da sua covardia era, finalmente, um segredo só seu. Essa exclusividade fortaleceu-a e armou-a de certa malícia, ainda que frouxa, contra os descuidos da vida. Percebeu, por exemplo, que, a menos que entrasse em um acordo com a patroa, passaria fome no emprego. Maria comia como um passarinho. Todas as refeições da casa eram organizadas em função do pequeno estômago de Robert, que se satisfazia com alguns cubinhos de queijo, poucas rodelas de tomate e escassos goles de leite. Foi durante uma refeição de cenouras cozidas em água sem sal que Rita informou Maria, à sua maneira brasileiramente sinuosa, sobre suas necessidades nutricionais:

— No Brasil, abusa-se do sal e do açúcar. Os doces são doces demais e a comida é muito salgada. A classe média come muito. Todo mundo tem uma barriguinha. Cada região tem sua comida típica, mas em São Paulo, a minha terra, a gente come arroz, feijão, carne, batatas e salada. Depois saboreia um doce ou uma fruta e toma um cafezinho... isso no almoço e no jantar, todos os dias, exceto nos domingos, quando os parentes costumam se reunir para uma refeição especial, farta em macarronadas, churrascos e pizzas. Cenoura, assim, a gente serve crua, como entrada.

A bochecha de Maria sofreu um repuxo que lhe travou o movimento da mastigação. Seu olho direito disparou uma saraivada de piscadas contra o rosto inocente da empregada:

— Presumo que deva ser difícil para um brasileiro adaptar-se aos hábitos alimentares ingleses!

— Para um brasileiro de classe média, sim. Mas não para os pobres, que formam a maioria da população, e que quase não têm o que comer.

A patroa levantou-se da cadeira como se o assento a tivesse arremessado contra o teto. Abriu o armário.

— Ainda tenho uma lata de atum aqui — a voz tremeu no esforço de esconder o ódio. — Você pode abri-la, se ainda estiver com fome.

A lata pesou sobre a mesa, na frente de Rita, com a força de um carimbo. O rosto de Maria se entregou, impotente, às furiosas fisgadas dos músculos. As pestanas se debateram para conter os tiros dados com os fuzis dos olhos. Rita ficou olhando a patroa com cara de besta, surpresa com a violência que desencadeara. Seu estômago se encolheu de medo.

— Não, obrigada, já estou satisfeita — respondeu timidamente.

Ao fim da tarde, Maria chegou com uma sacola cheia de compras. Estava de muito bom humor, trazendo no rosto a costumeira simpatia. "Minhas indiretas fizeram efeito", pensou Rita, raspando uma olhadela na sacola que estava sendo colocada sobre a mesa. "A Maria deve ter trazido um porção de enlatados indigestos, mas isso é melhor do que nada."

— Fiz as compras pensando em Robert e também em você — a dona da casa retirou, alegremente, de dentro da sacola, todo o seu conteúdo: uma dúzia de pacotes dos enjoativos biscoitos favoritos de Robert. — Eu reparei que você gosta muito destes biscoitos. Pode comê-los à vontade!

Enquanto guardava os pacotes no armário, os músculos de seu rosto repousavam, serenos.

Rita tentou se convencer de que seu organismo não precisava de mais do que dois nacos de atum enlatado e um pedaço de cenoura ao almoço e à hora do chá, já que eram esses os alimentos que sustentavam Maria, mais alta e mais pesada do que ela. Mas a verdade, que ilumina a alma só depois de ser digerida no estômago, afirmava o oposto. Contra seus planos iniciais, teve que gastar do dinheiro trazido do Brasil para se alimentar fora do emprego, durante os passeios que organizava nas redondezas dos restaurantes baratos recomendados por Samira. Antes de pegar um cineminha (e às vezes até um teatro, se conseguisse ingressos promocionais na fila do posto de vendas da Leicester Square), podia nutrir-se, no Soho, por menos do que custaria um lanche simples no McDonald's, com um almoço oriental chamado *Singapore fried noodles*. Tratava-se de uma porção generosa de macarrão cabelo-de-anjo, embaraçado em cebola, cebolinha, broto de feijão, ovo e pimenta, que nos dias auspiciosos capturava das profundezas do prato, como numa rede, um ou outro camarãozinho. Rita enriquecia-o de *shoyu* antes de mandá-lo para o estômago, onde era banhado numa infusão de ervas perfumadas, oferecida no final da refeição como brinde da casa. Em momentos de grande boa vontade, ela gastava um pouco mais em um ambiente anglo-saxão, servindo-se de um almoço tradicional inglês composto de rosbife, batatas, ervilhas, cenouras e um bolinho de farinha sem recheio e sem gosto chamado *Yorkshire pudding*. De aspecto desagradável e em pequena quantidade, carne, vegetais e bolinho vinham boiando num caldo ralo como sobreviventes de um naufrágio gastronômico. Muitas vezes, a brasileira recorria aos lanches rápidos para se livrar das despesas com gorjetas, mesmo sabendo que as estava trocando por uma indigestão por excesso de gordura.

Um mal-estar no túnel sob o Tâmisa, durante um passeio a Greenwich, alertou-a para os riscos que corria e que pareciam não ameaçar a saúde dos ingleses, povo de fígados superiores aos fígados do resto da humanidade. Tinha comido um *fish-and-chips*, o peixe frito com batatas fritas que é uma espécie de prato feito dos ingleses, e que viera nadando em gordura. Depois entrou no túnel que atravessava o Tâmisa por baixo d'água, congelado por lâmpadas brancas em toda a sua extensão e, antes que conseguisse chegar à outra extremidade, e sob as vistas de dezenas de turistas, vomitou.

Na casa de Maria, seu desconforto era compensado pelo amor que sentia por Robert. A amizade entre os dois fermentou instantaneamente. Rita deixava-o ver televisão durante quinze minutos todos os dias, desde que ele não contasse nada para a mãe. Quando ele levava um tombo, durante uma correria pelo parque, ela lhe calava o choro com um pirulito proibido, que ele sugava arregalando o azul dos olhos. De vez em quando, sem querer, ele a chamava de *"Mom"* (mamãe), ao que ela respondia exagerando um sotaque de Portugal. Ele ria e repetia a brincadeira até enjoar. Durante o lanche, repartia com ela os seus biscoitos favoritos.

Maria os espionava, cheia de ciúmes. Suas aparições repentinas infernizavam o trabalho da babá. Surgia do nada, martelando as pestanas e repuxando os músculos do rosto, nos momentos em que Rita dava banho no menino, trocava suas roupinhas ou deitava-o no berço. Sua simpatia habitual deu lugar ao mau humor. Quase não falava com a brasileira, a não ser para lhe dar ordens:

— Leve Robert à biblioteca infantil. Ocupe Robert com um pouco de pintura. Faça Robert brincar com o quebra-cabeça.

Os serviços caseiros leves foram substituídos pelos pesados:

— Remova as crostas de gordura do fogão. Limpe as manchas do carpete. Lave as vidraças.

A serviçal, que no princípio recebera elogios pela sua idade, agora recebia críticas.

— Rita, você já tem trinta anos! — lembrava a patroa ao vê-la respingar o leite de Robert na mesa, derrubar uma peça de roupa no chão, esquecer uma luz acesa ou tropeçar num degrau.

Às vezes Rita reagia à altura, mas a portuguesa contra-atacava. Desencadeava-se então, entre as duas mulheres, um tremendo bate-boca, que o pequeno Robert, paralisado de curiosidade, os olhos vidrados de sabedoria, a boca aberta numa exclamação, bebia gota por gota. Essas cenas tinham um ótimo efeito sobre o humor do menino que, até o fim do dia, renunciava a manhas e pirraças para cantarolar alegremente as musiquinhas que inventava zanzando pela casa.

De uma hora para outra, entretanto, o pequeno Robert, que sempre se deixara acariciar docilmente, passou a recusar as bochechas frescas de sabonete aos beijos da babá-coruja.

— *Don't touch me, it's no good!* — ele guinchava, empurrando-a com os bracinhos brancos. No começo Rita ficou magoada. Depois tentou compreender-lhe os motivos. Talvez ele já se achasse crescido demais para se submeter aos mimos de uma mulher adulta. Talvez se sentisse oprimido pelos cuidados de duas mães. Porém o mais provável — e isso Rita intuía com o coração — era que Maria o tivesse orientado para evitar seus carinhos. NÃO ME TOQUE, ISSO NÃO É BOM soava como uma lição decorada.

"Que bisca!", pensou Rita antes de dormir, o estômago digerindo os biscoitos favoritos de Robert como uma moela. "Não me admira que seja viúva duas vezes. Deve ter matado os maridos de desgosto. Agora lhe morre até o cunhado. Todos os homens envolvidos com essa mulher têm mortes trágicas. Aquilo é uma tarântula! Daqui a pouco é capaz de lhe morrer até o pequeno Robert, Deus o livre. Onde eu vim amarrar o meu burrinho!... Amanhã mesmo vou começar a procurar outro emprego."

Luz branca. Túnel. Tripas. Tâmisa. Rita pesca camarões no Tâmisa com uma rede de macarrão. Dá banho em Robert com uma infusão de ervas. Maria enfia uma faca nas costas do filho e rouba seus biscoitos favoritos. *Don't touch me, it's no good!* Rita enfia a faca nas próprias tripas.

Rita acordou enjoada no meio da noite. Tinha calafrios. Precisava de um banho quente. Abriu a porta de seu quarto em silêncio e foi ao banheiro. Um vulto escuro se ergueu de repente da poltrona da sala.

— Está tudo bem, Rita? — o vulto de Maria a assustou.

— Devo ter comido alguma coisa estragada — Rita se livrou depressa das palavras para poder inspirar o ar e se acalmar.

— O que eu acho é que você deve ter comido demais. Faz mal ir para a cama de estômago cheio — o vulto sentou-se novamente na poltrona.

Um sol inglês se acanhava no céu. Nuvens brilhantes assobiavam primavera e sopravam o frio dos edifícios de ferro e vidro do Covent Garden. As lojas e os restaurantes que ocupavam o antigo mercado de verduras e frutas estavam apinhados de gente naquele sábado.

Embrulhada em seu casaco francês, Rita caminhava entre os turistas que apreciavam atirar moedas aos artistas de rua. Um palhaço imitava os transeuntes e beliscava os pênis dos mais tímidos, que coravam. Uma odalisca centrifugava o umbigo. Uma dupla de maquiadoras pintava caras de bichos nas das crianças. A atmosfera se coloria de olhos, vozes e ritmos. No bolso de seu casaco, os dedos de Rita dançavam com um papelzinho onde estava anotado o endereço de uma agência de *au-pairs*. Copiara-o da mesma vitrine onde achara o telefone de Maria e à frente da qual passara, a caminho do metrô, meia hora antes, enquanto se dirigia ao Covent Garden.

De um pequeno jardim, para lá de um arbusto e de um banco onde se sentava um homem de rosto avermelhado, trotaram até Rita os primeiros acordes de um *rock* antigo, cavalgados por uma voz sem microfone. Em alguns segundos, o arbusto, o banco e o senhor de cara vermelha foram escondidos por um grupo de curiosos que se formou no jardim. Atraída pela competência alegre e espontânea da música, Rita se juntou à pequena platéia, ocupando um lugar no banco, ao lado do senhor de cara de fogo.

Os instrumentos precários mas eficientes lembravam os da banda Brett Marvin and the Thunderbolts, que Rita vira na sua primeira noite em um *pub*. O baixo acústico não era mais do que um barbante grande, amarrado a um pedaço de pau que se prendia a uma caixa de madeira onde se abria um buraco redondo. Duas latas se transformavam em bateria ao toque de condão das baquetas do percussionista. Uma guitarra de baixa estirpe se ligava a um pequeno amplificador. Os vocais dos músicos bordavam a voz do líder e inspiravam coreografias engraçadas.

Uma mocinha simpática tentava vender ao público as fitas com o trabalho do grupo. Seria a namorada do vocalista?, Rita se perguntou. Não. Ela seria apaixonada por ele mas não a sua eleita. O vocalista era lindo demais para se contentar com uma mocinha apenas simpática. Ela tinha que se consolar com o percussionista, um sujeito desengonçado.

— *They are very good!* — disse a Rita o senhor de cara vermelha, que destilava uísque escocês nos olhos cinzentos e na fala enrolada. — Venho vê-los todos os fins de semana.

Rita ficou hipnotizada por duas turquesas que pularam na sua frente. Eram os olhos do vocalista. Do seu pescoço e das suas mãos saltavam as veias azuis que conduziam a eletricidade turquesa dos seus olhos para o resto do corpo. Ele torcia o tronco para trás, dobrava as pernas e encostava as costas nos calcanhares. Saltava sobre a lata de lixo, equilibrava-se em suas bordas e, sem derrubá-la, saltava de novo ao chão. Pulou um bêbado que dançava tuíste. Pulou o banco, o arbusto, deu um salto mortal para trás. Não só cantava, dançava, pulava e se contorcia, como também tocava um reco-reco e um agogô presos no peito — e os dois ao mesmo tempo! O suor do seu rosto avançava sobre as costeletas compridas como o mar sobre duas penínsulas. O desejo de Rita fluiu em ondas salgadas.

— O vocalista é americano de Nova Orleans — informou o

escocês de cara vermelha, que notara o interesse dela. — Os outros são todos ingleses.

A brasileira observou as mulheres ao redor. Assistiam à apresentação com uma expressão discreta e insondável. As rivais, se existiam, sabiam muito bem esconder suas intenções. Rita cumprimentaria o vocalista e tentaria ficar conversando com ele assim que terminasse o *show*. Tinha muito a dizer sobre si mesma e mais ainda a perguntar sobre ele. Não havia motivo para se sentir insegura. Na pior das hipóteses, seria delicadamente rejeitada. E rejeições também são deste mundo.

A apresentação acabou. O talento dos artistas foi reconhecido por meio de moedas e palmas generosas. O público se dispersou rapidamente, em busca de alguma outra atração gratuita por perto. Os músicos guardaram seus instrumentos. O vocalista abriu uma garrafa de cerveja e sugou-lhe o bico.

Rita estava nervosa. Não conseguia se despregar do banco.

— Como se chama o grupo? — perguntou ao escocês vermelho para achar o que fazer.

— The Gutter Brothers (Os Irmãos da Sarjeta) — o homem respondeu, feliz por ter encontrado uma companhia. — De onde você é?

— Do Brasil — Rita respondeu de má vontade.

O americano tinha sentado sozinho num banco para continuar sugando placidamente a sua bebida. Era incrível que não estivesse sendo assediado por nenhuma sirigaita! As européias estavam mal-acostumadas. Encontravam muitos homens bonitos todos os dias e nem prestavam mais atenção neles. No Brasil, um Apolo como aquele seria convidado para ser modelo. Tinha beleza e talento. Poderia ter as mulheres que quisesse. Não se interessaria por uma pessoa como Rita.

O escocês engrolava qualquer coisa a respeito de mulheres argentinas e colombianas. Rita não o ouviu. Sentia-se deprimida, nunca era capaz de obter aquilo que mais desejava... Antes que ela conseguisse resgatar sua auto-estima, o americano teve tempo de beber toda a cerveja e ir embora com os colegas.

Um som familiar veio confortá-la em seu desterro feminino; carregou-a no colo até o outro lado da praça, onde um coração paternal palpitava surdos e tamborins e um útero gemia cuícas. Fantasiadas de baianas, européias insossas rodopiavam ao redor de um mestre-sala *gay*. Uma porta-bandeira de feições orientais desfraldava as palavras LONDON SCHOOL OF SAMBA em lantejoulas douradas sobre cetim. Uma passista morena de ancas travadas e braços soltos requebrava mais estes do que aquelas. A bateria sem vocação promovia o congraçamento de todas as raças e o desencontro de todos os ritmos.

Apesar de pequena e desajeitada, a escola de samba incendiou o Covent Garden. Crianças, velhinhas, moças e rapazes deixaram os olhos brilhar e as cadeiras mexer. Os brancos procuraram desenferrujar quadris e pés, ultrapassando, em milímetros recatados, os limites do espaço que seus corpos ocupavam parados. Os negros se sacudiram debaixo das roupas elaboradas e dos penteados prodigiosos, gritando *"That's hot, man!"* Rita bamboleou uma pontinha de orgulho na pélvis. Nem o talento turquesa do americano de Nova Orleans fazia tanto sucesso como o samba da terrinha.

Quando a escola de samba cansou e silenciou, a passista morena parou de rebolar os braços, se enfiou numa japona e foi encontrar Rita. Sorria a cordialidade meiga exclusiva dos brasileiros.

— Você é brasileira, não é? — disse ela, com um ar de velha amiga.

Rita recebeu sua simpatia com frieza. Estava um pouco decepcionada por não ter sido tomada por uma italiana ou uma francesa.

— Sou mesmo — respondeu. — Como você adivinhou?

— A gente que é brasileira se reconhece. É alguma coisa no

jeito, no andar, no astral, sei lá. Eu já não encontrei você na Vila Madalena?
Rita esfregou bem os olhos por todo o seu rosto, para mostrar que não era por falta de esforço que não se lembrava dela.
— Quem sabe? — fingiu certa benevolência. — Talvez numa daquelas festas de cineastas.
— Não me diga que você é atriz!! — estalou de alegria a sambista.
Rita fez que prestava atenção às meias soquetes de uma menina que passava correndo.
— Eu sou diretora — disse.
— Está brincando! — a passista abriu os dois braços, afastando para trás o ar que a separava da conterrânea. — Eu a-do-ro cinema!
Chamava-se Estella Maris, mas era conhecida como Baiana. Era uma bonita falsa magra de quadris e seios fotogênicos. Tinha a pele de seda achocolatada e um nariz grego. Mexia exageradamente os braços quando falava, abraçando e empurrando todo o oxigênio ao seu redor.
— Você está fazendo um filme aqui em Londres?
A pose de Rita desabou:
— Quem me dera! Nem me atrevo a sonhar com isso. Não enquanto não tiver o meu passaporte italiano. Estou trabalhando aqui como *au-pair*.
A sambista recolheu os braços. Toda a sua efusão se reduziu a um mal disfarçado desprezo, que logo se redimiu em complacência.
— Empregada doméstica! — ela sacudiu rapidamente as mãos como a duas bandeirinhas. — Você não precisa se rebaixar tanto! Uma diretora de cinema!
Rita fingiu reparar numa folhinha de papel que capotava no chão, empurrada pelo vento. Até mexeu a cabeça para mostrar

que acompanhava seu movimento. Queria esconder o incômodo que a franqueza da passista lhe causava.
— Você é de Salvador? — mudou de assunto.
— Sou uma cidadã do mundo — Baiana alçou as asas de albatroz. — Nasci no sertão da Bahia, vivi em São Paulo, Paris, Berlim e Amsterdã. Estou em Londres há um mês. Antes, passei três meses nos Estados Unidos, onde conheci meu namorado. Resolvemos viajar juntos.
— Que interessante — Rita empurrou a frase por uma fissura forçada entre os lábios.
Baiana não sabia inglês. Não sabia língua nenhuma. A bem da verdade, tinha desistido do curso secundário para viajar. Mas se virava muito bem. Para Rita ter uma idéia, com apenas um mês em Londres ela já lecionava no Gateway Community Center, em Balham. (O modo como ela pronunciou Gateway Community Center atestou a Rita a sua ignorância da língua.)
— Você é professora de quê? — desconfiou a babá.
— De ritmos brasileiros. Tento ensinar para os gringos uns passos de samba e frevo. Quando sobra tempo, dou de lambuja umas noções de flamenco e dança do ventre. Faço massagens. Dou ginástica e alongamento. Você sabe, faço de tudo um pouco com o corpo. Quem fala com o corpo fala a língua universal.
— Seus alunos são ingleses? — Rita torceu para que a resposta fosse "não". Recusava-se a admitir que belos e inacessíveis ingleses, renunciando a seu esnobismo, se submetessem à autoridade de uma iletrada que bancava a especialista em linguagem do corpo.
— Três são ingleses. Dois, americanos. Tenho também alunos do Caribe, da Alemanha, da Holanda, da Suíça e até do Brasil.
Baiana tinha visto de turista. Trabalhava clandestinamente. A sala em Balham estava alugada no nome de um inglês, aluno dela. Por enquanto tinha só duas classes, portanto precisava fazer outros bicos para sobreviver. Tocava berimbau no metrô, no ponto de

um imigrante italiano, para quem pagava metade dos seus ganhos. Arranjava uns trocados no Covent Garden fazendo showzinhos de mímica e gafieira com outros brasileiros. Morava com o namorado num *squat*, um edifício em desuso ocupado por pessoas que não têm onde morar. Precisava iluminá-lo com velas, mas já estava providenciando a falsificação de uma papelada que o beneficiaria com luz elétrica. Tinha três televisões, um fogão, dois colchões de casal e vários móveis que encontrara no lixo. Em breve disporia de uma linha telefônica, sabe Deus por obra de quais trambiques.

— Por que não vem morar com a gente? — convidou. — Você teria mais liberdade e mais tempo para batalhar qualquer coisa em cinema. Podemos criar juntas uns espetáculos de rua...

Rita apertou, dentro do bolso do casaco, o papel com o endereço da agência de *au-pairs*. Seu temperamento pequeno-burguês era mais afeito à monotonia das faxinas numa pacata casa de família do que aos sobressaltos de um cortiço povoado por trambiqueiros internacionais.

— Obrigada, mas já estou estabelecida — respondeu.

Uma brasileira de cabelos cansados de tão compridos, puxando um carrinho de feira carregado de fantasias e objetos, veio chamar Baiana para o trabalho. Rita foi convidada a apreciar a *performance*.

Uma vitrolinha a pilha rouquejou um samba desavergonhado. Baiana entrou em cena vestida de malandro, com camiseta listrada e chapéu de palha. Sorria um deboche canastrão no canto direito da boca, de onde pendia um toco apagado de cigarro. Deu duas ou três voltas num raio de um metro, gingando como um marinheiro no mar e chutando uns passos de samba. A amiga de cabelos fatigados apareceu vestida de freira, atracou-se com o malandro e os dois dançaram uma gafieira. Rita investigou a reação da platéia que se formara em volta e notou que um ou outro espectador sorria. O malandro se pôs a bolinar peitos e nádegas da freira. Rejeitado, aplicou-lhe uma saraivada de tabefes e pontapés até o final da melodia. A freira, reagindo ao espancamento, desligou a vitrola e calçou uma luva de boxe, com a qual socou o nariz do cafajeste, que desmaiou no chão. Aplausos murchos e solitários coroaram a representação. Rita também aplaudiu, condescendente. Baiana, a quem faltava tanto talento para a arte de representar quanto para a de rebolar, levantou-se e recolheu, com o chapéu de palha, o cachê a que tinha direito e que gotejava, como uma esmola, das carteiras dos turistas.

Rita chegou em casa às onze e meia da noite. Em silêncio, acendeu e apagou, uma a uma, as luzes do caminho até o seu quarto, de forma a poder enxergar todas as poltronas, antes que o vulto de Maria se erguesse de alguma delas para assustá-la. A casa parecia habitada por um gato solitário, por causa dos miados que Robert emitia do seu berço. Rita afundou na penumbra macia do seu quarto e acendeu o abajur. Um bilhete a espiava, de cima do criado-mudo.

Rita

Seu amigo Zeca avisa que chegou uma carta do Brasil para você.

Se estiver com fome, sirva-se de um pouco do mingau de Robert que está na geladeira.

Eu gostaria de ir à missa das onze horas, amanhã. Você poderia me fazer o favor de ficar com o menino?

Muito obrigada.

Maria

Aquela icterícia! Tinha o topete de pedir-lhe favores, em troca de umas colheradas de papinha. Ah, este mundo é mesmo um pandeiro! Algumas décadas atrás, em São Paulo, o português era o semi-analfabeto da padaria da esquina. Rita, ela própria, quando menina, tivera uma empregada portuguesa. Hoje, uma brasileira de formação universitária investe todas as suas economias em se mudar para a Europa para ser o quê? Para ser criada de uma portuguesa psicopata.

Mas Rita não estava com vontade de brigar. Logo pediria as contas. Não lhe custava perder uma hora e meia com o menino. Quem sabe Maria voltasse da igreja mais mansa.

Acordou às nove mas fez questão de se levantar às dez e vinte. Às dez e meia foi para a cozinha, onde um Robert choramingas cuspia mingau no babador enquanto Maria, vestida para a missa, engolia um chá. A portuguesa forçou um sorriso de elástico que imediatamente se contraiu:

— Bom dia. Robert guardou um pouco de mingau para você. Está na panela, sobre o fogão.

— Obrigada, Robert — Rita afagou os cabelos do menino que a repeliu com um guincho de aço afiado.

— Ele está manhoso, hoje. Quase não dormiu durante a noite. Deve estar muito cansado.

O menino pendurou na mãe os olhos azuis e estendeu um choro fingido que evoluiu para um apito ardido de sirene quando ela saiu e só silenciou meia hora depois, quando a tevê foi ligada. Arregalados, os olhos azuis se deixaram arrastar, quase sem piscar, por todo um emperrado documentário sobre a fabricação da cola, até que, abatidos pelo cansaço, se entregaram ao sono no sofá da sala. Rita cobriu o menino com um lençol e, para não correr o risco de acordá-lo, deixou seus sapatinhos nos pés. Acomodou-se na poltrona ao lado e dormiu também, embalada pelo ritmo do documentário.

Cola. Papel. Carta. Wendy entrega a Rita uma carta de demissão. Rita dança gafieira com Maria no Covent Garden. Maria dá sopapos e facadas nas suas costas.

Rita acordou num pulo. Robert chorava uma dor funda e aguda. Suas lágrimas brotavam, como pus, de uma ferida aberta entre o sono e a vigília. Curvada sobre ele, a mãe o consolava e tirava seus sapatinhos.

— Está tudo bem, querido — ela dizia baixinho, cheia de tristeza. — Está tudo bem.

Pegou-o no colo. As roupinhas dele estavam molhadas. O sofá estava manchado de urina. A tevê matraqueava, inoportuna e indiscreta. Rita se deu conta da sua negligência. Desligou a televisão, afobada:

— Sinto muito, Maria!

Maria fulminou-a com uma rajada de piscadelas:

— Rita, você já tem trinta anos!

A *au-pair* disparou para o banheiro. Voltou rapidamente, trazendo o secador de cabelos. Ligou-o à tomada. Maria observou-a, enfurecida. Seus olhos pretos, carvões em brasa, chamuscavam as pestanas trepidantes. Os músculos de seu rosto repuxavam a pele com tanta intensidade que provocavam trancos na sua cabeça.

— O que você está pretendendo fazer, estúpida?! — rugiu. Tremia tanto que Rita pensou que o filho fosse cair dos seus braços.

— Vou secar a urina do sofá — balbuciou Rita.

A patroa arrancou o secador das mãos dela.

— Precisa esfregar um pano molhado antes! — vociferou.

Robert vertia a sua dor inestancável. A mãe beijou-o, abraçou-o e, dizendo-lhe palavras carinhosas, carregou-o para o quarto. Rita permaneceu na sala por alguns minutos, confusa e amedrontada, ferida em seu amor-próprio e envergonhada pela própria gafe. No sofá, a mancha de urina acusava seu desleixo. Era preciso limpá-la o quanto antes! Maria estava certa: um pano molhado, esfregado com vigor sobre o estofamento, daria conta da tarefa. Não um pano de chão qualquer, mas uma velha fralda de Robert, que estava no armário do quarto dele. Rita para lá se dirigiu, os pés suspendendo sua culpa no ar.

O menino uivava o desamparo de todos os filhotes. Seu choro ficava mais nítido à medida que Rita avançava. Ela podia sentir o hálito quente de talco que o quarto exalava pela porta. Podia ouvir, entrelaçados ao lamento uniforme, os sussurros e os beijos confortadores da mãe. Na entrada do quarto, estacou. Sentada na poltrona, Maria aninhava o filho contra os seios nus, beijava sua boca e lambia suas lágrimas como uma gata. Com a mão, excitava seu pênis.

Logo que viu a *au-pair*, a portuguesa escondeu o filho e os seios num abraço. Fritou o rosto de Rita em seus carvões acesos. Suas pestanas martelaram.

— Nunca entre sem pedir licença! — rosnou.

Rita escondeu seu achado sob uma expressão inocente:

— Desculpe, eu só queria ajudar.

Cantar em um coral de igreja é mais uma tradição na Inglaterra que Wendy fazia questão de respeitar. Naquele domingo, aproveitava algum tempo livre para exercitar a sua voz de soprano e ensaiar o Coral nº 23 de Bach. Dava-se os tons ao piano, diante da partitura com a versão inglesa da obra, *Today He opens us the door*, quando a campainha tocou.

Rita viera buscar a carta que chegara do Brasil. Wendy recebeu a brasileira com uma festa arreganhada nos dentes perfeitos, instalou-a apressadamente num sofá e voltou ao piano.

— Fique à vontade, Rita. Não posso conversar com você porque não tenho outra hora para praticar — empoleirou os olhos castanhos na partitura.

— Faça de conta que eu não estou aqui — alfinetou Rita.

Zeca, que era o único que sabia onde a carta estava guardada, ainda dormia. Rita esperou que os gorjeios do soprano o acordassem. Torcia para que Wendy lhe proporcionasse uma oportunidade de ficar a sós com ele, de modo que pudesse lhe contar seus recentes tormentos e quem sabe até receber alguns conselhos.

Ele entrou na sala com os olhos amarrotados pelo sono, trazendo para Rita a carta remetida do Brasil e um ingresso grátis para um concerto da Orquestra Sinfônica de Londres. Abraçou-a com discreta doçura. Os dedinhos redondos de Wendy tropeçaram nas teclas. Sua voz rachou.

A carta era de Samira. Rita devorou-a. Depois ficou ensaiando uma conversinha enrolada, à espera de que o soprano, tomado de entusiasmo, lhe abafasse a voz sob a sua. Cantora e instrumento, entretanto, entraram em desacordo quanto a tom e afinação. Voz e piano, antes cúmplices, tornaram-se inimigos. Os dedinhos de Wendy tomaram o partido do piano contra as suas cordas vocais, encavalando as notas e sabotando as harmonias. A voz, irritada, arranhou timbres esganiçados. Wendy decidiu dar um fim àquela briga. Fechou o piano e foi para seu quarto.

"Até que enfim ela sacou que dois brasileiros têm coisas a se dizer a sós", pensou Rita, respirando fundo para arejar os segredos. Nem cinco segundos se passaram e Wendy gritou lá do quarto:

— Zeca, pode vir aqui, por favor?

Zeca foi ver o que Wendy queria e não voltou mais. O quarto do casal foi fechado sem que se desse qualquer satisfação à visita. Cansada de esperar, Rita resolveu ir embora.

Seu objetivo era um par de ilhas turquesas situadas entre duas penínsulas num mar de suor: o vocalista de compridas costeletas dos Gutter Brothers. Conforme o trem do metrô foi avançando em direção ao Covent Garden, Rita foi se livrando da demência de Maria e da hostilidade de Wendy como quem tira a roupa suja antes de mergulhar num banho de espuma.

Ziguezagueou como um morcego entre os turistas e os artistas, sem enxergá-los porque tinha os olhos pregados na pracinha que no dia anterior servira de palco aos Gutter Brothers. Uma pequena platéia lhe escondia o *show* que ali se apresentava e que seu coração garantia ser o deles. Os sons não chegavam até seus ouvidos, interceptados pela mixagem caótica que fluía por todo o local. Apressou o passo e, antes que seus pés tivessem alcançado a praça, seus olhos já tinham penetrado nos vãos da platéia e divisado o arbusto, parte do banco ocupado pelo velho escocês de cara vermelha, a lata de lixo e, no meio de todos esses elementos... a Baiana fazendo mímica.

Rita emburrou. Não estava num dos seus melhores dias. Já suportara uma tarada, uma esnobe e agora ia ter que aturar uma trambiqueira. Era demais para um domingo só.

Ia dar meia-volta quando um homem fardado de policial entrou em cena. Embora o *show* fosse de mímica, o policial conversou com a Baiana e ela gaguejou interjeições. Depois ela se calou, guardou seus adereços no seu carrinho de feira e puxou-o para longe dali. A platéia se desfez. O policial não era um artista de rua, mas um guarda de verdade que ganhava o seu pão impedindo que imigrantes ganhassem o deles. No seu íntimo, Rita se solidarizou com a conterrânea. Se por um lado faltava talento à Baiana, por outro não faltavam otários dispostos a lhe dar algum dinheiro. Quatro quintos do mundo se movimentavam com o mesmo mecanismo. Quem esses ingleses pensavam que eram?

Sentou-se no banco, ao lado do velho escocês de cara de fogo, e lhe perguntou:

— Por favor, os Gutter Brothers já se apresentaram hoje?

— Duas vezes! — o alcoólatra desemperrou a língua, contente por poder conversar com alguém. — Eles são muito bons. O líder é americano, de Nova Orleans. Os outros músicos são...

— Obrigada — Rita cortou seco.

Levantou-se de um pulo, irritada. No que diz respeito ao amor, o destino sempre trabalhava contra ela. O que fizera da sua manhã de domingo? Ficara presa na casa de Maria, pajeando Robert, e depois tomara um chá de cadeira na casa da Wendy. Enquanto isso, todos os desocupados do Covent Garden — até aquele bêbado inútil — tiveram *duas* oportunidades de se deliciar com os Gutter Brothers. Deus joga amendoim para banguela. Era

possível que a banda nem quisesse mais tocar! Duas apresentações só no período da manhã podem esgotar até o mais preparado dos artistas. A Rita, só restava perambular a tarde toda pelo Covent Garden até que uma coincidência lhe entregasse o Apolo de olhos turquesas.
    Comeu um sanduíche com o gosto do suor dele. Sonhou com seu corpo durante um número de contorcionismo. Viu seu olho no anel de um mágico. Ouviu sua voz soprada de um saxofone. Sentiu seu hálito no vento. Acariciou suas costeletas nas orelhas de um *cocker spaniel*.
    Desta vez, não teria vergonha de cumprimentá-lo. Ele era um homem como qualquer outro, portanto gostava de receber elogios. Ela se apresentaria como uma cineasta. Ele diria que o inglês dela era ótimo. Tomariam uma cerveja juntos num *pub*. Na despedida, trocariam um beijo escandaloso e começariam a namorar. Rita só voltaria para a casa da portuguesa dois dias depois, para pegar suas coisas.
    A coincidência aconteceu no final da tarde, quando o zanzar de Rita foi interceptado pela Baiana. A bela nordestina de pele achocolatada passeava com o namorado, segurando sua mão com a ponta da asa. Apresentou-o à cineasta. Michael, americano de Nova Orleans, era vocalista de uma banda chamada The Gutter Brothers, que acabara de gravar o seu primeiro disco.

Londres, maio.

Querida Samira
    Você e a Verinha reclamaram que eu só escrevo carta para contar desgraça e falar mal dos outros. Pediram que eu descreva os meus passeios, para variar... Tá bom. Hoje não vou falar mal de ninguém. Só que vocês não fazem idéia do que estão perdendo!
    Tenho visto quase tudo que é grátis por aqui. Sábado fui à

exposição permanente da National Portrait Gallery, um bom lugar para se dar muita risada com uma companhia bem-humorada. São retratos de celebridades inglesas do período medieval em diante. Os mais antigos são os mais engraçados por causa dos figurinos e das poses. O melhor exemplo é Henry, Prince of Wales, *que nasceu em 1594, morreu aos dezoito anos e foi retratado aos dezesseis por um sujeito chamado Robert Peake. Comprei um cartão-postal com a reprodução do quadro e mandei-o para a Teca, que aprecia os pubescentes. Esse príncipe Henry parece uma bichinha concorrente ao prêmio de melhor fantasia de carnaval na categoria luxo. Veste uma minissaia armada e bordada de brocados, uma blusa com uma imensa gola de renda e uma meia-calça vermelha cingida por uma liga na região da coxa esquerda. Calça sapatos de salto anabela com apliques de pérolas. A espada é presa a um cinto de pedrarias. Na mão direita ele segura um leque; a esquerda é apoiada na cintura, feito uma asa de xícara. Sobre a mesa está pousado, como um pássaro exótico, o seu gracioso chapéu de plumas.*

Fui também a um concerto da Orquestra Sinfônica de Londres no Barbican, com um ingresso grátis que o Zeca passou para mim (os bolsistas brasileiros ganham ingressos para muitos espetáculos de alta qualidade). Foi uma recriação da estréia de A sagração da primavera, *que, em 1913, terminou numa rebelião da platéia. Os trechos explosivos da música proporcionaram ao maestro Kent Nagano a oportunidade de sacudir uma magnífica cabeleira japonesa, preta e cintilante, de fazer inveja à mais vaidosa das violinistas.*

De graça também são as deliciosas visitas ao acervo da National Gallery acompanhadas por um guia. Ele vai conduzindo o grupo de turistas pelos principais períodos da pintura da Europa Ocidental, entre o século XV e o pós-impressionismo, e detendo-se diante de alguns quadros para analisá-los. Diz que o Brasil é uma democracia... Pois faça uma enquete aí entre a bugrada e pergunte quem é que já teve a oportunidade de olhar, cara a cara, uma obra de Rafael, Ticiano, Turner, Monet, Renoir, Manet, e ainda por cima de graça.

Contando assim, dou a impressão de que estou com a vida que pedi a Deus. Mas estou numa puta crise. Sam, eu me pergunto o que é que vai ser de mim. Vivia jururu no Brasil, continuo desacorçoada em Londres. Meu pai é que dizia: "Quem nasceu pra tostão não chega a milhão." Para começar, nenhum homem interessante tem olhos para mim. E por que os haveria de ter? Sinto-me um traste. Ninguém dá qualquer importância aos meus traços vênetos. Acho que as coisas seriam diferentes se eu fosse uma morena tipicamente brasileira, de pele achocolatada e ancas vistosas, mesmo que picareta. Ou então se eu fosse preta, loura ou japonesa. Mas o que sou eu? Uma mistura neutra e mediana. O cabelo não é claro nem preto, nem liso nem grosso; a pele não é de branco — mas também não é de negro; renego a nacionalidade brasileira mas ainda não tenho outra, quero dizer, a italiana. Não sou isto, nem aquilo. Minha língua nativa ninguém entende, e o fato de eu não saber perfeitamente as outras línguas faz de mim uma semi-analfabeta em quase todos os países. Sou uma cineasta que não filma, uma empregada que não se assume, uma trabalhadora sem direitos. Turista ou imigrante? Residente ou clandestina? Invasora ou visitante? Quem diabos sou? Que raios sou eu? Quê que estou fazendo aqui? Samira de Deus, eu não me sentia tão perdida desde a adolescência. E olhe que eu já tenho trinta anos! Sinto um medo vago, não sei exatamente de quê. Nunca me vi tão sozinha neste mundão. Tenho tido pesadelos complicados, com cenas de esfaqueamentos.

Mas deixa eu parar de contar desgraça senão vocês vão reclamar de novo. Saí da casa da portuguesa, com uma dorzinha no coração por causa do pequeno Robert, mas saí. Uma agência de au-pairs me arrumou um emprego que me causou boa impressão. Mudei ontem para a casa dos Blakemore. Eles se definiram como "uma típica família inglesa de classe média". Dão a impressão de ser gente de bom caráter. Acho que vocês podem mandar suas cartas para o endereço *deles, em vez de enviá-las para o endereço daquela entojada da Wendy.*

Ainda não tive nenhuma notícia do advogado sobre meu passaporte italiano.

Beijos

Ritinha

O fato de Rita não ter permissão para trabalhar era irrelevante no entender da imigrante de feições semíticas e sotaque carregado que comandava a agência de *au-pairs*. Dezenas das moças que a procuravam não o tinham. A ficha de inscrição da graciosa brasileira era irretocável. Ela não fumava, não bebia, não tinha qualquer problema de saúde; sabia inglês, italiano, francês, passar, cozinhar, nadar; gostava de esportes, cinema, música, literatura, crianças, cães, gatos, passarinhos, porquinhos-da-índia. Tinha cursado a universidade. Mrs. Blakemore e sua família não ousariam sequer sonhar com a existência de uma ajudante em condições tão ideais. A senhorita Setemiglia não sabia dirigir, verdade fosse dita, mas ninguém é perfeito. Tão logo Mrs. Blakemore desembolsou uma quantia equivalente a um salário da empregada, a agência promoveu o contrato verbal entre as partes.

A casa dos Blakemore situava-se no bairro retirado de North Acton, no lado oeste da cidade. Tinha a inevitável fachada vitoriana e um jardim desmazelado nos fundos. Os móveis escuros, pesados e sisudos que guarneciam o andar térreo e o primeiro andar contrastavam com a modernidade límpida e fútil dos quebra-cabeças que mobiliavam a água-furtada onde dormiam as crianças. Dois lances de escada estreita promoviam a comunicação entre os dois mundos, forrados por carpetes espessos sobre os quais Rita deveria arrastar, duas vezes por semana, o pesado aspirador de pó.

No primeiro andar, e vizinho ao escritório, à suíte do casal e ao amplo banheiro forrado de carpete atoalhado, ficava seu quarto. Dentro dele, móveis exilados de seus ambientes originários e cortinas desterradas de janelas primordiais se solidarizavam com eletrodomésticos obsoletos, na criação de uma nova pátria. Sobre uma mesinha trípode, embaçada por um verniz antigo, apoiava-se um rádio com um botão banguela e uma antena desfalecente; ao seu lado, uma tevê portátil reduzia o mundo a um quadrado preto e branco. Toda a extensão de uma parede servia de fundo a um armário abarrotado de livros, jornais e objetos aposentados, em meio aos quais abriu-se um espaço para a bagagem da nova ocupante. O quarto, bem maior do que o alojamento da casa da portuguesa, era um dos territórios onde Rita poderia se movimentar, quando estivesse de folga. Os outros eram o banheiro e a cozinha. Essa recomendação fora dada por Mrs. Blakemore para que a privacidade de sua família não fosse invadida por uma pessoa estranha.

Jane Blakemore era executiva de uma empresa de *marketing* publicitário e ganhava por três maridos. Avançava em direção à meia-idade conservada em baixa temperatura, mas enérgica. Uma eficiência discreta se traduzia nos seus *blazers* sóbrios, nas suas saias recatadas, nos seus cabelos curtos, no seu rosto limpo de maquiagem e nas suas unhas rentes. Pelas suas mãos, tudo se resolvia, se organizava ou se esclarecia. Possuía e, quando necessário, consultava, com rapidez informática, um acervo providencial de informações sobre itinerários, pontos turísticos, primeiros socorros, consertos domésticos, cuidados com plantas, veterinária, gastronomia, agências, sindicatos, clubes, associações e demais entidades. Surgisse uma dúvida qualquer e lá vinha ela trazendo a resposta num livro, num catálogo, num almanaque, numa revista, num recorte de jornal, numa fita de vídeo, num disquete de computador. Seu rosto apresentava sempre uma expressão fria e sensata, qualquer que fosse o assunto que tratasse no seu inglês rápido e americanizado. Seus olhos eram dois lagos cinzentos e glaciais dos quais não se via o fundo. Submersa naquelas águas congeladas em perene inverno, pulsava uma alma gentil e afetiva. Jane Blakemore não era mulher de ficar beijando filhos, abraçando marido e alisando gato. Seu jeito de amar era distante, lúcido e eficaz, concretizando-se em providências objetivas. À família, proporcionava acesso a todos os tipos de atividades físicas e intelectuais disponíveis em Londres, além de um lar gerenciado com irrepreensível competência; aos animais de estimação, comida balanceada, conforto e veterinário; à *au-pair*, acepipes da gastronomia latina e gratificações. Desde cedo, Rita sentiu por ela um carinho respeitoso que só pôde transmitir através da sua limpeza sem mácula e do seu zeloso *baby-sitting* — e Jane Blakemore parecia não querer dela mais do que isso.

Mr. Adam Blakemore conseguira derreter aquela firme camada de gelo com seu temperamento ardente, agitado e sangüíneo, alcançando terras férteis para nelas fazer germinar dois rebentos. Tal explosão de vida só foi possível graças ao choque entre duas índoles totalmente opostas. O marido era simpático, frívolo e estabanado. A ele se delegara a manutenção do jardim, que permanecia, há pelo menos cinco anos, na mais florescente selvageria. Desrespeitava horários, bulas e dietas. Descontrolava-se facilmente quando se desentendia com os filhos, passando, em frações de segundo, de um estado de plácida benevolência para outro de furiosa intolerância. Nessas ocasiões, seu rosto rechonchudo chupava todo o sangue do seu corpo para se abrasar de vermelho, embaçando as lentes dos seus óculos, que aumentavam ainda mais seus redondos olhos turbulentos. Com igual rapidez, o lobo raivoso se convertia em meigo cordeirinho quando intercedia a prudência circunspecta da mulher.

Seu caráter combinava com o do filho caçula pela mesma razão que se unira ao de Jane. Philip reproduzia a sensatez da mãe nos impassíveis olhos cor de cinza e no comportamento reservado, tanto quanto pode ser sensato e reservado um pirralho de dez anos. Já o primogênito, Brian, efervescente como o pai, dava-se melhor com Jane, que o idolatrava.

Também, não era para menos. Que mulher não adoraria um filho como Brian Blakemore? Apresentara-se a Rita, durante uma entrevista prévia com toda a família, derramando charme em cascatas. Treze anos de vida tinham juntado, numa só criatura, a mais cativante reminiscência de menino ao mais promissor desígnio de homem. Estava sentado no sofá, ainda vestido com o uniforme do colégio, numa postura que imitava a do pai, o tornozelo esquerdo pousado sobre o joelho direito, os braços abertos sobre os ombros da poltrona, os olhos alertas de pequeno guerreiro a estudarem curiosamente a nova *au-pair*. A camisa azul-clara, que já não lhe assentava tão bem como no mês anterior, se agarrava aos seus ombros em expansão, muito pálida debaixo dos dois céus que brilhavam nos seus olhos. Do colarinho estreito que reprimia, sem sucesso, o crescimento do pomo-de-adão, pendia uma gravata de homenzinho.

Em seu ronrom de jovem tigre, sustentara, de igual para igual, uma animada discussão com Rita sobre a Sétima Arte, para admiração dela, inveja do irmão e orgulho dos pais. Quando adulto, Brian seria diretor de cinema. Seu favorito era Woody Allen. A obra preferida? *Tudo que você sempre quis saber sobre sexo mas tinha medo de perguntar.* "Esse é o nosso primogênito. Tão inteligente que merece uma cineasta por criada", exultavam Jane e Adam Blakemore, ela numa corrente subterrânea de pensamentos, ele num sorriso derramado do rosto bonachão.

À conversa com a família seguira-se a apresentação dos bichos da casa, promovida pelos dois meninos em excitada tagarelice. As cobaias Gwenhwuyfar e Iphigeny, que durante os meses quentes moravam no jardim, dentro de uma jaula confortável, e nos meses frios eram recolhidas para perto do aquecedor, na cozinha, guincharam como bichinhos de borracha de apertar. Buster, um gato castrado, redondo e pachorrento, parecido com a miniatura de um urso panda, foi tirado de sua sesta na cama de Brian para saudar a brasileira com as mandíbulas arreganhadas num bocejo.

Na escada, de volta à sala, para onde o caçula disparou na frente, Brian caminhara demoradamente ao lado de Rita, quase encostando seu ombro no dela.

— Temos os dois a mesma altura — ele fez um exame interessado.

Rita farejou a cálida emanação que se desprendia do vigoroso potrinho. Adiantou o passo.

— Quando você tiver a minha idade, vai ser pelo menos duas vezes maior — a fada profetizou com um sorriso.

— Provavelmente não — ele explicou seriamente, alguns degraus atrás dela. — Acho que terei a mesma altura que o meu pai. Ele era igualzinho a mim quando tinha a minha idade.

No fim da visita, enquanto se despedia do futuro gordo, suado e pletórico de Brian na pessoa de Mr. Adam Blakemore, Rita lamentou, secretamente, o atraso da ciência contemporânea na interceptação das heranças genéticas.

Trabalhava durante seis horas por dia, geralmente entre as doze e as dezoito horas, enquanto a família estava fora. Depois se alimentava à vontade e se recolhia ao seu quarto (que o gato Buster passou a adotar como dele também) até a hora de passear, o que fazia quase todas as noites. Tirar o pó da casa, passar roupas e pajear o glacial Philip eram seus trabalhos mais duros, uma vez que máquinas de lavar e de secar faziam o resto. Às vezes, cansada dos congelados prontos que esquentava no microondas, resolvia preparar, à brasileira, dois ou três pratos suculentos que toda a família, especialmente Mr. Blakemore, saboreava com prazer. Achavam tudo gostoso, mesmo quando Rita errava a mão. Mr. Blakemore, os olhos muito redondos atrás dos óculos embaçados, as bochechas rubras, as axilas molhadas, o corpo cevado, nunca se esquecia de fazer os elogios:

— *The food was very nice, Rita. Thank you very much indeed!*
— dizia ele simpaticamente, e totalmente insensível, inglês que era, ao peso indigesto de um molho, ao ranço de um creme, a uma carne salobra.

Uma enxurrada de meninos uniformizados escorreu pelo portão do colégio em Camden Town e se ramificou na calçada. Agitados, os estudantes vasculhavam com os olhos a fila de automóveis e a parede de mães e de *au-pairs* que tinham se formado para esperá-los. Rita estava na calçada do outro lado da rua, a pedido do reservado Philip, que não queria que seus colegas o vissem voltando para casa escoltado por uma babá.

De maneira adulta e judiciosa, o pirralho tentara convencer a mãe de que, já que sabia de cor o caminho, podia voltar sozinho da escola. Jane Blakemore ouviu e respondeu à sua proposição com o mesmo respeito com que participava de uma reunião de profissionais de *marketing* e argumentou que a companhia da *au-pair* era necessária para ajudá-lo a carregar o pesado material escolar, quando seu pai não pudesse buscá-lo na escola de carro. Na realidade, a executiva conseguia trabalhar com mais competência sabendo que seu caçula estava sob a guarda de uma pessoa adulta, caso um tarado sonhasse agredi-lo ou o atacasse uma das suas raras, mas perigosas, crises de asma.

De onde estava, Rita podia ver o jorro interminável de estudantes através do portão. Saíam afogueados, buliçosos, mais ativos do que quando entraram. Se processada, toda aquela energia poderia mandar um foguete para Júpiter. Finalmente, Philip eclodiu. Miúdo, contido, a expressão adulta no rosto infantil, carregava bravamente sua enorme carga. Uma valise guardava os livros; uma mochila continha os cadernos; um esquife protegia a clarineta; um abraço prendia o bastão de críquete. Rita reprimiu o impulso de atravessar a rua para ajudá-lo e viu-o despedir-se de uns moleques. Quando ele a encontrou, tinha todas as aventuras do dia enterradas nas cinzas frias dos olhos.

— *Hello* — ela procurou livrá-lo de parte do seu fardo. Ele lhe deu a mochila e o bastão de críquete.

— Dê-me também a valise — pediu ela.

— Não, obrigado — disse ele, convicto. Era impensável que os livros, assim como a clarineta, que eram a parte mais preciosa da carga, não ficassem sob sua responsabilidade.

Caminharam, mudos, para a estação de trem, a uns cinco quarteirões dali. Os sapatos dele, que compunham o uniforme e que a Rita lembravam sapatinhos de boneca, pisavam o chão com a mesma firmeza com que seus dedinhos seguravam os objetos.

— Você tem certeza de que não quer que eu leve a valise? — insistiu ela. Ele parecia tão fraquinho.

— Tenho. Obrigado.

Nisso Rita se deu conta de que Brian, o primogênito, junto com outro adolescente, andava na calçada do outro lado da rua, na mesma direção que eles. Os dois também tinham saído do colégio e conversavam alto, deixando as risadas voarem por cima da rua. Brian levava, numa das mãos, a valise com o material escolar e, na outra, uma raquete de tênis que apoiava no ombro com espontânea elegância. Não parecia ter visto Rita, que observava, discreta, seu desfilar de potro de raça. O vento agitava sua crina loura e colava, na sua pélvis, a calça do uniforme, ressaltando o incipiente rochedo. A alma de Rita, que borboleteara até o outro lado da rua para espiá-lo, foi trazida de volta ao corpo pela voz do caçula.

— Desculpe, poderia repetir o que disse? — ela pediu a Philip, como quem toma um banho frio para despertar.

— Eu disse que gostaria de comprar um doce! — o guri recitou alto e devagar.

Brian e o outro adolescente desapareceram dentro de uma loja de *delicatessen*. Rita e Philip entraram na mercearia de um indiano e compraram uma barra de chocolate que o moleque mastigou, silenciosamente e de boca muito fechada, enquanto retomavam o caminho para a estação. Sempre mudos, sentaram num banco para esperar o trem. Philip engoliu seus últimos bocados de doce, amassou a embalagem e jogou-a dentro da lixeira. Retirou o livro *A guerra dos mundos* da valise, abriu-o numa página marcada e imobilizou-o diante do nariz.

Alguns minutos depois Brian apareceu, acompanhado do amigo. Como num jogo de gude, suas íris azuis se chocaram com as de Rita e tomaram outro rumo. Os dois adolescentes sentaram no primeiro banco vazio que encontraram. Rita se melindrou. Brian não queria conversar com ela, uma reles empregadinha sul-americana. Cara-de-pau! Era assim que a tratava na frente dos amigos. A ela, uma cineasta premiada, sobre quem ele derramara, na entrevista com a família, todo o seu carisma de gatinho!

— O que você aprendeu hoje na escola? — ela perguntou a Philip. Queria mostrar a Brian que ela e o irmão dele se davam muito bem.

— Oh... música... história... coisas assim — ele respondeu, impassível, para H. G. Wells.

— E para que você levou esse bastão de críquete pesado? — atiçou Rita.

— Ah, sim. Joguei críquete, também — ele virou a página e espetou nela o narizinho sisudo.

De seu banco, Brian e o amigo espargiam alegria sobre os trilhos.

— E o que você aprendeu sobre história? — insistiu Rita.

— Ouça! — o menino ergueu um dedo franzino e abriu os olhos cinzentos. — O trem está chegando.

Guardou cuidadosamente o livro na valise, prendeu a clarineta debaixo da axila e, austero, se ergueu sobre os pés de boneca para observar o trem frear seu galope metálico. Examinou o relógio com ar de cientista.

— Está vinte e sete segundos atrasado — informou, enquanto se acomodava no banco de um vagão, ao lado da *au-pair*. — Vinte e oito segundos. Vinte e nove. Trinta. Trinta e um.

Parou de contar assim que a composição partiu, retirando da valise o livro *A vida dos vikings*, sobre o qual pairaram as nuvens cinzentas de seus olhos durante quase toda a viagem.

De Camden Town a North Acton, o transporte público que atravessa as paisagens mais bonitas e mais tranqüilas é o trem. Jane Blakemore traçara o roteiro de Philip pensando nisso. Para facilitar o trabalho de escolta da *au-pair*, desprovida de senso de direção e de licença para dirigir, produzira também, no microcomputador instalado em seu escritório, gráficos com todas as referências e horários, parada por parada, das jornadas do caçula entre academias, escolas e passeios, por trem, ônibus e metrô.

Brian e seu companheiro tinham feito questão de se acomodar no vagão de trás, embora o de Rita e Philip estivesse ocupado por poucos passageiros. Um deles, que revelava problemas mentais através da aparência e do comportamento, dizia a uma idosa ao seu lado que iria matar o pai dela. A ameaça não a impressionava, a julgar pela expressão calma e até divertida do seu rosto enrugado. E a idéia de um crime contra o pai dela, que, àquela altura, já devia ter pelo menos uns duzentos anos de idade, não parecia despertar no deficiente outro sentimento que não o de uma inocente afabilidade. Ele repetiu a ameaça várias vezes, sempre suave e ingênuo, e a idosa o ouviu sem perder a alegria. Mr. e Mrs. Blakemore ficariam aliviados, pensou Rita, ao saber que seu caçula asmático não testemunhara a insólita passagem, já que, aparentemente, absorvia-se inteiro na sua leitura. Na última estação antes de descer, o menino guardou os *vikings* na valise como quem tranca jóias no cofre e agarrou-se ao seu carregamento.

Continuaram os três o caminho de casa, Rita e Philip numa calçada, e na outra, do outro lado da rua, o primogênito, completamente alheio à existência dos dois. Rita sentiu vergonha por ter ficado ofendida com a desfeita dele, um rapazola que, Deus do céu, nem pelinhos no púbis devia ter ainda.

— Às autoridades falta uma postura mais enérgica com relação a portadores de doenças psíquicas, no sentido de impedir que indivíduos como aquele circulem livremente no seio da nossa sociedade — disse Philip de repente.

— O quê?! — exclamou Rita, surpresa.

— Aquilo que o deficiente mental disse no trem não é coisa que se diga a uma dama. Gente assim constitui um perigo para o quotidiano das pessoas normais — argumentou o pirralho.

Crianças européias! Rita não conhecia nenhum fedelho brasileiro com a erudição daquele inglês. Talvez nunca tivesse encontrado, pessoalmente, na sua terra, sequer um adulto assim! Nas galerias de arte de Londres, ficara impressionada com as turmas de crianças que se amontoavam na frente dos quadros de Kandinsky, Picasso e Miró, para analisá-los, orientadas por alguma professora velhota de olhos astutos. Deu corda ao precoce patrãozinho:

— Londres seria menos atraente aos turistas se não deixasse tantas pessoas esquisitas soltas pelas ruas.

— O que atrai os turistas a Londres é a história da Inglaterra — o pequeno orador aceitou a isca. — É a mais interessante de todo o mundo.

Rita, que quase nada conhecia da história de país nenhum, examinou-o, de esguelha. Dentro daquele ser franzino, desenvolvia-se, como a larva de uma tênia numa víscera, mais um monstro de petulância britânica. Sentiu-se na obrigação de prevenir a vantagem do verme sobre o ser humano. Vasculhou seu arquivo mental, montado durante uma vida escolar inconsistente e trôpega, e arruinado na fase adulta pelo desuso, mas só encontrou dados esparsos, datas incertas e episódios descosturados. Recorreu, então, às impressões que lhe haviam deixado os filmes bíblicos e épicos. A imagem da atriz Elizabeth Taylor representando Cleópatra lampejou seu intelecto.

— A história egípcia e a história italiana são muito mais interessantes do que a inglesa — arriscou.

— A história antiga, sim — o pirralho não hesitou.

— E o que dizer, então, da história da França? É fascinante! — insistiu Rita, ao lembrar-se de Marlon Brando representando Napoleão. Não se permitiria perder aquele debate para um meninote. Já era suficientemente humilhante ser a empregada dele. E acrescentou, com desdém: — Eu discordo de que os turistas procurem a Inglaterra por causa de sua história. Turistas são, em geral, muito ignorantes.

O guri concordou com um movimento firme da cabeça diminuta.

— Para dizer a verdade — ela continuou, perversa —, eu não consigo entender o que é que os turistas vêem de tão interessante neste país. A comida é péssima. O povo é fechado. Faz muito frio. Chove demais. E por que, eu me pergunto, os ingleses não se mudaram todos para uma das suas colônias de clima bom, quando formaram o Império britânico?

Impassível, o céu da cidade nos olhos cor de cinza, Philip respondeu:

— A chuva que cai na Inglaterra é boa para a agricultura.

O pirralho ainda falou sobre o cinturão desértico que circunda o globo, a arquitetura normanda, a situação das forças armadas britânicas e a ação da fluoxetina no cérebro humano.

— Você é muito inteligente, Philip — murmurou, rendida, a babá. — Como conseguiu aprender tanto em tão poucos anos de vida?

— São só conhecimentos gerais — ele respondeu, sem afetação. — Não estudei nenhum desses assuntos a fundo.

Quando chegaram em casa, Mr. Blakemore ouvia, a todo volume, um *audio-book* na cozinha. Ergueu o filho favorito nas mãos de broa, esfregou no seu rostinho as bochechas estofadas com salada sem tempero, feita de feijão-vermelho, maçã verde e repolho-roxo, e festejou-lhe um beijo gordo. Assim que encostou, novamente, os sapatos de boneca no chão, Philip saltou para cima das escadas e correu para seu quarto, ansioso por livrar-se, num estabanamento infantil, da carga escolar tão cuidadosamente transportada.

Rita espichou-se ao luar preto e branco da sua pequena tevê e rastreou algum passeio na revista *Time Out*. Saía quase todas as noites, mesmo cansada ou aborrecida, por vontade, curiosidade ou então pelo remorso de ficar em casa. Já esgotara quase todas as possibilidades de lazer noturno gratuito. Enjoara dos *pubs* com *rhythm'n'blues* recomendados por Samira e depois descobrira diversão mais refinada nos *wine-bars* com *jazz* ao vivo, dos quais havia um bocado na cidade, para nativos e estrangeiros que não queriam pagar nada além da bebida. Mas ficar sentada durante horas, respirando fumaça de cigarro e filtrando música por entre gargalhadas bêbadas, ainda que essa música fosse *jazz*, também se tornara maçante. O que é bom custa dinheiro. Tempo viria em que ela teria que ficar em casa noites a fio, poupando as parcas despesas com os drinques, o cineminha e o metrô, para poder, ao fim de uma quinzena, desfrutar de algum concerto, uma peça de teatro, uma noitada num *nightclub*.

Do quarto dos meninos, desciam ao de Rita, misturando-se ao *audio-book* que subia da cozinha, os diálogos do seriado americano que Brian e Philip viam sempre àquela hora, antes do chá. Era uma novelinha aquosa que, conforme a tendência do momento, jorrava mensagens politicamente corretas, e que fazia grande sucesso na Inglaterra. Brian, esquecido de Woody Allen, devia estar escarrapachado no carpete, o peito nu, os olhos apaixonados pela tevê, o petisco da loja de *delicatessen* rolando na boca, as pontas das meias sujas pendendo dos pés como línguas lambuzadas de caramelo. Quase todas as peças do seu uniforme estariam espalhadas no quarto, pelo avesso, entre livros e cadernos. As gavetas estariam abertas e reviradas. Mais tarde, suas coleções de miniaturas, moedas e cartões-postais seriam reavaliadas e esparramadas no chão, na mesa, na escrivaninha e na cama, e ali permaneceriam até o dia seguinte, quando Rita, recolhendo todos os objetos aos seus lugares, garantiria que ele pudesse encontrá-los de novo, e com toda a facilidade, para desorganizá-los outra vez. Para isso ela fora diplomada na universidade, estudara três línguas, ganhara prêmios em festivais de cinema e atravessara o oceano. Mas por acaso seu esforço era reconhecido? Não era. O desprezo com que Brian a tratara durante o dia era a sua paga por ser tão prendada. Sujeitinho mascarado! Quem ele achava que era? Um adolescente boboca à mercê das incoerências próprias da idade, isso é o que ele era. Só que muito bonito. Mais nada. O tempo vingaria a empregada. Um dia, homem feito, Brian teria que render a ele, como tributo, o viço de potro, deixando-se transformar, a exemplo do pai, num suado pangaré.

A porta batucou uma pancadinha tímida.

— *Yes?* — Rita estranhou. Os Blakemore se resignariam à desarrumação de um vendaval, antes que pensassem em invadir a privacidade da *au-pair*, que respeitavam tanto quanto queriam fazê-la respeitar a deles.

— Telefone para você, Rita — a voz americanizada de Brian anunciou sua masculinidade principiante.

Rita se ergueu, ágil, silenciosa e felina. Empinou toda a sua dignidade na ponta do nariz e, temendo que o inimigo escapasse, saltou rápida ao vestíbulo para lhe dizer *Thank you* com um ar de quem estava fazendo, e não recebendo, um enorme favor.

O adversário sorria, prestativo. Ainda vestia o uniforme completo. Juntara os dois pés para reforçar a sua presença, ainda tão recente neste mundo. Tinha na mão grandalhona um pequeno pacote amarrado com fitinhas cintilantes:

— Tem uma coisa aqui que eu comprei na loja de *delicatessen* para você. Torta de framboesa.

— *Thank you* — Rita não conseguiu impedir que sua voz saísse molhada de gozo. Fugiu para dentro do quarto, colocou o presente sobre a mesinha trípode e saltou de novo porta afora, para tentar despejar um resto de superioridade em cima do pequeno príncipe. Mas ele já tinha descido para o chá. Ela entrou de novo no quarto e desembrulhou o presente. Trincou-o nos dentes, devagar. Pressionou a framboesa entre a língua e o céu da boca, sorvendo seu suco e sua cobertura de creme. Um perfume ácido purificou sua garganta e suas narinas. Há menos de uma hora, na loja, Brian teria experimentado um prazer idêntico. Então ela se lembrou de que alguém, longe dali, esperava para falar com ela ao telefone. Embrulhou a torta mordida, colocou-a na mesinha e desceu lentamente as escadas, dando-se tempo para assumir a serenidade adequada a uma mulher da sua idade. Foi à cozinha, generalizou um sorriso discreto à família reunida e atendeu o telefone.

— *So, Rita, how are you doing in your new job?* (Então Rita, como está indo no seu novo emprego?) — saudou uma voz. Era valente e determinada porque, mesmo tímida, conseguira se libertar de um fôlego difícil, se metamorfosear em impulsos elétricos, viajar quilômetros e novamente se recompor, trêmula mas vigorosa, solícita mas arrogante, radiante mas patética, ao ouvido receptor. Era a voz do agente da imigração Ian Weston.

Rita ficou pálida. O fone pesou chumbo e caiu no gancho. Seus olhos rastejaram para os de Jane Blakemore e se refugiaram naquelas pedras firmes e cinzentas.

— *Rita, are you alright?*

A pergunta de Jane já trazia a resposta embutida no tom da voz: "Contenha o seu desespero porque está tudo sob controle." Foi o sinal que Rita esperava para desabar um choro. O mundo em volta morreu como um domingo. Philip esbugalhou um susto nos olhos. Brian forçou um deboche no canto da boca. Mr. Blakemore engoliu rápido um pedaço de torta de rim que beliscara do forno, arregalou ainda mais os olhos que as lentes grossas de seus óculos aumentavam e enxergou uma saída para a situação.

— Muito bem, meninos, peguem seu chá e vamos todos para a sala. Jane e Rita precisam conversar — deliberou, rebolando sua redonda flacidez conforme ia tirando o serviço de chá de cima da mesa.

— Pode deixar, Adam, nós vamos conversar no quarto — disse Jane.

Mr. Blakemore concordou e devolveu nervosamente talheres e pratos aos seus lugares, ordenando aos meninos que não o atrapalhassem.

Jane Blakemore não tivera tempo de tirar o *tailleur* azul-marinho com que fora ao trabalho e nem de fazer a refeição com a família, mas escutou com paciência e interesse todo o pavor de Rita em relação a Ian Weston. Ao contrário de Wendy e de Zeca, entretanto, ela não viu, no retrato que a brasileira pintou do agente da imigração, qualquer nuance de perversidade. Ele era só um homem apaixonado. Tratava-se de um policial? A sociedade precisa de policiais tanto quanto de médicos, de engenheiros e de artistas. Vasculhara a bagagem dela no aeroporto? Fazia o seu trabalho. Era arrogante? Procurava disfarçar a timidez. Tentara fazer uma conquista durante o serviço? É na escola e no trabalho que um homem costuma encontrar sua futura esposa. Invadira a privacidade alheia para encontrá-la? É da natureza do apaixonado cometer loucuras. Conhecia cada passo dela na Inglaterra? Era alguém com quem contar numa emergência. Era feio? Talvez fosse considerado bonito por outras mulheres. Ora, entre a intolerância e a indulgência para com as atitudes de Ian Weston, Rita preferia cultivar a primeira. Por quê? Quem é que estava sendo perverso naquela história toda? Não ele, com certeza. Por que é que Rita não lhe dispensava alguns minutos de conversa franca e esclarecedora, desencorajando sua paixão impossível? Quem sabe descobrisse nele um amigo. Terminada a argumentação, toda sustentada nos olhos pétreos e na voz regulamentar, Jane Blakemore desceu os passos exatos para a cozinha. Deitada de bruços sobre a cama, o gato Buster acomodado entre seu lombo e seus quadris, Rita ficou ventilando a impressão fresca do novo Ian Weston. Por que não investir na sensatez de Jane Blakemore, em vez de acatar o julgamento esnobe da Wendy? Por que não confiar no seu próprio instinto, que tentara lhe revelar o amor do policial, em vez de se aterrorizar com as suspeitas do Zeca, que era um doce de criatura, mas — verdade fosse dita — um pau-mandado da Wendy? Ian Weston fora estouvado, sim, porém não mais do que Rita e seus primeiros anfitriões. Merecia um encontro, o pobre-diabo.

A paixão do carrasco o redimiu; a intransigência da vítima condenou-a. As lágrimas da *au-pair*, já secas, deixaram nos seus olhos, como penitência, uma boa quantidade de sal. O cartão com o telefone de Ian ainda estava em algum lugar, entre as coisas dela. Talvez ainda desse tempo de marcar um encontro, fazer justiça e, de quebra, passear acompanhada de um homem que pagasse a conta, para variar.

— Ian, telefone para você! — anunciou Mrs. Weston de dentro de seu vestido de flanela preta, e através da janela.

Nos meses quentes, o sol ficava aceso noite adentro, azulando o céu e esquentando as coisas. Eram cansativos, o verão e a luz, mas úteis e até necessários. Nessa época, o reumatismo e a dor de ouvido de Mrs. Weston amansavam. Seus vestidos de flanela preta podiam secar sobre a cerca do jardim. Ian podia trabalhar até tarde, aparando a grama, os arbustos de groselha e podando as roseiras, desde que se protegesse com seu chapéu-panamá. Verão sim, verão não, era ele que pintava a cerca de branco, desde menino.

Ian Weston largou no gramado o pincel e a lata de tinta que acabara de abrir. Alvoroçou-se. Um telefonema para ele, e àquela hora! Com alguma sorte, uma emergência no aeroporto o arrancaria para fora daquela cerca branca como a eternidade.

— É uma mocinha estrangeira. Não consegui escutar o nome dela direito. — Mrs. Weston fez uma careta e puniu com palmadas suaves o ouvido incompetente.

— Alô? — Ian tirou o chapéu-panamá da cabeça. De onde estava, podia ver a mãe adotiva, miúda e envelhecida, desafiar o reumatismo, alcançar a sua poltrona predileta e nela enterrar-se, para fingir prestar atenção à tevê.

— Oi, Ian. Aposto que você não adivinha quem está falando — trinou, ao telefone, uma voz macia e brincalhona.

— Oh, claro que sei. Rita! Que agradável surpresa! — Ian virou as costas para a mãe.

Mrs. Weston baixou o volume da tevê pelo controle remoto. Seu filho arqueava a nuca e curvava a ponta de um dos pés — o direito — para dentro. Fizera esse gesto pela primeira vez no seu primeiro dia de aula, quando fora deixado sozinho na entrada da escola, e o repetia sempre que era obrigado a conversar com mulheres bonitas. Gaguejante, ele amassava a aba do chapéu nos dedos fininhos.

— Isto às vezes acontece mesmo, Rita. Máquinas também falham. Ah, que bom. Fico muito contente em saber que você o guardou na sua bagagem este tempo todo.

Ian quase sussurrava, mas Mrs. Weston podia escutá-lo muito bem, mesmo com a tevê ligada, e apesar da sua otite. A aba do chapéu tinha virado um pequeno feixe de palha na mão dele; se não tomasse cuidado, poderia ferir a pele frágil de seus dedos magrinhos com um estrepe.

— Seria um prazer, Rita. Eu telefonei justamente para lhe fazer um convite... para o teatro, quero dizer. Hoje, às vinte e uma horas. Não sei, eu não conheço nada de teatro. Ganhei os ingressos numa rifa.

Mrs. Weston desenterrou-se da poltrona para fechar a vidraça e interceptar uma corrente de ar morno que lhe enferrujava as juntas. Pressentiu uma noite insone. Sozinha na escuridão, lutaria contra o flagelo da otite e do reumatismo, até que, fatigada pelo esforço, dormiria finalmente, mas por não mais do que meia hora, porque o filho, voltando da rua, por onde teria andado com uma amiga qualquer (que nem ao menos lhe houvera sido apresentada), arrancá-la-ia de seu sono leve com o ruído impertinente do automóvel.

Na cozinha dos Blakemore, Rita combinou o encontro com Ian Weston enquanto Jane tomava, com atraso, o seu chá, deliciada pela companhia do filho preferido. Mesmo depois de terminar a refeição, empanturrando-se, a exemplo do pai, com ovos de pato cozidos e cobertos com molho *curry* sem sal, Brian resolvera, estranhamente, continuar à mesa para contar à mãe os episódios mais engraçados do seu dia na escola. Tagarelava rápido e muito, e ria das próprias piadas, sem dar vez a nenhuma réplica, para que seus ouvidos não precisassem ocupar-se de outra coisa que não a conversa de Rita ao telefone. De vez em quando, as faíscas azuis que avivavam suas crônicas escapavam dos seus olhos na direção da *au-pair*.

O instinto de preservação feminino, que às vezes produz exageros, manteve Ian Weston tão longe do endereço dos Blakemore quanto possível. Rita fez questão de só encontrar o agente da imigração na frente do teatro, e de despedir-se dele, depois, na entrada do metrô, renunciando aos seus favores de motorista. O caráter dele já tinha sido reabilitado por iniciativa da própria dona da casa, e seu acesso a qualquer paradeiro de Rita, na Inglaterra, era certo. Mas, se a resistência da brasileira era incompreensível para ele, era também respeitável, porque ele a acatou sem fazer perguntas.

O teatro era um prediozinho afastado no East End. Ian chegou com um atraso de quinze minutos, agarrado a um imenso buquê de cravos vermelhos.

— Desculpe-me o atraso, Rita — ele veio dizendo de longe, esbaforido. Tremia. Todos os vestígios da sua arrogância tinham sido embutidos nas ombreiras da jaqueta preta, que moldava algum tórax no seu peitinho magro. — Fui monstruosamente grosseiro. Tenho por norma ser absolutamente pontual em todos os meus compromissos. Mas hoje fui vítima de uma fatalidade. Eu lhe imploro que me perdoe...

— Tudo bem — Rita afastou sua culpa com um gesto da mão.

— Mamãe teve uma crise reumática quando eu estava saindo de casa. Precisei aplicar-lhe compressas de arnica.

Calou-se. Ficou plantado na frente de Rita, magro e comprido, os poros do rosto flácido inundados de suor, os dedos fininhos estrangulando as flores pelas hastes. Estendeu até a brasileira o buquê convulso.

— São para você — o pomo-de-adão rangeu na garganta seca.

Rita acolheu o presente como a um bebê que se aninha no braço para a amamentação e sorriu obrigada-não-tem-de-quê. Ian indicou-lhe a dianteira com a mão pálida. A brasileira seguiu o caminho que se abrira no vazio só para ela e, escoltada pelo cavalheiro, que parecia querer protegê-la de perigos imaginários, entrou no teatro, atravessou o saguão e se acomodou na platéia, constatando, com algum embaraço, ser a única pessoa a carregar flores; mas não as abandonou durante todo o espetáculo, num esforço de consideração por Ian.

Para sua decepção, a peça, um experimento pseudocontracultural pós-moderno e multimídia, era toda falada com a pronúncia *cockney*. Ela quase nada entendeu dos diálogos, ricos em expressões idiomáticas, gírias e trocadilhos, e, distraída pelo perfume fúnebre do seu maço de cravos, bem cedo se desligou do palco para implicar com os modos do companheiro. Este, ao contrário, envolvera-se totalmente com o espetáculo. Suas gargalhadas, que saltavam de seus pulmões como cabritos, faziam-no sacudir todas as poltronas da sua fileira, nos momentos engraçados e, principalmente, nos momentos graves do texto. Estapeava, sozinho, aplausos fervorosos sempre que lhe tocava a alma o esforço dramático de alguma jovem atriz. A cada repique das suas palmas, seus cotovelos cavavam o encosto da poltrona para encontrar mais espaço para os braços compridos. Como tinha a memória muito ruim para filmes e teatro (para livros, então, nem se fala, até porque nunca lhe sobrava tempo para ler), levara consigo um bloco de papel e uma caneta esferográfica para tomar nota das cenas mais escabrosas. Espetava o braço de Rita com o cotovelo e ria até perder o fôlego quando escutava uma piada suja, e recusava-se a explicá-la, tapando a boca com a mão de cera e baixando os olhos cheios de lágrimas. Clique! Clique!, o barulhinho da esferográfica pinicava o ambiente, quando nem uma tosse se permitia ouvir. *Great! Great!*, ele gritava para os artistas, de cujos diálogos participava com gemidos e cochichos.

Depois do teatro, acompanhou a dama e seu buquê de colo até o metrô, resguardando-os contra o ataque de negros e *skinheads* invisíveis, detectados apenas pelo seu radar de policial. Na despedida, parou na frente dela, arqueou a nuca, entortou para dentro o pé direito e endureceu o resto do corpo.

— Meu dia foi perfeito, do começo ao fim — balbuciou.
— E o motivo é ter estado com você. Quando é que vamos nos ver de novo?
— Não sei. Vou estar muito ocupada nos próximos dias — ela se acovardou atrás das flores.
— Você gostaria de passar um domingo na minha casa? — ele sugeriu, para arrepender-se imediatamente. — Quero dizer, só a tarde... ou melhor, só o almoço — gaguejou. — Quero que você conheça mamãe.

Rita freou, num sorrisinho, uma gargalhada. Que Jane

Blakemore a perdoasse, mas seus conselhos a respeito de Ian Weston seriam rejeitados. Bem ali, na sua frente, engolindo o pomo-de-adão por baixo do pescoço franzino, e estalando os nervos nos dedinhos brancos, estava o sujeito mais chato que uma moça poderia encontrar no Reino Unido. O queixo omisso, a pele ruim, o ansioso resfolegar, o olhar viscoso, a risada impertinente, tudo nele causava em Rita um crescente mal-estar cujo antídoto era o desprezo. Há coisas neste mundo que precisam ser desprezadas. Até, às vezes, os pareceres de Jane Blakemore, porque ninguém, nem mesmo a judiciosa executiva, tem razão sempre.

— Não sei quando vou ter tempo — ela esfarrapou uma desculpa. — Quando tiver, eu aviso.

E, abraçada ao seu ramalhete funerário, enterrou-se no metrô.

Gentiluomo Calabrese, giugno.

Cara cugina Rita
Recebi seu cartão-postal e comprendo os seus sentimentos em relassao aos ingleses seu lugar não é na Inglaterra, mas sim onde está o teu sangue a Itália sua verdadeira pátria e ao lado de seus parentes.

Estou escrevndo para convidarla para vir a Italia no verão quero levarte às cidades mais importantes temos parentes em quase todas. Minha mulher pede desculpas porque não poderá acompanhar nós dois na viagem porque se cansa facilmente. Quando quiseres vir é só telefonar para 453 9876 que eu irei até Roma buscarla no aeroporto a nossa casa é tua.

Abraços meus de minha mulher Antonella e do nosso canolito Lulluccio.

Domenico

URGENTE PC
RITA SETTEMIGLIA
26 WINDSOR ROAD. NORTH ACTON
LONDON W3 ENGLAND
REF: — IMPOSSÍVEL CORRIGIR CERTIDÕES FAMÍLIA SETTEMIGLIA INTEIRA. AVÓS TIOS SOBRINHOS PRIMOS GENTE DEMAIS. CARÍSSIMO E DEMORADO.
REMETENTE
FEITOSA ADVOCACIA LTDA.
AV. FORUM ROMANO 88
01139-903 — SÃO PAULO/SP/BRASIL

— Só podia acontecer comigo! — Rita espirrou umas lágrimas humilhadas pela presença da Wendy. — Nunca pensei que fosse tão complicado provar que eu sou bisneta de italiano...
Zeca releu o telegrama do Dr. Feitosa. Talvez Rita não o tivesse entendido direito. Ou, quem sabe, o advogado tivesse cometido um engano. Zeca, o amigo brasileiro, ainda que corrompido pela antipatia da namorada, continuava sendo o melhor conforto de Rita em terra estrangeira. Melhor do que a competente Jane Blakemore, de cuja sensatez Rita aprendera a duvidar, era ele quem podia consolar a imigrante que acabava de perder o futuro junto com a cidadania italiana.
Wendy retirou uma garrafa da geladeira e meteu-a numa sacolinha de retalhos.
— O que é isso? — Zeca desviou, do telegrama, os olhos para a namorada.
— Refrigerante sabor limão — ela enxugou na saia desengonçada as mãozinhas estufadas de branco.
— Acho melhor a gente comprar um vinho — Zeca sorriu doce. — Levar uma garrafa de refrigerante num almoço é meio pobre.
— Eu não me importo com isso — respondeu a inglesa. — Estou certa de que todos os convidados vão levar vinho. Como

eu não vou tomar vinho, quero ter a certeza de que haverá um refrigerante lá para mim.

Rita espiou a reação do amigo. Ele baixou os olhos para o telegrama. Estava disfarçando, Rita tinha certeza. No fundo, também achava, como ela, que era de bom-tom contribuir com uma bebida fina para um almoço na casa de um amigo. Ela própria, uma empregada furreca, estava levando um vinho branco italiano. Não tinha cabimento a Wendy, uma inglesa de família importante, comparecer à casa dos outros para comer do bom e do melhor em troca de uma sodinha.

— Não precisa comprar mais vinho, Zeca. O que eu estou levando dá e sobra para nós todos — Rita camuflou a picuinha na inocência do rosto, ainda vermelho por causa do choro.

O olhar castanho da Wendy deu-lhe um coice rápido:

— Sua garrafa de vinho vai ser uma surpresa para a dona da casa, Rita, mesmo porque você nem foi convidada.

A brasileira procurou, com a ponta do nariz, alguma coisa no alto da parede, como um quadro, uma luminária, um inseto, uma manchinha, para ter para onde ficar olhando até passar o seu desenxabimento. De fato, ela nem conhecia a tal da Monique, a amiga brasileira do Zeca que estava oferecendo o almoço para os colegas bolsistas de medicina. Ele que tomara a iniciativa de convidar Rita (já que os brasileiros não têm cerimônia), quando ela lhe telefonara, chorando, para desabafar a notícia do Dr. Feitosa. De certa forma, ela estava, mais uma vez, invadindo a vida da Wendy.

Zeca parecia dar mais atenção ao telegrama do que às rusgas das duas fêmeas. Concluiu que o Dr. Feitosa tinha dado uma mancada. O bom senso dizia que as correções precisavam ser feitas só nos documentos que provavam a ascendência de Rita. Sobrenomes de tios, primos, irmãos, cunhadas e sobrinhos só tinham importância se aparecessem nesses documentos, o que não era o caso.

— Mas a burocracia não leva em conta o bom senso — Rita vazou mais tristeza pelos olhos. — O que o Dr. Feitosa disse faz sentido. Só vou conseguir provar que sou quem sou se todos os sobrenomes dos meus familiares forem iguais ao meu.

— Nesse caso, é melhor mandar o advogado fazer logo essas correções.

— Mas você não entende que isso é um saco sem fundo? Suponha que as certidões fiquem corretas, mesmo daqui a muito tempo, e sabe Deus a que preço. Daí, o que não vai bater com elas são os outros documentos dos meus parentes: os CICs, os RGs, os títulos de eleitor, os certificados de reservista. Vou mexer com a vida da parentada toda, só para resolver a minha.

— Você vai invadi-los! — Wendy corroborou, por baixo das sobrancelhas crispadas.

— Encontre um marido inglês, Ritinha — Zeca devolveu-lhe o telegrama, sorrindo chocho. — Ou então volte para o Brasil e ajude a consertar aquele país.

Com as costas das mãos, Rita puxou, para as laterais, as lágrimas junto com a pele do rosto, forçando, dessa maneira, uma cara contente. O domingo oferecia um almoço com um grupo de brasileiros, raça cordial por natureza. Se isso não bastasse para trazer certo alívio ao seu espírito, uns bons goles de vinho ajudariam.

A arte de um grande *cuisinier* se define, entre outras coisas, pela marca pessoal que ele dá às suas iguarias. Desse ponto de vista, o prato principal que Monique preparara para o almoço era uma obra-prima. Rita, assim como os outros comensais, constatou que a comida da grande, redonda, branca e sarapintada anfitriã tinha, mesmo, a cara dela, logo que ela trouxe da cozinha, sob o queixo de geléia, entre os braços de pudim, e à frente do busto de gelatina, a sua pesada travessa de lasanha à romanesca para dez pessoas. Monique de Oliveira Schön, poliglota, viajada e muito rica, terminava, em Londres, seu curso de especialização em psicologia jungiana. Deveria voltar ao Brasil em seguida, mas poderia montar uma clínica no Alabama, se não resolvesse prolongar seu aperfeiçoamento em Zurique. Tinha um passaporte alemão. Rita invejou seu destino. Semelhante criatura jamais seria humilhada pelo agente da imigração de qualquer aeroporto, a não ser por pura maldade.

Muito longe de ser uma mulher atraente, Monique tinha uma vida amorosa movimentada, conforme Rita soube durante o almoço. Fosse qual fosse o assunto tratado, ela sempre dava um jeito de lhe acrescentar um apêndice de alcova. Isso causava um efeito positivo no humor dos convidados e dava um sabor exótico aos comes e bebes. Durante uma discussão sobre o avanço da AIDS nos países asiáticos, todos ficaram sabendo que ela tinha um parceiro fixo, e confiável, para fazer sexo pelo menos duas vezes ao mês. Quando um antigo colega recordou as diabruras da turma do curso de medicina na Universidade de São Paulo, ela mencionou os professores casados com os quais tivera um envolvimento. Depois do relato sobre uma expedição que alguém fizera na Cadeia do Atlas, na África, ela divulgou o enorme sucesso da sua brancura volumosa entre os homens da Tunísia.

— Os tunisianos adoram mulheres cheinhas e louras — ela sacudiu involuntariamente as vastas mamas sob a papada e repetiu a lasanha. — Quando eu andava pelas ruas, eles me passavam a mão, sem a menor cerimônia.

— Isso é invasão! — Wendy arregalou os olhos castanhos e arrotou sua sodinha.

Rita, o cérebro atordoado pelo vinho, o estômago acalentado pela comida, o coração aquecido pelo idioma, divertia-se molemente. Antes assim. Talvez sentisse vergonha, caso estivesse sóbria, de ser a única empregadinha da reunião. Conversara pouco, por preguiça e timidez, e só quando interrogada. Houve um momento em que suas atividades de curta-metragista no Brasil se tornaram o assunto principal, para rapidamente se recolherem à sua desimportância em frente a temas como apêndices supurados, colecistites agudas, retocolites ulcerativas, enfisemas subcutâneos, dermatites seborréicas e, naturalmente, a vida sexual de Monique. A conversa posterior ao almoço minguou. Rita se enfiou, com o seu torpor e o seu cafezinho, num canto do sofá e experimentou um começo de tédio. Os médicos, plácidos e relaxados, tinham se espalhado pela sala, como se ali pretendessem criar raízes e florescer. Zeca e Wendy, sentados juntos numa poltrona como duas rolinhas num ninho, também não davam qualquer sinal de querer bater as asas tão cedo. Para Rita, a reunião já estava se arrastando como um filme mal-roteirizado. Foi a dona da casa que, instalando sua obesidade ao lado dela, e deslocando-a para as profundezas do sofá com o peso do colossal quadril, mostrou algum interesse em amenizar o seu enfado, aproveitando-se de seu isolamento para submetê-la a novas confidências picantes.

— Você deve estar um pouco assustada comigo, Rita, mas eu sou assim mesmo, toda desbocada — ela deu um tapa no joelho da *au-pair*. Tinha a palma da mão fofa e elástica como um colchão de espuma de náilon. — Sempre fui meio escandalosa. Tenho a energia sexual muito forte.

Rita espiou, constrangida, os joelhos brancos de Monique, envoltos em várias camadas de carne gorda, e que jamais conseguiam se juntar, tão intensa era a energia sexual que pulsava entre eles.

— Eu me masturbo e tenho orgasmo desde os cinco anos de idade — confessou a bolsista.

Mas não se masturbava mais com a mesma freqüência dos tempos de criança. A maturidade dissipara quase todas as suas fantasias solitárias. O sexo, agora, era o encontro com o outro e, através dele, o encontro com o si-mesmo, isto é, com o arquétipo da totalidade feminina. Porque nenhuma masturbação fantasiosa se compara à riqueza da fertilização da energia criativa de uma mulher através da troca madura com o masculino. Ou quase nenhuma. Cientista da alma, ela era, antes de mais nada, feita de carne e osso e, como tal, sujeita a pecadilhos. Assim, pelo menos uma fantasia ainda atiçava os seus hormônios, desafiando toda a sabedoria psicologicamente correta adquirida perto do divã, e impelindo-a a desenfreadas siriricas solitárias: a fantasia da empregadinha sedutora.

— Eu me imagino fazendo faxina e comendo o patrão! — Ela acendeu os olhos de uma transparência incolor. — Sabe aquela criadinha que, quando encera o assoalho, arrebita o bumbum para o dono da casa? Que, quando bate clara em neve, usa uma blusinha decotada para sacudir os peitos pro filho da madama? Que, quando lava o quintal, arregaça a saia pra mostrar as coxas pro vizinho? E que, antes de ir embora do serviço, deixa pendurado no seu banheirinho o vestido de guerra cheirando a cecê?

Gargalhou. Todo o seu corpo sacudiu, gargalhando junto. Rita também deu risada. Que coisa engraçada que a vida é. Ninguém está satisfeito com o que Deus lhe dá. Monique de Oliveira Schön, poliglota, estudada, viajada, possuidora de passaporte alemão e muito rica, não apenas sonhava em ser uma criadinha típica de filme de pornochanchada como também tinha orgasmos com isso. Rita, que, até então, sentira inveja dela, pôde, finalmente, se vingar:

— Eu sei o que você quer dizer. Trabalho para uma família que tem um primogênito adolescente, lindo feito um príncipe encantado. Rola um certo clima entre a gente. Eu passo mal...

— Qual a idade dele? Dezesseis? Dezessete? — o clarão dos olhos de Monique queimou o rosto de Rita.

— Doze e meio, mas tem corpinho de quatorze!

Monique remexeu-se no sofá, esmagando as almofadas, balançando o molejo e fazendo Rita perder o equilíbrio outra vez. Um otorrinolaringologista acionou no CD um *jazz* de Nova

Orleans que fez a hora seguinte atravessar a sala num pulo. O elfo Brian Blakemore, saltando incansável dos lábios de uma confidente para os da outra, fez esse pulo parecer ainda mais rápido.

— Às vezes me dá vontade de montar uma armadilha para seduzir o gatinho, Monique, mas tenho medo — Rita fez um beiço. — Essas coisas na Inglaterra não são como no Brasil. Aqui, podem me acusar de tarada e me mandar pra cadeia!

— Por tudo o que há de mais sagrado no inconsciente coletivo!... — Monique tremeu a súplica na boca tensa. — Você *tem que* iniciar esse menino, criatura! Empregada que se preze *tem que* desvirginar o filho da patroa. E isso é arquetípico!

Londres, junho.

Querida Teca
Esta carta é uma homenagem a você, que ama os púberes.
Estou aqui de gata borralheira da família Blakemore, e eis que me surge o príncipe encantado no seio da própria. Trata-se de Brian, o filho mais velho, treze anos incompletos, lindíssimo, lourodeolhosazuis, desenha, esculpe, escreve peças no colégio, ganhou uma bolsa de estudos para uma das melhores escolas de Londres, passou num teste para fazer a voz de um dos personagens em um drama na rádio BBC... A professora de teatro acha ele um gênio, ele é fã do Woody Allen, considera-se "de esquerda", discute a política de Mitterrand num francês fluente, joga críquete, golfe, beisebol, tênis, sabe nadar, esquiar, montar, pratica canoagem e vive viajando pela Europa.

Mas tem um defeito: é metido. Ele me contou que, nas últimas férias, passou duas semanas na casa de um amiguinho na França e que detestou a comida. É ridículo porque, se qualquer gororoba deste mundo tem melhor sabor do que esta que eles engolem aqui, imagine a comida francesa!... Ele disse, com aquele arzinho superior, que a comida francesa é "very tasty", mas tem muito carboidrato, e que os franceses comem arroz praticamente todos os dias — "boring!" — *e que eles comem demais, muito mais do que os ingleses, e que comem um prato de cada vez, que chato, e que põem sal na salada!!!, e que tomam vinho durante todas as refeições* — "They drink too much!" — *e que a irmã do amigo dele é gorda por causa da comida. Rebati. Falei que pior pra saúde do que ovos-*bacon-*batata frita diariamente só a miséria. Que quem bebe muito é inglês, isso sim, aqueles oceanos de cerveja. E que quem tem que ser gordo vai ser, não importa o que coma, e dei como exemplo o pai dele, Mr. Adam Blakemore, que vive tomando sopa de tomate pra ver se emagrece mas continua um bucho.*

Pobre pequeno príncipe! Ao que tudo indica, vai ser gordo como o pai, quando ficar adulto. Mas é tão formoso agora! Se você o visse, Teca, ia ficar, na pior das hipóteses, enternecida. Tenho o maior tesão por ele. Quando eu arrumo a cama dele e dobro o pijaminha, sentindo aquele cheirinho dele no quarto, me dá uns nervo!... Quando eu passo a roupa e dobro as cuequinhas dele (são tão limpinhas), juro, as minhas partes chegam a formigar. Nos lençóis dele eu andei procurando manchas de esperma, ou qualquer coisa similar, para descobrir se ele se masturba, mas nunca achei nada, nem nas calças. O que eu vi foram uns lenços de papel amassados, em cima do criado-mudo, e grudados por uma substância semelhante à goma arábica, mas que deve ser secreção nasal. Confesso que já comecei a maquinar umas ciladas, mas vira-e-mexe escuto no rádio aquelas notícias escabrosas sobre "child sex abuse" (abuso sexual de criancinhas), então fico com medo. Só que a carne é fraca, minha filha, e a curiosidade mata, então a idéia de conhecer o pecado de Brian Blakemore não me sai da cabeça. Tem hora que eu fico paranóica e cismo que a Jane, que tudo organiza e controla, deve estar lendo os meus pensamentos. Imagine se eu traço o menino e a família descobre! No mínimo, morro de vergonha.

Por falar em vergonha, vou fazer uma fofoca dos Blakemore. Adoro eles, mas a verdade tem que ser dita, doa a quem doer. O que eu acho engraçado aqui neste país é que inglês tem essa neurose de não ter sua privacidade invadida mas tem coragem de deixar, à vista de estranhos, calcinhas e cuecas encardidas. Você não acredita na imundície que são as calcinhas da patroa e as cuecas do marido. Acho uma falta de educação, pra não dizer de higiene. Na hora de enfiar aquelas desgraças na máquina de lavar, eu evito olhar para elas e faço uma espécie de luva com alguma camisa dos meninos. A máquina chacoalha, lava, esfrega, perfuma, depois enxuga e seca, e devolve quase todas as peças de roupa limpinhas — menos as calcinhas e cuecas da senhora e do senhor Blakemore, que continuam encardidas. Porque ali, minha filha, nem a mão do Cristo Redentor consegue resolver. Nem Nossa Senhora, pondo para coarar sobre as nuvens do céu, e tão pertinho do sol, faz o milagre de limpar aquelas porcarias. E a patroa é tão formal! Uma noite dessas, ela saiu para jantar fora usando um vestido italiano. Pensei: quê que adianta vestir roupa italiana se por baixo tá aquela pouca-vergonha? Ela não põe um Carefree, uma folhinha de papel higiênico, não deve nem se limpar. Tá na hora de jogar aquelas nojeiras no lixo e comprar outras bem limpinhas. O senhor Blakemore, então, parece que tem um vazamento no fiofó. Lembrei daquele francês que você contou que tinha as cuecas sujas de cocô. Pelo jeito, não é só francês que é porco.

 E você não sabe da pior. Acho que nunca vou conseguir tirar o meu passaporte italiano. O advogado que está vendo isso para mim, o Dr. Feitosa, disse que para colocar dois "t" no meu sobrenome tem também que corrigir os sobrenomes de todos os documentos da família Setemiglia inteirinha! Mas nem um conglomerado multinacional teria dinheiro para pagar essa conta! Não sei o que fazer da minha vida.

 Imagine que, na penúltima carta, a Samira e a Verinha reclamaram que eu só escrevo para contar desgraça e falar mal dos outros. Pode? Bancando as finas, justo quem, aquelas fofoqueiras! Dá vontade de, por desaforo, pedir-lhe que nem leia esta carta para elas.

 Ai, cansei. Me responda logo.

Ritinha

P.S. Se quiser ler a carta para a Samira e a Verinha pode, mas não se esqueça de pular a parte em que eu chamo elas de fofoqueiras.

Mrs. Weston chupou ruidosamente o chá enquanto olhava o filho através do vapor que subia da sua xícara de estimação. Ian tinha virado as costas para ela e curvado os ombros de passarinho sobre o telefone, mas não conseguira esconder-lhe que, pela terceira vez em menos de duas horas, perguntava por aquela tal de Rita e que, pela terceira vez, desligava o aparelho, decepcionado. Onde diabos estaria essa mulher, com um nome desse? Não ali em Staines, certamente, onde morava gente séria, de nomes ingleses, e com hora certa para chegar em casa. Essa Rita, que, se não fosse italiana, era espanhola, devia estar saracoteando por Londres, ao deus-dará, enquanto Ian gastava seu salário em ligações telefônicas inúteis. Por sorte, Mrs. Weston não dependia financeiramente do filho, podendo viver, se o dinheiro dele acabasse, apenas da sua aposentadoria de inválida. Se, por acaso, ele encontrasse uma inglesa honrada, simples e econômica e resolvesse com ela se casar, largando Mrs. Weston sozinha na casa onde ela o acolheu desde recém-nascido, ela passaria muito bem, mesmo durante as crises de otite e de reumatismo, e mesmo sem um só *pence* do ordenado que ele recebia no aeroporto, que então seria todo esbanjado no sustento de uma família só dele. Mas Ian nunca iria casar. Ele não precisava disso. Nunca tivera sequer uma namorada. Não conhecia as mulheres. Mesmo sabendo que fora abandonado pela própria mãe, uma imigrante de Chipre, quando ainda mal lhe tinha saído do útero, não aprendera, até agora, que a mulher errada pode levar um homem à ruína.

— Por favor, Ian, deixe o telefone livre para que Mrs. Drayton possa me passar sua receita de rosquinhas amanteigadas — disse ela.

Ian, a cabeça pendurada na ponta do pescoço, arrastou-se para o quarto, sem tomar o seu chá.

Rita estava se comportando como uma tola, era o que achavam Brian e Philip, que tinham precisado interromper por três vezes, nas últimas duas horas, a desarrumação da casa para contar mentiras por telefone a um desconhecido chamado Ian Weston. Por que ela se recusava a lhe dizer pessoalmente que não queria mais falar com ele? Por que preferia complicar as coisas? Pior: por que eles dois tinham que dizer a Ian Weston que Rita não estava em casa, quando na verdade ela estava?

— Desculpem a chateação — ela pediu, constrangida. — Eu achei que ele ficaria com vergonha de insistir. Tenho certeza de que não vai mais me ligar, hoje.

Fora convocada a fazer *baby-sitting* ao caçula, naquela noite, faturando uma boa paga pelas horas extras de trabalho, enquanto Mr. e Mrs. Blakemore participavam de um jantar de negócios da empresa em que ela trabalhava. Brian e Philip, que, como qualquer criança, tornavam-se mais relaxados e expansivos longe dos pais, divertiam-se em ficar acordados até tarde, deixar a televisão da sala ligada à toa, devassar a geladeira, estender a desarrumação para além das fronteiras da sua água-furtada e fazer da *au-pair* platéia para macaquices. Contariam, prazerosamente, outras dúzias de mentiras a desconhecidos pelo telefone, se para tanto fossem requisitados, mas mostrarem-se indignados com isso fazia parte da farra.

— Você não está sendo sensata, Rita — Philip espetou no ar o dedinho indicador. — O fato de esse senhor ter telefonado três vezes em duas horas indica que ele possui um caráter obstinado; portanto, a probabilidade de que ele ligue mais três vezes nas próximas duas horas é maior do que a probabilidade de que ele não ligue. No caso de ele ligar, eu lhe aconselho que fale com ele e seja objetiva. A finalidade dos serviços de comunicação é resolver os problemas da sociedade com agilidade.

— Cale-se! — Brian pulou sobre ele, incitando-o a se engajar numa luta corpo a corpo. — Se Rita disse que ele não vai mais ligar, ele não vai mais ligar. Rita conhece o namorado que tem.

— Ele não é meu namorado — a *au-pair* tentou encontrar um jeito especial de olhá-lo nos olhos.

Não os alcançou. Estavam ziguezagueando entre braços, troncos e mãos, durante o jogo de agarração com o caçula, que, às gargalhadas, reagia aos golpes do irmão como um ratinho acuado.

— Quem é o seu namorado, então? — o gato perguntou, enquanto prendia, com as fortes patas, as do ratinho contra a parede.

— Não é da sua conta — ela provocou.

Os olhos dele pesaram sobre a testa do irmão como se, dessa forma, ele pudesse esmagá-la. O ratinho se sacudiu, tentando furar-lhe a barriga com os ossos dos joelhos e chutar-lhe as pernas com o sapato de boneca. O gato conseguiu manter o corpo longe da presa, enquanto seus punhos forçavam os dela contra a parede. A vítima começou a afrouxar.

— Largue-me, Brian — Philip pediu, o rosto magrinho avermelhando de repente.

— Só se você disser "por favor" — ronronou o gato.

O ar brincalhão sumiu da carinha do caçula e o fôlego fugiu do seu peito.

— Largue-me, Brian, meus braços estão doendo! — guinchou o ratinho.

— Deixe-o, Brian — ordenou Rita.

Brian libertou o irmão. Na cara, um sorriso imbecil retratava sua frustração pela energia não-extravasada. Philip respirava com dificuldade. Estava assustado, pálido, a boca aberta tentando engolir o ar. Rita teve medo de que ele sofresse um ataque de asma. Subiu correndo as escadas e vasculhou a desordem da água-furtada, em busca da bombinha. Quando voltou, os dois estavam lutando boxe e cantarolando um roquezinho qualquer da parada de sucessos.

A babá largou a bombinha em cima da mesa e suspirou. Um cristão tem que ter muita psicologia para lidar com moleques. Olhou o relógio. Mr. e Mrs. Blakemore só iriam chegar daí a uma hora. Até lá, ela que se arranjasse com os fedelhos, fazendo jus à sua paga.

— Philip, não é melhor sossegar um pouco? — ela disfarçou sua irritação. — Você me deixa preocupada.

— Ahá! Você está protegendo o meu adversário! — Brian voltou para ela os olhos vivos. — Quem é a favor do meu inimigo é meu inimigo também!

E começou a saltitar na frente dela, golpeando seus braços com uma delicadeza inconcebível para os punhos de um rapazola. Ela riu. A cena era ridícula, e por isso mesmo linda, tão linda quanto o comportamento ridículo dos adolescentes pode ser. Na sua frente, a cara cada vez mais corada de Brian pulava com suas duas bolinhas azuis dentro. O cabelo fino ia e vinha feito um elástico. O pescoço liso emanou a sua essência suave. Rita topou a briga. Muito alegre, e se achando meio besta, fechou os punhos e tentou acertar-lhe alguns golpes. Ele parou de pular e pregou um olhar sério no rosto dela. O caçula guinchou:

— Também quero lutar com Rita!

— Depois — o irmão mais velho decidiu. — Por enquanto, você só fica olhando.

Não trocaram muitos socos antes que Rita começasse a sentir o sangue se transformar em mel sob a pressão dos punhos de Brian. Eles ficavam mais tempo nos braços dela do que no ar. O sorriso do adolescente mostrava um enorme desprezo pelos golpes femininos. Seu corpo, entretanto, acolhia-os com prazer.

— Agora é minha vez! — berrou Philip, os olhos cor de cinza arregalados de novidade.

— A adversária ainda não se rendeu — o primogênito argumentou, para o deleite da vítima.

Prendeu-a contra a parede, como fizera com o irmão, e imobilizou suas mãos nas dele.

— Renda-se, Rita! — gritou o caçula. — Você não pode com ele!

— Solte-me, Brian — ela pediu sem convicção.

— Peça *por favor* — Brian ordenou à condenada.

Quase colada na sua, a cara do adolescente respirava seu ar, turvava sua consciência, neutralizava sua força. Ela não conseguia se mexer. Em que parte da casa ela estava? Um muro de ombros prendia. Um clarão de olhos cegava. Um hálito alucinava.

— Por favor, Brian, me solte — a voz dela se arrastou em seiva morna.

— Você venceu, Brian. Solte-a! Agora é a minha vez! — Philip berrou. Olhava tudo com grande curiosidade, pressentindo mistérios e adivinhando enigmas, atento a coisas cheias de um significado que não estava ao seu alcance. Pulou na frente de Rita, cutucando seus braços com os punhos de cabeça de alfinete. Ela não correspondeu.

— Já chega, estou exausta. Trabalhei o dia inteiro. Vou para o quarto descansar.

— Mas isso não é justo! — protestou Philip, os golpes murchando no ar. — Eu não brinquei!

Brian arremedou-o. Nervoso, o caçula agarrou a bombinha e se serviu de seu fôlego artificial.

Hampstead Heath é uma região de Londres onde vivem famílias ricas de empresários, embaixadores e gente do *show business*. No meio do ano, serve de palco para o Kenwood Lakeside Concerts, evento inglês tão típico que a diligente Jane Blakemore não poderia deixar de recomendá-lo à sua *au-pair* estrangeira, aumentando a curiosidade dela com a oferta de um ingresso. O espetáculo tem a reputação de ser um programa de verão, e é aí que está a sua qualidade turística mais exótica, do ponto de vista de uma brasileira, porque geralmente se realiza debaixo da chuva e do frio.

— Se os ingleses se incomodassem com a chuva e o frio, não fariam nada na vida — diz Mr. Blakemore a caminho de Hampstead Heath, guiando o carro carregado com a família, a *au-pair*, a cesta de comida, as garrafas de bebida, as capas de plástico, os guarda-chuvas e os cobertores.

Chega-se ao local a pé, através de aclives e declives cobertos de grama. Quem tem os melhores ingressos se acomoda em cadeiras; o público mais econômico senta no chão, atrás delas. São iguais às cadeiras dobráveis que os brasileiros usam nas praias, e ficam espalhadas sobre o gramado, de frente para um lago; nele existe uma espécie de ilha que se comunica com a outra margem, e na qual se instalam os músicos, debaixo de uma concha acústica.

Os Blakemore têm direito às cadeiras do meio, na frente. Jane e o marido sentam-se lado a lado, na ponta de um conjunto de cinco. Rita escolhe a da extremidade oposta. Brian, que ficou esvoaçando em torno dela desde a chegada, instala-se rapidamente na cadeira ao seu lado. O caçula não parece se irritar por ter que ficar com a que sobrou.

Antes da função, as cestas de comida são abertas e tranqüilamente esvaziadas, assim como as garrafas. Ninguém, em toda a platéia, fica espiando o prato do vizinho durante o repasto, comportamento que Rita atribui ao arraigado senso de privacidade dos ingleses.

Como a única coisa que costuma atrasar na Inglaterra (além do metrô) é a escuridão das noites de verão, ainda existe alguma luz diurna quando o espetáculo começa, às nove em ponto. Os músicos executam a *Fireworks Music*, de Händel, que, de acordo com o programa, vai culminar com uma saraivada de fogos de artifício.

Nem três minutos se passam e começa a chover. Entre a orquestra e a platéia forma-se uma cortina fina de água. Os ingleses sorriem a sua resignação nos rostos contidos e, em silêncio, vestem suas capas e abrem seus guarda-chuvas. Adam Blakemore, que ficou incumbido de levar os impermeáveis, toma a iniciativa de distribuí-los. Mas... ah, que desastrado! Ele só trouxe quatro de cada! Sente muito, muito mesmo... Alguém vai ter que dividir o guarda-chuva e ficar sem uma capa.

— Eu! — prontifica-se o primogênito. — Posso dividir um guarda-chuva com Rita.

— Tolice — avalia a mãe. — É mais sensato você ficar sem uma capa, mas com um guarda-chuva. E eu divido o guarda-chuva com Philip.

— Eu quero um guarda-chuva só para mim! Tenho asma! — guincha o caçula.

Rostos contrafeitos voltam-se na direção dos irrequietos Blakemore. Um velhote enfezado pede silêncio. Adam, Jane e Philip se aquietam, educados. Brian encosta sua cadeira na de Rita e mete-se debaixo do guarda-chuva dela.

A orquestra empurra bravamente a obra de Händel até o público, por entre os rabiscos da chuva que chia, no lago e no chão, o seu som de rádio fora de sintonia. A temperatura despenca. Indiferente, ou talvez até deleitado com isso, cada inglês da platéia desdobra seu cobertor sobre o corpo. Adam Blakemore, que se responsabilizou por embalar as cobertas, começa a tirá-las de dentro da sacola, mas... diabos, ele contou quatro pessoas, em vez de cinco. Agita a cabeçorra, arregala os óculos:

— Acho melhor o Philip ir para o colo da Jane, ou então vir para o meu.

— Se eu sair daqui vou me molhar! — resiste o caçula.

— Depressa, Adam, os cobertores vão ficar ensopados — Jane ajuda-o com a operação.

— *Shush!* Pelo amor de Deus, calem a boca! — resmunga novamente o velhote enfezado.

Em silêncio, as cobertas são distribuídas sem demora, de forma que Brian e Rita acabam se embrulhando numa só. Escurece. Os fogos de artifício estouram. O aguaceiro se tinge de cometas e estrelas coloridos, peixes dançando no céu. O lago derrete reflexos brilhantes, fonte luminosa. Debaixo do cobertor, Rita experimenta o sexo de Brian na palma da mão.

— Uma fada! — deliciou-se Monique debaixo de um chapéu de abas retorcidas e empacotada em quilômetros de crepe-madame azul-claro. — O Brian deve achar você uma fada de um sonho encantado!

Rita fingiu modéstia nos olhos inocentes. Esticou o braço até uma bandeja que voejava nas mãos de um garçom atlético e fisgou um canapé de salmão com caviar.

— Isso me lembra uma coisa que me aconteceu quando eu também tinha treze anos — disse Monique, esticando os olhos incolores até os quadris do garçom. — Na minha casa trabalhava um jardineiro muito bonito, o Florisvaldo, que um dia cismou de me ensinar a fazer enxertos...

— Me dê só uma licencinha, Monique, eu estou apertada, tenho que ir ao banheiro — Rita escapou. Se bancasse a tonta, passaria a festa inteira ouvindo os casos lascivos da psicanalista, muito menos arquetípicos do que o que ela própria protagonizara com Brian, e que tivera que lhe relatar, tintim por tintim. Contornou o jardim e ficou passeando perto da casa, embalada pelo efeito suave dos quatro cálices de vinho espumante que tomara de estômago quase vazio.

A festa de casamento de Wendy e Zeca realizava-se na propriedade da família dela em Tunbridge Wells, a cinqüenta milhas de Londres, ao sul. Wendy chegara num Rolls Royce areia, embrulhada como um confeito no seu traje branco de noiva, um conjunto gracioso de vestido curto, véu pequeno e grinalda de florezinhas verdadeiras. A alegria que agitava o seu sangue fazia das suas bochechas duas maçãs do amor. Seus olhos castanhos brilhavam estrelas debaixo das sobrancelhas excepcionalmente distendidas.

Logo que saiu do carro, sob louvores femininos, foi saudada à porta da capela por seis homens vestidos de calça listrada, fraque e cartola, cada qual tocando um sino. Idêntico figurino trajavam os homens diretamente envolvidos no matrimônio, como o noivo, os pais e os padrinhos, que pareciam bailarinos do Zicgfeld Follies prestes a lançar-se a um número de sapateado, mas que, em vez disso, entraram sobriamente na capela, seguidos por um grupo seleto. Ali dentro, o pastor sacramentou a união, enquanto lá fora, sobre o jardim impecável, a esmagadora maioria dos convidados aguardava a boca-livre. Esta aconteceu depois da cerimônia, a alguns metros dali, onde garçonetes quase tão sorridentes quanto a noiva recepcionaram os convivas com taças de vinho espumante.

Contavam-se nos dedos as mulheres sem chapéu. Os noivos mal davam conta de tantos cumprimentos e fotografias. Por todo o gramado, rodopiavam bandejas de vinho espumante, água mineral, suco de maçã, canapés e o *videomaker*.

Rita roera uns dois ou três salgadinhos, poupando-se para a refeição que viria em seguida, da qual não esperava menos do que um lauto banquete. Conversou com um ou outro bolsista de medicina (o que lhe rendeu uma receita para curar ressaca), cumprimentou os noivos (de cuja felicidade sentiu inveja), foi apresentada a ingleses (dos quais nunca mais se lembraria), conheceu os pais da noiva (de quem não achou nada de mais), apareceu no vídeo e fugiu de Monique.

O jantar foi servido numa enorme tenda, a cuja entrada se fixou a lista dos convidados com os números das respectivas mesas. Rita foi encaixada num grupo de quatro bolsistas brasileiros de medicina, entre os quais Monique.

— Hummm! Gaspacho! — Os olhos da gorducha relampejaram à chegada do garçom atlético com o primeiro prato. — Adoro! Me lembra um espanhol gatíssimo que eu conheci num restaurante em Barcelona, quero dizer, que eu conheci biblicamente, ali no restaurante mesmo!

Gargalhadas. Rita riu forçado e implicou. Se Monique era tida pelos amigos como uma grande atração, então aquele enorme toldo circense era o cenário perfeito para seus truques. Qual seria o número seguinte? Um elefante amestrado que dança rumba? Um urso de motocicleta? Nenhum dos dois. O número seguinte era o discurso do pai da noiva.

Fez-se um silêncio de algodão. O polido senhor arriscara-se a escrevinhar umas piadinhas despretensiosas. Que a platéia lhe perdoasse o atrevimento! Ele esperava em Deus que seu discurso não fosse um fracasso, e para isso contava com o bom humor dos brasileiros presentes. O primeiro ponto a favor do seu sucesso era o fato de que boa parte do seu público não entendia inglês. (Risos.) O segundo — e último — ponto a seu favor era que a parte restante não entendia de coisa nenhuma. (Risos.) Diz a lenda que o brasileiro é tão inclinado a divertir-se que, quando está sozinho, escorrega na casca da própria banana para rir do tombo. (Risos contrafeitos.) Quando é que um brasileiro fica sério? (Pausa.) Quando já está morto de rir. (Risos.)

Rita se concentrou na sua embriaguez para retirar daquela leve sopinha de tomates o que ela oferecia de melhor. Estava na cara que o *chef* que elaborara o cardápio pensara em tudo. Uma sopinha rala de tomates era uma espécie de tapete vermelho que se estendia no estômago para receber a comida propriamente dita. Rita terminou a sua porção e, embora tivesse vontade de aceitar mais um pouco, preferiu dizer não ao garçom.

Por que é que o brasileiro, em vez de ter medo de dentista, ri dele? (Pausa.) Porque não tem dentes para tratar. (Risos contrafeitos.) Quantos retratos um brasileiro tem em Londres? (Pausa.) Três: um no passaporte, um no Covent Garden e um falado. (Risos contrafeitos.)

A chegada do segundo prato pareceu confirmar a idéia que Rita fizera da estratégia do *chef.* Foram servidas lagostas inteiras, sem tempero. Rita comeu só duas, e não estranhou que elas viessem sem acompanhamento, já que eram um espécie de segunda entrada para os pratos que deveriam vir depois, fartos em gordura e carboidratos. Acentuado pelo efeito da bebida, o sabor da lagosta, iguaria que ela nunca tinha experimentado, absorveu todos os seus pensamentos, de forma que ela acabou perdendo as outras piadas do pai da noiva e o discurso do padrinho.

Zeca fez o seu discurso em seguida. Rita prestou toda a atenção de que uma pessoa bêbada, e ainda por cima com uns deliciosos nacos de lagosta na boca, é capaz. Tentou detectar o aprimoramento do sotaque dele. Sabia que, nos dois últimos meses, ele tivera aulas de dicção por insistência da mãe da noiva, num derradeiro esforço para atenuar os sinais da sua procedência sul-americana.

Quando ele parou de discursar, Wendy fez ouvir a sua fala curta, nobre, despida de tiradas e repleta de agradecimentos.

A evolução dos garçons com suas bandejas retomou o vigor. "Agora, sim", pensou Rita. "Depois dessa discursaiada toda é que começa a janta de verdade." Mas tudo o que os garçons serviram foi um pratinho de morangos com creme. Era a sobremesa. E não deu para repetir. O banquete de casamento de Zeca e Wendy tinha acabado.

Dançou-se muito. Uma orquestra de rumbeiros, acreditando tocar samba, animou o baile com uma mistura de salsa e música mexicana de *western-spaguete*. Quando ficou escuro, fogos de artifício estouraram o espaço para nele propagar, vivo e colorido, o ideal do amor sem fronteiras.

Rita pegou carona de volta com Monique. A bolsista tivera a bondade de trazer também, de Tunbridge Wells, o garçom atlético com quem flertara durante toda a festa. Na ânsia de produzir assunto para mais um de seus relatos maliciosos, livrou-se da *au-pair* em Oxford Circus, onde ela poderia tomar o ônibus noturno para North Acton, e retornou rapidamente para o sul junto com o moço, rumo ao quartinho dele em Brixton.

Rita não se incomodou em ter que pegar a condução. Nos fins de semana, os ônibus noturnos eram divertidos, cheios de jovens boêmios, um mais bonitinho do que o outro. Naquela noite, ainda teve o prazer adicional de assistir aos gracejos de um carioca que, aproveitando-se do fato de falar uma língua desconhecida por quase toda a humanidade, gritava, de tanto em tanto, em meio aos passageiros: "Peidei!", ou ainda: "Aqui todo mundo é corno."

Saltou num ponto a dois quarteirões da rua dos Blakemore, à uma e meia da madrugada, e caminhou tranqüila. Não importava o que saísse nos jornais, ela pensou, mas a verdade é que as ruas do primeiro mundo eram, a qualquer hora do dia ou da noite, um lugar perfeitamente seguro para uma mulher sozinha. Respirou o perfume das roseiras que desfrutavam a noite calma. Um gato apareceu na calçada e trotou o silêncio do seu tufo de pêlos macios.

A vinte metros da casa dos Blakemore, um homem saiu de um carro parado e caminhou na direção de Rita. Alto e magro, confundia-se com a escuridão dentro da roupa preta.

— Olá, Rita! Como estava a festa? — Ian Weston sorriu por cima do pomo-de-adão impertinente.

Rita parou. Se ainda houvesse alguma coisa para ser tratada com o agente da imigração, essa coisa seria tratada exatamente ali, sem que ele se atrevesse a dar mais um passo na direção da casa em que ela vivia.

— A festa estava ótima — ela respondeu a seco.

— Aposto que sim — ele resfolegou, o pescoço suspendendo os ombros com toda a força que tinha, o pé direito apontando para a frente à custa de um enorme sacrifício. — Saiu até nota no jornal. Eu trouxe o recorte para lhe mostrar... está ali no carro. Venha ver...

— Ian, você me assustou, aparecendo assim de repente, a essa hora. Isso não se faz! — ela continuou grudada no chão.

— Sinto muito, sinto muito, muito mesmo. Há dias que eu tento falar com você. Não tem recebido os meus recados?

Ela não soube o que dizer.

— Mais ou menos... Alguns — calou-se, cruzando os braços.

Ele coçou a cabeça, os dedos ágeis querendo entrar onde os pensamentos estavam. Seus olhos derramaram uma tristeza viscosa no rosto de Rita.

— Desde que horas você está me esperando? — ela perguntou.

— Calculei que a festa terminaria quando escurecesse — ele informou com a objetividade de quem faz o relatório para o chefe.

— Estou aqui desde as dez e meia.

Rita ficou comovida com a capacidade que aquele homem tinha de se dedicar à conquista de uma mulher. Quase sentiu uma sementinha de ternura germinar no coração. Quantos pretendentes tinham tido a pachorra de esperar por ela durante três horas dentro de um carro, numa noite de sábado? Nenhum. Tivera pouquíssimos pretendentes, menos ainda pretendentes possuidores de carro, e só um ou outro disposto a gastar a noite do sábado com ela. Ainda que Ian fosse chato, feio, sádico, pernóstico, desajeitado e repulsivo, merecia encontrar a mulher certa para ele, alguém que soubesse valorizar a sua singular capacidade afetiva. Mas, como chegar até essa mulher, se Rita obstruía o caminho? Um homem preso a uma paixão equivocada não tem chance de descobrir o amor verdadeiro. Rita precisava libertar Ian Weston. Já enrolara demais aquele infeliz.

— Ian, desculpe se vou decepcioná-lo — ela disse com cuidado. — Eu sinto que você gosta de mim, e isso me deixa lisonjeada. Mas você deve procurar outra mulher, alguém que corresponda aos seus sentimentos. Se continuar apaixonado por mim, vai se magoar muito.

— Eu? Apaixonado?... Oh!.. — ele resfolegou, riu e depois fez as duas coisas ao mesmo tempo, e em seguida gargalhou, sacudindo muito os ombros, segurando a barriga com as mãos como se corresse o risco de perder as tripas pelo umbigo. Aos poucos recobrou a calma, secou as lágrimas com um lenço que tirou do bolso da jaqueta e reposicionou o pomo-de-adão no seu lugar. — Não, eu não diria que esteja apaixonado. Não sei quais são os meus sentimentos por você, Rita, mas pode ter certeza de que são os mais honrados.

A brasileira ficou toda desenxabida. O que é que um estorvo como Ian Weston via de tão ridículo no fato de se apaixonar por ela? Um traste daquele, esnobando-a! Que topete! Quem ele pensava que era? Por acaso achava que ela não era boa o suficiente para ele?

— Pois é bom mesmo que você não esteja apaixonado — ela despejou, ferida em seu orgulho de fêmea —, porque eu não estou nem um pouco interessada em você, e nem em falar com você pelo telefone. E pare de me perseguir, e de me procurar, e de controlar todos os meus passos, e de invadir a privacidade dos Blakemore com os seus telefonemas, antes que eu faça uma queixa contra você às autoridades inglesas e ao Consulado Brasileiro!

Ian endureceu o pescoço, fixou os olhos em um ponto distante e embutiu o queixo por baixo da boca abotoada num bico de antipatia.

— Eu acho que não estaria muito longe da verdade se classificasse o meu sentimento por você como uma forte amizade — falou no tom que usava para barrar estrangeiros no aeroporto. — Só uma amizade sincera e intensa pode fazer com que um profissional como eu, responsável pela segurança dos cidadãos que contribuem legalmente para a prosperidade do Reino Unido, feche os olhos às ilegalidades cometidas por uma imigrante.

Rita se arrepiou. O agente da imigração apontou o pomo-de-adão para o seu nariz arrebitado.

— Se eu não fosse seu amigo, onde é que você estaria agora?

Rita imaginou-se de volta à modorra castradora do Brasil, depois projetou-se na companhia sufocante de dois velhos na região mais atrasada da Itália, e concluiu que sua vidinha com os Blakemore não era de se jogar fora.

— Uma amizade como a minha é um instrumento útil nas mãos de um imigrante na sua situação — continuou Ian, na mesma temperatura. — Deve ser alimentada. A perda dessa amizade, ao contrário, pode trazer conseqüências trágicas. Pode até tornar duas pessoas, antes amigas, inimigas para sempre. Imagine, Rita, se nós dois brigássemos.

Rita imaginou-se decapitando-o, mas não deixou transparecer a felicidade que isso lhe causava.

— Se brigássemos, eu perderia a amizade por você e então você se tornaria uma imigrante vulnerável — prosseguiu ele. — Tudo ficaria muito mais difícil para você do que para qualquer inglês. Se fosse acusada de um crime, por exemplo... como o assassinato do dono do *wine-bar* sobre o qual você morou...

Calou-se. Seus olhos se enfiaram nos dela. O coração dela disparou.

— Calma, não precisa se assustar — ele espichou um sorriso medonho. — Eu confio em você. Sou seu amigo e, portanto, acredito na sua inocência. Mas acho que você deve ficar sabendo, Rita, que a senhora Maria Rodrigues Morton esteve desconfiada de que você foi cúmplice no crime...

Rita sentiu enjôo. Achou-se mergulhada em sangue quente e escuro.

— Que absurdo! Eu nunca faria uma coisa dessa... Justo

eu!... — Ela se viu, num relâmpago, decapitando Ian Weston novamente, mas apagou a imagem com um nervoso piscar dos olhos inocentes.

— Eu sei que não — continuou Ian. — A portuguesa não tem provas. Mas, suponha que ela queira ir à justiça assim mesmo. Não por iniciativa própria, quero dizer, já que ela não tem as provas. Mas imagine que *alguém*, algum inimigo seu, Rita, convença-a a fazê-lo. Você teria tanto aborrecimento... Isto é, qualquer um teria muito aborrecimento. Mas você!!... Você teria alguns aborrecimentos *a mais*.

Rita arrastou os olhos no chão, e depois perdeu-os no céu, além das estrelas. O luar mostrou ao agente a palidez do seu rosto.

— Tem certeza de que não quer sentar-se um pouquinho no meu carro? — O tom mudou. — Você parece cansada.

— Estou exausta — ela conseguiu dizer, apesar de todo o seu desânimo. — Desculpe, mas preciso entrar.

Virou-se na direção da casa dos Blakemore, a chave pesando na sua mão. Ian interceptou o seu caminho e curvou os ombros para derramar sobre ela a gosma do olhar:

— Quando vamos nos ver de novo?

— Eu ligo para você sábado que vem — ela achou melhor combinar alguma coisa.

— Fico feliz em ver que a nossa amizade está cada vez mais forte — ele arfou.

De manhã, a claridade do domingo entrou, muito segura de si, pela janela do quarto de Rita, para ajudá-la a pensar com calma. Ian Weston era um doente; podia ser perigoso. Mas também era uma criança ingênua; podia ser engabelado. O que um adulto costuma fazer para controlar uma criança é tirar sua iniciativa e oferecer-lhe doces. Rita assumiria a iniciativa de marcar os encontros com o agente, oferecendo-lhe três por mês, ou mesmo dois, durante uma hora, o que não custaria a ela demasiado sacrifício e o manteria seguro da sua consideração. Isso duraria só até setembro, quando seu visto para a Inglaterra perderia a validade. Até lá, com sorte ela já teria decidido o que fazer da vida ou, então, com mais sorte ainda, já teria encontrado um namorado europeu que quisesse se casar com ela. O mais importante era não se desesperar. Só tem problemas quem está vivo.

Durante o café da manhã, Jane Blakemore informou-a de que passaria o mês de agosto na Grécia com os filhos. Seu marido, que odiava o turismo enlatado e apinhado de farofeiros, decidira permanecer em Londres, onde tinha muito que fazer, como cuidar, de uma vez por todas, do jardim, pintar a casa por dentro e comparecer ao emprego diariamente.

A idéia de ficar longe do primogênito por um mês encheu o coração da brasileira de saudades antecipadas. Durante todos os dias da semana, ela acordou mais cedo, na tentativa de fazer coincidir a sua movimentação matinal com a de Brian, quando procurava sentir, ao encontrá-lo no corredor, o choque curto do seu toque, o calor rápido do seu olhar, o rastro da sua alma no seu hálito. Por duas vezes, à porta do banheiro, enquanto os pais ainda estavam trancados na suíte, e um pouco antes que o irmão sapateasse escada abaixo, Brian acariciou, por cima da camisola curta, os seios de Rita, experimentando o efeito deles na mão hesitante no primeiro dia, e contaminando-os com a febre da sua pele no segundo. Também por duas vezes, no final da tarde, quando Jane e o marido ainda não tinham voltado do trabalho, e enquanto Philip exercitava a escala na clarineta, Brian e Rita puderam se abraçar dentro do quarto dela, deixando seu desejo fluir denso e calmo como um rio.

Na tarde do sábado, a convite de Jane, Rita visitou com os Blakemore um museu em Hampstead, em cujo jardim seria encenado, por um grupo itinerante, o romance de amor pastoril *The Winter's Tale*, de Shakespeare. Um pouco antes da *performance*, enquanto Jane, o marido e o caçula se acomodavam nas cadeirinhas sobre o gramado, Rita deu uma volta pelo jardim, menos para desfrutar a sua beleza e o perfume das suas flores do que para tentar interceptar o trajeto de Brian, com quem de bom grado se meteria, logo que houvesse uma oportunidade, atrás de um carvalho ou de um arbusto frondoso.

O encontro aconteceu na frente do museu. Brian saiu de dentro dele com uma menina da sua idade, de cabelo, pele e olhos incolores, os joelhos espiando o mundo entre a saia pregueada xadrez e as meias três-quartos. No seu rosto infantil, pintava-se todo um espectro de expressões que variavam entre a indiferença e a apatia, mas, mesmo assim, Brian tinha muito a lhe comunicar, a julgar pela velocidade com que tagarelava e gesticulava. Rita retardou o passo quando os três se cruzaram, para receber uma saudação dele e ser apresentada à meninazinha. Mas ele arranhou o seu rosto com um olhar de esguelha e enfiou às pressas, no meio do discurso, a palavra *Hi!*, que ficou ardendo nos seus ouvidos, espremida entre as frases inteiras que ele recitava para a fedelha. Esmaecida a beleza do jardim e adulterado o seu perfume, Rita voltou para onde a sua cadeirinha estava, e nela sentou-se, abraçada pelo vento que já começava a esfriar a tarde de verão. A peça desenrolou-se por quinze minutos sem que a cadeirinha de Brian, melancolicamente postada ao seu lado, fosse ocupada.

Embora empregasse todos os seus conhecimentos da língua para entender as falas dos atores, Rita não conseguiu apanhar nem o enredo. Shakespeare é difícil no original, talvez até mesmo para os nativos, por causa dos termos antigos que prevalecem nas versões correntes da obra. Foi pensando nisso que ela desistiu de prestar atenção à *performance*, para entregar-se inteira ao irresistível prazer de sofrer por amor.

Era ridículo, mas tinha se apaixonado por um menininho. Sentia vergonha disso. Uma coisa era estar atraída por um macho jovem e recém-desperto para o sexo. Outra era enamorar-se de um guri. Era quase como estar apaixonada por um chimpanzé. Muitas mulheres da idade de Rita já tinham produzido gerações inteiras de garotos da idade de Brian Blakemore. Ela, entretanto, desgarrada da sua casta, cigana do espaço e do tempo, fora acampar o seu Feminino ali, na incerteza, no desamparo, no sem-futuro. A sua paz de espírito dependia da presença de um pivete de treze anos sobre a cadeirinha ao seu lado. O que estariam dizendo, ele e a meninazinha, um ao outro, que contivesse mais encanto do que o texto de Shakespeare e mais promessas do que o corpo de Rita? Como explicar que um peitinho plano e infértil exercesse tamanho fascínio sobre ele, a ponto de fazê-lo abdicar do prazer de sentar-se ao lado da *au-pair* e evocar secretamente as delícias vividas a dois em Hampstead Heath, num cenário parecido com o jardim em que estavam agora? Rita decompunha-se em ciúmes. Por instinto, olhou em volta à procura de ajuda. Enxergou uma boa quantidade de homens feitos. Uns anunciavam sua maturidade no excesso de pêlos sobre os lábios e na face; outros, na ausência dos mesmos sobre a cabeça. Seus pomos-de-adão proeminentes lembravam aos inimigos que eles sabiam rugir grosso. Entre as pernas, aríetes, canhões, mísseis. Ao lado, uma fêmea chocadeira. Embaixo, os herdeiros. Era por um homem como aqueles que Rita deveria se apaixonar.

— Aqui é Ian. Alô, Rita! Como vai? — o agente virou-se para a parede, dobrando-se sobre o fone como um ponto de interrogação.

Mrs. Weston sentiu uma pressão em várias regiões do corpo, não sabia dizer se nos músculos, nas articulações ou nos tendões. Então era a tal da estrangeira, outra vez. Era por esse telefonema que Ian esperara a tarde inteira, zanzando pela casa como um velho aposentado, os olhos um pouco mais redondos e mais abertos do que o normal.

Mrs. Weston não pudera tomar seu chá na mesa da sala, como fazia todas as noites, porque ele ocupara o móvel com uma papelada infernal, que examinara fazendo um bico com o lábio inferior, mania que conservava desde menino, quando olhava revistas coloridas sentado no chão. Primeiro, resolvera estudar o atlas geográfico, rastreando os confins bárbaros da América do Sul. Depois, espalhara sobre o móvel folhetos turísticos com fotografias do Texas. Em seguida, depositara o queixo nas palmas das mãos, com os cotovelos fincados na mesa, e nessa posição permanecera por mais de trinta minutos, assistindo, no teto, ao seu desfile particular de quimeras.

— Sim, um *wine-bar* seria interessante. Está bem, podemos nos encontrar direto lá, se você preferir. Eu também gostaria de estar de volta cedo. Até mais tarde.

Ian ia encontrar-se em um bar com uma americana, talvez do Texas ou então de Buenos Aires, chamada Rita. Uma boêmia, uma biscatezinha. Moças honradas não se encontram em botequins.

Os sessenta minutos que Rita passou com Ian no *wine-bar* foram os mais compridos jamais cronometrados. Ele chegou atrás de um enorme buquê de margaridas, culpando pelo atraso de três minutos e trinta segundos uma repentina dor que atacara os ouvidos da mãe, e que o fizera passar a última meia hora, antes de sair, ao lado dela.

— Quero que vocês duas se conheçam, Rita. Ela é uma senhora de muita fibra — o olhar remelou.

Deitadas as margaridas sobre a mesa, ele pediu um cálice de vinho branco para a acompanhante e uma água mineral para si. Depois disparou a falar sobre o Texas, rascunhando roteiros e mapas com a caneta esferográfica numa folha branca trazida de casa, dentro de uma pastinha. No começo, Rita prestou alguma atenção nele, e até tentou participar da conversa, mas as suas iniciativas foram débeis e não vingaram.

— Conhecer o Texas é o meu maior sonho — confessou ele.

— Se a saúde de mamãe não fosse tão frágil, eu a levaria comigo. Quem sabe um dia, com uma bela esposa, durante a lua-de-mel...

Rita investigou seu olhar gosmento. Ele mirava o invisível, além das paredes, sem dar qualquer indicação de que a eleita para segui-lo até o Texas fosse ela. Existiria essa desafortunada? Ian não era o tipo que alguém conseguisse imaginar fazendo amor. Há dessas pessoas no mundo. No caso dele, essa incapacidade de provocar fantasia, se fundamentada numa verdadeira ausência de sexualidade, era um conforto para o mundo feminino. Visto sob o ângulo da conveniência, um casamento com ele, só para se conseguir a cidadania britânica, talvez nem fosse insuportável. Ele trabalhava o dia todo. À noite, teria que dar atenção à mãe e dormir. E se, por acaso, ele desejasse, uma vez ou outra a cada bimestre, alguma relação sexual, à esposa não cobraria esforço maior do que o de abrir, por alguns minutos, as pernas. No tempo certo, ela pediria o divórcio. Desse ponto de vista, Ian podia ser encarado, na falta de uma alternativa melhor, como um bom partido.

Quando o grupo de *jazz* começou a tocar, ele dobrou, com o capricho de uma noiva dobrando a toalha do enxoval, a folha rabiscada, guardando-a em seguida na pastinha. Depois, atropelando o ritmo da música com um batuquezinho da esferográfica na mesa, dançaricou a cabeça em franca alegria.

A hora que Rita lhe devia já estava quase esgotada, quando entrou no bar, acompanhado de um amigo, o vocalista dos Gutter Brothers, o Michael dos olhos turquesa, das costeletas compridas e das coreografias acrobáticas, por quem ela desenvolvera uma paixão irrealizada no Covent Garden. Ele não a notou, para o alívio dela, que teria vergonha de ser reconhecida em tão desqualificada companhia. Perturbada, olhou tantas vezes o relógio e mostrou sua ansiedade de forma tão ostensiva que Ian, submerso em *jazz*, teve que vir à tona.

— Já está querendo ir embora? — ele consultou o relógio também.

— É perigoso ficar na rua até tarde. Além disso, acho que você deveria estar cuidando da sua mãe, que está fraquinha — ela produziu duas justificativas fortíssimas. — Ah, e leve o buquê de margaridas para ela. Diga que é um presente meu.

— É muita bondade sua. Você não quer visitá-la esta semana?

— Eu gostaria muito de almoçar com vocês dois num domingo. Vamos fazer o seguinte: eu lhe telefonarei, sem ser amanhã e nem domingo que vem, no outro, no fim da tarde.

Ian formou um bico com o lábio inferior.

— Com quê você vai estar tão ocupada todo esse tempo? — ele arfou.

— Com coisas do meu próprio interesse — ela usou um tom sério. — Por favor, respeite a minha privacidade.

Era argumento suficiente.

Ian acompanhou-a até a entrada do metrô, onde Rita se viu livre, a um só tempo, dele e das margaridas. Esperou que ele sumisse de vista e raspou-se de volta para o bar.

Precisou tomar mais três cálices de vinho antes de criar coragem para se dirigir a Michael, que, por sua vez, passaria muito bem a noite toda sem se dar conta da existência dela ou de qualquer outra mulher. Aproximou-se dele engolindo o coração a seco.

Londres, julho.

Querida Verinha
Estou apaixonada!!!!!!!!!!!
Ele é lindo, de Nova Orleans, cheio de ginga, vocalista de rock, *um corpo de Adônis... Foi mandado para mim pela divina providên-*

cia para curar um amor politicamente incorreto pelo ninfeto Blakemore, de quem falei na carta para a Teca. Você vai caçoar, mas é verdade: eu estava gamada pelo molecote a ponto de ter ciúmes e tudo. Um dia eu conto.
 Encontrei o Michael sábado, num wine-bar. *A gente já tinha sido apresentado pela namorada dele, uma brazuca trambiqueira, no Covent Garden, onde o grupo dele se apresenta nos fins de semana. Só que ele não me reconheceu. Bom, eu disse que era fã da banda dele, joguei-lhe toneladas de confete, e ele rapidamente se interessou pelos meus elogios. Falei que era cineasta, brasileira (ele conhecia alguma coisa do Tom Jobim e do Milton Nascimento), que ia embora da Inglaterra em setembro (pra ele se tocar de que não tinha todo o tempo do mundo, no caso de querer me conhecer melhor), e sei lá do que mais falamos, de tão bêbada que eu estava. Bom, conversa vai, conversa vem, um sujeito que estava com ele se sentiu a mais e resolveu ir embora.*
 Conversamos, conversamos e nada. Pensei: "Vai ver que ele é fiel à namorada", o que me deixou meio triste. Aí, como a coisa estava malparada, eu resolvi ir embora. Então ele se ofereceu para me acompanhar até o ponto do night-bus, *porque o metrô já tinha fechado. Fomos andando, andando, andando, daí, pronto: ele pegou a minha mão. Apertei a dele, sentindo aquela pele quentinha e meio áspera do homem vivido. E ficamos ali caminhando de mãos dadas e palrando feito dois namoradinhos, já sem a menor preocupação com ponto de ônibus nem nada. Chegou uma hora, ele pediu pra fazer xixi, que ele não agüentava mais, e foi lá regar uns arbustos no Regent's Park. Fiquei ouvindo o som do xixi e imaginei os dedos dele segurando aquele precioso regador, aquela pequena mangueira. Achei uma gracinha. Aí ele voltou pedindo desculpas por ter demorado, e eu quase respondi que poderia passar o resto da vida ouvindo aquele chafarizinho, mas me contive. A gente andou mais um pouco e ele inventou que estava cansado. "Você se importa em sentar num banco*

por alguns minutos?", sugeriu. Imagine se eu ia me incomodar em sentar do lado daquele confeito, daquele bordado! Sentamos.

Lentamente, ele foi virando o rosto para o meu. Nossos lábios se encostaram. Tudo ali era gostoso: cheirinho, beijos, língua... Não pude deixar de sentir medo de que ele sumisse depois, mas, em vez de ficar triste, resolvi aproveitar tudo ao máximo, enquanto estava durando. Ele pegou de leve o meu peito, por cima da minha blusa de lantejoulas, e ficou no maior tesão. Senti bem o que dava para sentir dele: o cheiro, o cabelo, as costeletas compridas, os mamilos e o pau. Aí, muito sem jeito, ele perguntou se não dava pra gente ir para a minha casa. Eu disse que não dava, fazia parte do trato com a Jane Blakemore. Então ele procurou um lugar para a gente transar no Regent's Park. Estava meio assustado, com medo sei lá do quê. Achei meio besta esse medo num marmanjo de 27 anos, e pensei que talvez ele desconfiasse de que eu era uma marginal.

Já estava começando a raiar o dia, e a gente lá perto dum carvalho, nos maiores amassos. Percebi que as minhas lantejoulas estavam despencando por causa dos malhos, então tirei a blusa e coloquei ela protegidinha ali perto da raiz da árvore. Daí, já viu, os meus volumosos seios ficaram expostos, embelezados pelo lusco-fusco da madrugada e arrepiados por um ventinho. Cê sabe, eu tenho um orgulho deles, aqui os homens adoram, mais ainda do que aí no Brasil, onde a caboclada nunca soube me dar o devido valor. O Michael fez a festa. Apertou, chupou, falou "lovely"... A lembrança da carinha dele admirando meus tesouros ainda vai render muita fantasia para as minhas siriricas. Daí, como ninguém tinha camisinha, ele me masturbou e eu fiquei ali batendo uma punheta para ele, esfregando o pau dele nos meus seios, uma sacanagem lascada. Aí ele gozou e esporrou no meu olho.

Quando ele acabou de ejacular, gritou: "A van!" Olhei pra trás e lá estava, escondidinha e quieta, a viatura da polícia. Não é que tinha um bendito dum guarda espiando tudo? O Michael ficou apavorado. Foi aí que eu entendi aquele medo todo dele. Fiquei

branca. Me vi extraditada, ou então na cadeia, por atentado ao pudor.
O guarda veio vindo devagarzinho. Subi depressa as calças, pus o casaquinho todo abotoado errado, sem nem perder tempo em vestir a blusa de paetês, que ficou pendurada na minha mão. Quando ele chegou perto, o Michael não sabia o que dizer e começou a se desculpar, tremendo feito uma vara verde.
Mas o guarda foi camarada. Afinal, ele tinha feito a gentileza de esperar o Michael terminar de ejacular. Me deu uma medida de alto abaixo. Eu estava com cara de tacho, segurando a blusa de lantejoulas, o casaquinho todo abotoado torto, o cabelo despenteado e a maquiagem borrada pelo esperma espirrado no rímel. O guarda voltou para a viatura dele e eu e o Michael tomamos o rumo para a Trafalgar Square, rindo e comentando o acontecimento.
Ele disse que não gosta das inglesas porque elas são frias e nada atraentes, e que o sujeito tem que passar um tempão saindo e gastando dinheiro com elas antes de acontecer alguma coisa. Não tomei isso exatamente como um elogio à minha pessoa, mas engoli. Quando chegamos na praça, ele pediu o meu telefone duas vezes e disse que me ligaria na terça-feira. Não vejo a hora.
Você não vai acreditar, mas aquele agente da imigração voltou a me procurar. Não sei direito o que fazer, mas topo qualquer coisa para não voltar para o Brasil. Fico aqui empurrando com a barriga os meus últimos meses na Inglaterra... e me imaginando com o Michael nos Estados Unidos!
Beijos

Ritinha

Michael não telefonou, nem na terça e nem na quarta. Rita teve certeza disso porque estivera atenta a cada chamada telefônica durante todo o tempo em que ficara em casa, verificara todas as mensagens na secretária eletrônica na volta das saídas curtas e perguntara aos Blakemore, um a um, se ninguém da família atendera, enquanto ela estivera dormindo, alguma ligação para ela. Consultar Brian teve o seu tanto de constrangimento, pois ela decidira não lhe dar mais chance para qualquer intimidade. Ele sentiu o seu distanciamento e passou a evitá-la também, não como um amante ferido, mas como uma criança que, desorientada, resolve imitar o comportamento do adulto.

O motivo pelo qual Michael não ligou é desconhecido. Talvez ele tenha perdido o número dela, ou tenha precisado viajar, ou tenha se sentido inseguro. Teria sofrido um acidente? Resolvera não trair a namorada? Ou, então, teria perdido o interesse por Rita? Ela escolheu a última hipótese. Chorou a noite toda da terça-feira, arrastou pela quarta-feira, juntamente com o aspirador de pó, a vontade de desistir da vida, e à noitinha, para amansar a tristeza, foi ao *pub* The Spice of Life colocar uma moeda na *juke-box* e ouvir *Anarchy in the UK* pensando em Samira, conforme lhe pedira a amiga, durante o seu bota-fora.

Eu estava lá sentada num sofá, engolindo cerveja e admirando a grande variedade de tipos que pareciam ter saído de todos os países só para se amontoar no The Spice of Life quando sentou do meu lado um tipo latino nem feio e nem bonito. Chamava-se Luigi e era de Gênova. Conversa vai, conversa vem, acabei achando muito gostoso estar com um sujeito parecido comigo, mais para moreninho, brincalhão e simpático, como costumam ser os italianos dos filmes não-italianos. Acabei saindo do pub com ele, assim que todo mundo foi expulso pelos garçons à onze horas.

Ele não queria ir desacompanhado até a estação Piccadilly Circus, onde faria a conexão para a Bakerloo Line, a linha que o levaria de volta à solidão do seu quarto — e para dizer isso ele fez uma cara de choro. Que Rita fosse com ele! De lá, ela chegaria em North Acton do mesmo jeito. Ele insistia. Só um louco desperdiçaria a oportunidade de desfrutar a presença de uma brasileira bonita numa cidade de solitários como Londres.

Topei, tadinho, não me custava nada.

Que ela falasse, falasse qualquer coisa, só para ele sentir o ritmo, saborear a doçura e ouvir a melodia da língua mais bonita do mundo, a língua portuguesa falada no Brasil — no Brasil, e não em Portugal. Que ela cantasse, então, *Mais que nada.*

Não acreditei, eu ali em pleno Piccadilly Circus rasgando um sambinha para um genovês. Daí, mal a gente chegou no metrô, ele fez cara de manha outra vez para dizer que não queria ir até a casa dele sozinho. Usou todos os argumentos para me convencer a ir com ele. Resisti. Ele disse que eu podia ficar sossegada, que não ia acontecer nada porque a gente só ia ficar conversando e bebendo vinho — e ele dormiria no chão. Pensei: "Qualquer coisa que acontecer com uma companhia simpática vai ser melhor do que voltar para casa e ficar pensando no Michael." *E fui.*

Entraram no metrô e mostraram ao funcionário as respectivas carteirinhas de sete dias, a de Luigi num relâmpago e com a data escondida pelos dedos indicador e médio porque estava vencida.

Ele me falou que eu era boba de trabalhar como au-pair; *que se, a exemplo dele, eu pegasse um trabalho num restaurante ganhando 120 libras por semana, eu gastaria 25 com aluguel, 15 com comida e ainda poupava o resto. Então fiquei curiosa para ver como ele vivia.*

Cheguei lá, deu até nojo. O quartinho dele era tão pequenininho que eu pensei: "Se ele ficar de pau duro vai ter que abrir a porta pro pau caber." Tinha aquele mau cheiro de quarto trancado e roupa suja. O banheirinho coletivo recendia a mijo, era imundo e tinha um tolete no chão que, primeiro, eu achei que era cocô de gato. Aí o tolete se mexeu. "Criou vida!", pensei, mas logo saquei que era uma lesma se arrastando pelo chão úmido. Me deu asco, mas refleti: "Tadinha, lesma também é filha de Deus." A cozinha coletiva parecia um chiqueiro. Pensei de novo: "Vai ser uma noite longa."

PAU-DE-ARARA CLASSE TURÍSTICA

Entramos no quartinho e ele ligou a pequena tevê preto-e-branco. Eu tomei um vinho espumante que ele serviu e procurei assunto. Ele ficou ali sentado do meu lado, na cama, com cara de sonso. Conversamos sobre um monte de coisas, me deu sono e eu quis dormir. Olhei o espaço no chão onde ele disse que ia deitar. Era tão pequenininho que eu senti dó. Falei: "Pode dormir na cama, cê dorme daqui pra lá e eu durmo de lá pra cá." Daí a gente ficou ali um minuto tentando dormir e ele começou a massagear o meu pé. Senti cócegas e falei, rindo: "Você disse que eu podia confiar, você não tem palavra", mas, como eu estava rindo, ele achou que eu estava gostando. E continuou a massagem no meu pé, na perna, na coxa... daí ele quis passar a mão na minha bunda mas, como não a alcançava, mudou de posição.

Ficamos cara a cara. Mão pra lá, mão pra cá, começou a me dar tesão. Daí ele pôs o pau pra fora. Ele tinha camisinhas, foi divertido até a primeira meia dúzia de estocadas, e então me baixou a crise. Me distraí, comecei a pensar: "Não é com ele que eu queria estar fazendo amor. Sou mesmo uma porcaria de mulher, senão o Michael teria gostado de mim tanto quanto eu dele." Senti falta da casa dos Blakemore, do meu quarto confortável e espaçoso, da minha caminha semicasal, do pêlo quentinho do Buster no meu colo. Me deu vontade de ir embora, voltei a sentir o mau cheiro do quartinho — e aquele pau ali, entrando e saindo. Até que ele desconfiou que não estava agradando e parou. Ficou me olhando e fazendo carinho no meu cabelo, sem dizer nada. Eu quis chorar, mas aí reparei melhor no rosto dele, todo meigo, e reconsiderei a situação. Ele era legal, tinha gostado de mim, não tinha nada a ver com os meus sentimentos de rejeição e merecia brincar gostoso. Abracei ele, dei um monte de beijinhos no rosto, no pescoço, nas mãos, fiz cafuné. E o pau dele lá, a postos para qualquer eventualidade. "Benza-o Deus", pensei, "E eu desperdiçando um presente desse."

Enquanto eu pensava, ele agiu. Enfiou a cabeça no meio das minhas pernas e me lambeu as partes com a maior fineza, como se *estivesse tomando um sorvetinho. Como fazia bem a coisa! Com gosto, e não só para agradar a gente. Bom, eu estava lá viajando na boca morninha e molhadinha dele, contente por ter tido a sorte de encontrar um homem tão prendado, quando de repente, minha filha, a porta abriu, a luz acendeu e uma italiana que dava três de mim começou a gritar. Luigi pulou da cama e desembestou a gritar mais alto ainda do que ela. Catei umas roupas e, antes que houvesse tempo para que se pronunciassem as palavras "schifoso" e "putana", eu já estava vestida. Nunca tive tanto medo na vida. Larguei para trás calcinha, sutiã, meia... Por sorte tinha um cara na entrada, também todo assustado, que me abriu a porta. Corri feito uma condenada naquelas ruas escuras, sem ter a mínima idéia do rumo que estava tomando, até encontrar um táxi que me custou quase toda a economia da semana.*

Depois do susto, Rita decidiu evitar bares noturnos para não correr o risco de encontrar Luigi e sua italiana de novo. Passou algumas noites fechada em cinemas e no seu quarto, o que, em vez de acalmar seus nervos, aumentou sua ansiedade. Não conseguia prestar atenção em quase nada do que via, ouvia e lia, pois seus pensamentos fugiam o tempo todo para aquele mundo distante onde as emoções procuram se organizar. Depois de muito matutar, concluiu que ficar fechada entre quatro paredes com medo do mundo não lhe traria homem, e resolveu fazer uma última tentativa de arranjar um pretendente num *pub*.

Foi a última vez que eu pisei num pub. *Esse povo de boteco é tudo pé-de-chinelo: garçom, babá,* au-pair, *artista fracassado, pensionista do Estado, pedreiro, estafeta... E só estrangeiro que paquera. Inglês só bebe.*

Conheci Christian num bendito dum pub *chamado Station Tavern, recomendado pela Samira. Christian é francês, superbonitão, louro de olhos verde-azulados. A gente começou a namorar anteontem e ele já desmanchou o namoro ontem.*

Quando eu cheguei no tal do Station Tavern, me senti num

saloon *de faroeste. Só tinha homem com pinta de caubói. Pedi uma cerveja, sentei e fiquei me perguntando se aquilo ali não era um* pub gay. *Bom, tava eu lá sentada naquele* saloon *quando entra o bonitão do Christian. Olhei, ele olhou, eu encabulei e ele começou a imitar o meu jeito tímido. Fiquei mais sem graça ainda e ele lá de longe, no meio daquela homarada esquisita e daquela fumaceira, fazendo gestos bizarros na tentativa de me arremedar. Eu não sabia se ria ou se virava a cara, porque, para mim, aquele sujeito não devia ser muito certo da cabeça. Aí ele pediu pra sentar comigo. "O que será que esse homem quer?", eu me perguntei, porque a coisa estava fácil demais e ele era um gato. Sinalizei um sim e a gente ficou ali, cara a cara..*

O inglês que ele falava era muito pobre, mas ele insistia em praticar a língua, recusando-se a falar francês. Pouco importava; a paquera estava gostosa e nós nos entendíamos com os olhos. Ele quis me agarrar ali mesmo, mas eu falei que a gente ia ter que se encontrar outras vezes antes, para se conhecer melhor, de forma que, logo de cara, já marcamos encontro para a noite seguinte, às nove da noite.

Ele só tomava água. Perguntei a profissão dele. "Bricks", ele balbuciou. Não entendi se a palavra "tijolos" significava, para ele, oleiro ou pedreiro. São profissões dignas, todas as duas, e igualmente humildes, então resolvi encará-lo como um fazedor de tijolos, que é uma espécie de escultor. Reparei nas mãos dele, grandes e nodosas; reparei nas unhas, meio encardidas, e na cara bonita, ali, bem perto do meu rostinho. Ele disse que estava procurando afeição, uma namorada, e que fazer sexo sem afeto não tinha nada a ver. Achei que era um bom começo.

Na saída, ele me acompanhou até o metrô. Mas, antes, ele desviou do caminho e foi pruma ruinha meio isolada, onde a gente deu uns malhos. Ele amassou meus peitos com aquelas manzorras, como se estivesse moldando escultura em argila. E quis me puxar para trás de uns tapumes. Fiquei morta de medo e resisti. Ele me puxou mais forte, eu fiquei assustada e ele sacou. "Are you scared?", ele perguntou. Daí eu disse "I'm sorry, yes." Ele ficou superofendido e me levou pro metrô. Despedimo-nos afetuosamente.

Na noite seguinte, ele já estava na porta do Station Tavern fazia quinze minutos quando eu cheguei. Ele pediu bebida (para ele, um suco) e ficou mudo feito uma porta. Tentei achar assunto. Ele estava nervoso, ansioso para ficar à vontade comigo porque eu não queria ficar dando malho em pub. *Daí ele disse qualquer coisa e eu entendi que ele ia me levar pro Camden, o que eu topei, porque é um bairro onde eu já estive muitas vezes. Num instante a gente estava dentro de um ônibus. Pelo espelho eu via como ele era bonito, e também me via do lado dele, de mão dada, com aquela cara de contente, pensando "Quem sabe agora finalmente eu dei sorte?"*

Mas só que o caminho não era pro Camden. Eu fiz essa observação e ele disse que era para Camberwell que a gente estava indo: o "place" *dele. Começou a me dar medo. Camberwell é lá pros lados de Brixton, e eu ia ficar a sós com um tijoleiro forte que eu nem conhecia. De repente fiquei quieta, massacrada sob uma avalanche de fantasias terríveis. Pintou uma puta paranóia. Eu queria estar de volta ao meu quarto, protegida pela família Blakemore. Mas fiquei com vergonha de ir embora. Afinal, eu já tinha ido até ali, e ele tinha ficado ofendido na noite anterior porque eu tinha demonstrado medo dele. Me deu aquela dúvida, formou-se aquela confusão na minha cabeça.*

Finalmente, chegamos na frente do mocó. Era um desses caixotes de tijolinhos aparentes, cheios de apartamentos. Me deu vontade de chorar. Como que eu fui me meter numa dessa? Resolvi me abrir com ele e contar tudo, todos os meus medos. Falei que ele podia ser um assassino pervertido que usaria um dos seus tijolos para esmagar a minha cabeça. (Eu vou contando isso pra você, Teca, e vou lembrando da cara de espanto que ele ia fazendo, o pobre.) Ele disse que era dos bêbados que eu devia ter medo, e não dele, porque ele era bom e nem álcool bebia. "Isso também pode ter sido uma encenação sua para me enganar", eu interpretei. Coitado, ele ficou mal (francês não tem senso de humor). Eu falava de todos os estupros e crimes sádicos tão famosos em Londres, e ele dizia: *"Mas eu não sou inglês, eu sou francês!" Eu disse que provavelmente ele era bom mesmo, mas isso eu não poderia saber a menos que o conhecesse melhor, e que não me sentia ainda à vontade para ficar a sós com um homem que eu nem conhecia, num lugar onde ninguém sabia que eu estava.*

Aí ele ficou puto. Disse que eu já tinha trinta anos, idade suficiente para saber o que fazer e aonde ir, e que eu não era mais uma jovem.

Bom, Teca, cê sabe, né, nesse ponto a ofendida fui eu. Tem coisa pior para uma mulher do que ser chamada de "velha" pelo pretendente? Onde é que estamos? "Eu quero ir embora", eu disse, "você está sendo rude, você está vendo só um lado do problema; não está tentando entender o meu lado e a minha preocupação!" Daí ele me deu um ultimato: ou eu entrava no place *dele por cinco minutos só para provar que eu confiava nele ou nunca mais ele ia querer me ver, porque sem confiança é impossível um casal namorar.*

Como eu continuava com medo, resolvi ir embora. Mesmo assim, ele me levou até o metrô e me beijou na despedida, dizendo que não sabia se ia me telefonar porque eu tinha sido muito ruim. Que a última namorada dele tinha sido má para ele e que agora tudo o que ele queria era uma relação cheia de carinho, e isso ele não teve de mim.

Fui para casa com uma vergonha danada do meu papelão. Estava meio arrependida de ter perdido um gatão daquele. Pensei: "Será que foi uma oportunidade que eu deixei escapar?" Vai ver que o Christian não era assassino coisa nenhuma, e a tonta aqui vai continuar sozinha pelo resto da vida. Imaginei a gente viajando pela Europa afora, onde precisassem de tijoleiro, ele fazendo tijolos e lajotas e eu, que sou miudinha, complementando o orçamento familiar com a fabricação de azulejos e pastilhas.

Ontem eu esperei ele ligar o dia inteiro e nada. Só Deus sabe o que vai acontecer e o que poderia ter acontecido...

Rita conheceu William num jantar na casa da Monique. À

primeira vista, teve certeza de que ele era o homem ideal para ela. Pois que inglês rico, atraente, de sotaque de Oxford, solteiro, na faixa dos trinta, entusiasta dos *spots* turísticos brasileiros e dotado do senso de humor britânico não seria ideal para qualquer mulher? William era muito assediado por elas, e essa era uma das suas duas imperfeições.

Agora, que tudo já passou, é que eu me toquei de uma coisa: o William, só de olhar para ele você já vê que, ali, a probabilidade de uma boa foda é mínima. Está certo que nunca se sabe, né, às vezes o cara mais mosca-morta se revela um talento na cama. Mas não é o caso do pobre William.

Bom, mas eu estou precipitando o relato. Voltemos para trás.

Saímos juntos da casa da Monique e fomos para um club *privado que ele freqüenta. Eu devia ser a única pobrinha ali, de camiseta comprada nos camelôs do Camden Market. Pobrinha, mas orgulhosa. Finalmente o destino fizera justiça aos meus méritos, colocando-me ao lado de um bom partido, dentro de um* club *de grã-finos. Dessa vez eu precisava fazer a coisa certa. Procurei tonificar-me com duas ou três doses de gim-tônica. William ficou bebendo uma cerveja japonesa de embalagem superlinda, parecida com as de lança-perfume. Ele bebeu acho que bem uma dúzia delas.*

Aliás, a bem da verdade ele enxugava legal um birinaite. Tinha já tomado umas e outras na casa da Monique. E, quando o club *privado ia fechar, começou a fazer propaganda de uma bebida especial que serviam ali. Descreveu essa bebida com tanta paixão — que era feita de ervas curtidas em não sei que destilado, e preparada sei lá como — que, na minha imaginação, apareceu um tipo de um coquetel colorido, todo enfeitado com ervas raras e especiarias exóticas. E pediu uma dose para mim, outra para ele. O garçom trouxe o néctar: dois copinhos pouco maiores do que um dedal de costureira, cada um com não mais do que algumas gotas do precioso líquido que, quando provei, parecia vodka com limão. Elogiei a beberagem, disse que era realmente deliciosa, procurando saboreá-la ao máximo por-*

que sabe Deus se eu teria, um dia, mais uma oportunidade de engolir outro daqueles dispendiosos preparados.

Estávamos nisso quando a perna dele começou a esfregar na minha e o braço dele no meu. Ficamos de mãos dadas, ele meio envergonhado, apesar de bêbado. Para dizer alguma coisa, ele contou que uma vez o David Bowie quis ficar na parte de cima daquele club com os amigos e pediu ao gerente que não deixasse entrar os sócios, mas o gerente não topou porque o club é dos sócios e não do David Bowie. Pensei: "Quando morrer, vou ter que passar uns três anos no purgatório só por ter cometido o sacrilégio de bebericar especialidade no club onde David Bowie foi preterido."

Pegamos um táxi. O carro andou dois minutos, eu olhei pro lado e o William já estava dormindo. Descemos na frente do prédio dele, ainda em construção, e, meio trôpego, ele conseguiu entrar no flat. O apartamento grande, supermoderno, todo branco, e ainda quase sem mobília, me lembrou o interior da espaçonave do 2001 — Uma odisséia no espaço.

Eu devia ter me tocado e ido dormir sozinha em algum daqueles quartos todos, mas, como a gente começou a dar uns malhos na sala — eu já achando ele muito fraco de serviço —, não sei como, fui ficando, fui ficando e, de repente, estávamos na cama dele.

Foi ele deitar, dormiu de novo. Aí eu me senti desafiada. Me aumentou o tesão porque eu disse de mim para comigo: ninguém vai esquecer que eu estou perto e dormir, assim, sem mais aquela. Armei a maior cara-de-pau e acordei ele. Começamos a transar. Insisti, tentei, fiz, aconteci e nada. Por três vezes o apetrecho fez menção de subir e William animou-se um pouco, encontrando até forças para movimentar um dedo e me masturbar, mas o esforço exagerado prostrou-o novamente.

Então eu reclamei que estava com fome e fiz o condenado levantar para me pegar um copo de leite e uns biscoitos de água e sal. Comi dois, bebi o leite e reencetei a peleja. Agora era uma questão de honra, ninguém ia broxar comigo não! Comecei a chupar esmeradamente o *peru (tava mais para galinha garnizé) que, ainda pequeno, eu me divertia em fazer passear dentro da minha boca com a língua, quando ouvi roncos. "Ué...", pensei, "eu não sabia que já tinha gente dormindo num dos quartos." Mas foi pensar e me dar conta de que os roncos estavam sendo emitidos por William, entregue de corpo e alma aos braços de Morfeu.*

Desisti, finalmente. Ali, nem o guindaste de Maria Madalena, que era puta e virou santa milagrosa, conseguia suspender. Virei pro lado e dormi, que já estava sem forças eu também.

Quando acordei, ele estava ferrado no sono. Me vesti, que tinha que pegar no pesado logo cedo, e escrevi o número do meu telefone numa lista de compras na cozinha. Antes de sair, dei uma passadinha no quarto na esperança de ele estar acordado e eu poder dizer qualquer coisa, só pro caso não ficar por isso mesmo. William estava todo escondido, com a cara enfiada debaixo do edredom. Não falei nada e me raspei dali.

Até agora ele não telefonou, o que eu acho uma besteira, porque isso significa que ele não está levando em consideração o bate-papo agradável que tivemos no jantar e no club *privado. Vai ser muito atraso ele achar de não me procurar só porque a nossa transa foi um fiasco. Se, além de broxa, William for moralista, não merece mesmo que eu seja amiga dele!*

Quando Rita telefonou para o agente da imigração no domingo marcado, inventou que estava de cama por causa de uma gripe e que ainda precisaria descansar mais alguns dias para se restabelecer. Preocupado, ele se prontificou a fazer-lhe uma visita para levar-lhe um pote de mel, mas ela disse que ficaria mais doente ainda se soubesse que estava dando trabalho às pessoas. Ele achava que isso não era trabalho nenhum, antes um prazer, mas ela lembrou que visitas à doente, assim como telefonemas, poderiam deixar os Blakemore excessivamente preocupados, além de invadir-lhes a privacidade. Ian quis, então, combinar o almoço com a mãe, em Staines, e a brasileira, tapando o nariz para simular uma voz fanhosa e tossindo de vez em quando, respondeu que teria imenso prazer em conhecer Mrs. Weston daí a três ou quatro domingos. Espirrou, tossiu mais e pediu licença para desligar o telefone, pois sentia-se fraca e precisava deitar-se.

No mês de agosto, enquanto Jane e os filhos passavam as férias na Grécia e Adam abarrotava de latas de tinta e de pincéis o matagal em que se transformara seu jardim, Rita continuou procurando o amor na noite londrina. Ao sair de casa, e ao voltar para ela, tomava sempre o cuidado de observar se o automóvel de Ian não estava por perto, já que não era impossível que o agente tentasse segui-la, se não por desconfiança, então por saudade. Com a mesma finalidade, ao se aproximar dos clubes noturnos e ao sair deles, examinava por alto os carros parados e os que passavam.

No Electric Ballroom conheceu Mark, garotão ocioso que procurava uma banda de *rock* para liderar, e no Gossips, Graham, alcoólatra que a ensinou a dançar *rock'a'billy*, e no Wag, Vincent, conhecedor de *world music* que era amigo do DJ, e no Limelight, Peter, que nunca repetia os modelitos, e no Dingwalls, François, que só queria aprender inglês, e no Bass Clef, Ijsbrandt, holandês que sabia requebrar, e no Town&Country Club, Nick, que dançava *reggae* para matar a saudade de uma jamaicana... com todos ela compartilhou o desejo desesperado de amor, esgotado no primeiro jorro de sêmen e transcrito em cartas extensas enviadas às amigas do Brasil.

Annette é irlandesa, boa-praça, generosa, e uma companhia animadíssima para as rondas noturnas. Conheci-a no carnaval de Notting Hill, caindo de bêbada atrás de uma steel-band de negras chamada Pink Ladies. (Abro aqui um parêntese para falar sobre essa celebraçãozinha de primeira comunhão que eles chamam de carnaval, e que os jornais consideram violenta. Só pode ser racismo da mídia. Curti o carnaval de Notting Hill praticamente sozinha durante os dois dias, e não sofri — e nem testemunhei — uma cantada, um beliscãozinho, um assalto, um olhar indiscreto, mesmo nos locais mais aglomerados. *Os negros só queriam assistir aos desfiles das* steel-bands *e seguir o som das fitas de* socca *e calipso que os caminhões emitiam das suas caixas de som. Ou então mordiscar um naco de abacaxi, peixe frito ou cocada, vendidos nas barraquinhas. Quando dava sete da noite, o carnaval simplesmente "acabava", e todo mundo se dirigia comportadamente para as estações de metrô, que entupiam. Somente uma coisa superava os negros em número e em tranqüilidade: os policiais — todos desarmados).*

Bom, a Annette... continuemos a falar sobre a Annette. Se vira, ela. Imprime panfletos e camisetas para bandas iniciantes de rock, *além de vender roupas usadas no Camden Market. As corridas de táxi, que por mais de uma vez já me levaram até North Acton, ficam à custa de uma gravadora para a qual ela faz uns contatos. Insiste sempre em me pagar todos os drinques, mesmo quando eu não quero beber, porque tem dó de mim que sou* au-pair. *Um dia me pagou um lanche no McDonald's e pediu desculpas: "Não posso pagar coisa melhor", disse.*

Declarou-se apaixonada por mim no clube Heaven, reduto de gays, *onde entramos sem pagar porque ela se fez passar por uma repórter da* Time Out. *"Sou heterossexual", foi tudo o que eu precisei dizer para tirar-lhe qualquer esperança.*

Que história triste, a dela; não é à toa que bebe. A mãe vive sendo espancada pelo marido alcoólatra. A Annette também apanhava de um sujeito com quem vivia, um tal de Johnny. Ele lhe chutava a cara, queimava-lhe aquele braço branquinho feito leite com o cigarro, e uma vez tentou enfiar uma caneta esferográfica nos olhos dela. Então ela começou a procurar mulheres porque a sua idéia de masculino está totalmente ligada a violência e perversidade. E todos os amigos dela são "completely bent", como ela diz, desmunhecando a mão coberta pela luva de leopardo surrada e incrustada de bijuterias kitsch.

Meu visto vence agora em setembro. Já faz quase seis meses que saí do Brasil e ainda não tenho qualquer perspectiva de progresso. Ao contrário, tudo o que consegui foi gastar muito e ficar ainda mais pobre.

Comparo a minha sorte com a do Zeca, por exemplo, que já começou a namorar a Wendy no dia em que chegou a Londres, e depois casou com ela, virando um cidadão europeu (está certo que ela é encardida, mas ele a adora). Puxa vida, eu não poderia ter conhecido um europeu apaixonante que me amasse também? Não sou feia, nem frígida, nem burra, nem má, nem porcalhona e nem fedorenta. Acho, inclusive, que não sou chata. Por que então, Samiroca de Deus, é que o amor tem que ser sempre tão difícil para mim?

Beijos

Ritinha

O estado em que Jane Blakemore encontrou sua casa, ao voltar da Grécia, não foi o mais adequado a uma recepção de boas-vindas. Só a água-furtada, a sala de estar e a de jantar tinham sido pintadas, o que se via menos nas paredes do que nas manchas de tinta sobre o carpete. No jardim, a exuberância do matagal intacto já escondia todas as roseiras, aos pés das quais as latas de tinta esperavam colorir-se de ferrugem. O gato Buster estava internado numa clínica veterinária para tratar dos ferimentos causados por uma briga com um varão que dominava a quadra. Adam Blakemore tinha engordado quatro quilos. E a *au-pair* estava chorando no quarto, vítima de um esgotamento nervoso.

— Olá. Algo errado? — a dona da casa lhe perguntou

depois de dar uma batidinha na porta. No tom da voz, veio embutida a resposta: "Não há nada neste mundo que não se possa descobrir, examinar, organizar e controlar, portanto, acalme-se."

— Jane, como você está bonita! — disse Rita sem se levantar da cama, e parando momentaneamente de chorar.

Jane recebeu o cumprimento com um *thank you* que trouxe, embutida, a idéia "Não me sinto lisonjeada porque esta não sou eu mesma, e sim alguém que teve o privilégio de ser, provisoriamente, embelezada por um verão repousante na Grécia".

Também tinha engordado, mas nos lugares certos. Um *jeans* apertado mostrava como podiam ser fornidos os seus quadris. Um pouco mais de carne nas bochechas bronzeadas devolvia-lhe pelo menos os últimos cinco anos gastos nas lides com o *marketing* publicitário. Os cabelos castanho-claros tinham sido dourados pelo sol e os olhos cinzentos, azulados pelo mar. As maneiras, entretanto, continuavam guardadas no *freezer*. Sentou-se numa cadeira ao lado da cama e clareou o rosto inchado da *au-pair* com os olhos.

Entre um e outro soluço, Rita contou a sua dor em frases curtas e concisas. Não queria tomar o tempo que Jane deveria estar aplicando em desfazer as malas e matar a saudade do marido. Além disso, tinha tanta vergonha de se confessar uma fêmea rejeitada que quanto mais cedo terminasse sua conversa com a executiva melhor.

Jane disse que Rita estava buscando o amor no lugar errado. *Pubs* e *nightclubs* eram lugares de passagem, em que as pessoas, sempre indo de Londres para outro local, procuravam alguém com quem passar uma noite ou duas. A probabilidade de se ter um encontro conseqüente dentro de um lugar como aqueles era mínima, portanto a de se sofrer decepções era muito grande. Artista que era, Rita devia ser do tipo romântico, que cria expectativas ilusórias em relação à vida e aos homens. Era muito criança. Estava na hora de crescer. Afinal, já tinha trinta anos.

Que parasse de chorar porque já tinha chorado o suficiente. Viver não é fácil para ninguém. Que Rita fosse forte e dissesse: vou parar de sentir dó de mim mesma e vou enfrentar a vida! Em seguida, Jane saiu do quarto, deixando a *au-pair* mastigar sozinha as suas lições, e voltou daí a alguns minutos com uma revista nas mãos.

Ali estava o endereço de um clube freqüentado por pessoas solitárias que procuravam companhia. Era um estabelecimento confiável. Uma amiga dela, de 43 anos, começara um relacionamento lá e acabara se casando. Rita iria encontrar muitos chatos, com certeza, mas não lhe custava tentar. Que não esperasse nada de ninguém, assim sairia lucrando. E que tivesse sempre em mente uma coisa muito séria: depois que a gente arruma um marido, novas dificuldades aparecem. A vida a dois não é nenhum mar de rosas.

Rita viu a patroa sair de seu quarto para mergulhar no mar de rosas emaranhadas em mato que era sua vida com o estouvado Adam Blakemore, e entendeu muito bem o que ela quis dizer.

Corações Solitários
EXECUTIVO ALTO, ATRAENTE, BEM-SUCEDIDO procura dama de 40 anos muito especial, atraente, alta, esbelta e com a rara combinação de intelecto e alegria. Fotos, por favor.

INTELIGENTE, VIVAZ, DIVERTIDO, esbelto, bonito, bem-sucedido, com estilo próprio, intenso, 50 anos bem-conservados procura fêmea similar de 25-30 anos. Fotos, por favor.

PRÍNCIPE COM CAVALO BRANCO procura virgem para salvá-lo da rotina. Fotos bem-vindas.

AVENTUREIRO, *SEXY*, CRIATIVO, produtor de cinema independente, 31 anos, procura mulher autêntica, *sexy* e intelectual para diversão e amor. Fotos, por favor.

VERÃO NA CIDADE! Profissional atraente, afetuosa e articulada procura, em todas as esquinas, um homem inteligente, bom e comunicativo, de 30 anos, para dividir conversas animadas, beijos quentes e drinques gelados.

ESBELTO, CHARMOSO, fã de arte contemporânea, cinema, poesia, teatro, filosofia, conversação e restaurantes procura mulher erudita, bem-humorada e bem-informada para programas culturais com o fim de amizade e/ou romance. Não importa a idade.

MODERADAMENTE ATRAENTE, medianamente moderno, meia-idade, altura média, inteligência medíocre e salário mais ou menos procura fêmea similar para compromisso.

IMPRENSA DO CORAÇÃO — Se você não consegue encontrar o homem ideal entre estes anunciantes, então por que não ligar para a nossa nova linha Procuramor? Você vai ouvir uma seleção de todos os cavalheiros que usam este serviço. Basta telefonar para a...

Três batidinhas tímidas na porta arrancaram a atenção de Rita dos anúncios sentimentais da revista. Convidado a entrar, o visitante iluminou o quarto com seu esplendor pós-férias. A cara bronzeada de Brian Blakemore eram duas janelas abertas no céu. Uma miniatura da Acrópole erigia-se na sua manzorra.

— Oi, Rita. Mamãe se esqueceu de lhe dar o nosso presente — ele pendurou o seu arzinho debochado no canto da boca. — É ridículo, vamos admitir. Foi Philip que o escolheu.

Um mês de sol fizera o corpo de Brian se expandir e fortalecer. Debaixo da pele bronzeada e coberta de penugem loura umas veias inéditas engrossavam raízes nos seus punhos. Sobre os lábios, a pele lisa e brilhante indicava que ele estivera raspando o buço. A voz, um pouco mais grave, às vezes se traía num ronrom filhote.

— Pois eu achei esse presente a coisa mais linda! Obrigada!

— Rita esticou a mão para apanhar a Acrópole.

Não conseguiu. O objeto estava preso na pata do tigre. O

bicho queria brincar, o presente era a isca e Rita era a caça. A mão de Brian pulou sobre a dela, num bote. Rita sentiu sua pele macia e imberbe, seu toque nervoso e infantil. Ele ainda era um menino. Ninguém se transforma em homem no período de um mês. O que ele precisava fazer era sair do quarto dela e ir lutar com o irmãozinho. Ou então tagarelar com a coleguinha de saia pregueada xadrez e meias três-quartos.

Mas o corpo de Brian era próximo, cálido, tronco. Ímã. Rita se atirou no abraço dele. Sentiu, no gosto da saliva, o nado da língua curta e assustada, trêmulo espermatozóide. Na pélvis, o ramo duro.

Aos trotes, Philip subiu os degraus da escada. Brian soltou-se de Rita, de sopetão.

— Ninguém vai entrar no meu quarto sem bater — ela sussurrou, atraindo-o de novo para o seu toque de acolchoado. Escorregou a mão por dentro da calça dele e, enquanto os passos de Philip se distanciavam na sua corrida à água-furtada, dissolveu-lhe o aço em esperma.

Depois desse acontecimento, Rita e Brian se deram conta de como era fácil fazer amor em segredo. Eram protegidos por três anjos da guarda. Um zelava para que ninguém suspeitasse de seu envolvimento. Outro impedia que qualquer pessoa entrasse no quarto dela sem avisar. E o terceiro inspirava a Brian o sexo rápido do aprendiz. A única testemunha do romance era o gato Buster. Assim, logo no início de setembro, Rita já acalentava a idéia de casar com Ian Weston para obter a cidadania inglesa, mantendo Brian como amante.

Tinha menos de três semanas para formalizar o compromisso. A maior dificuldade seria arrancar da boca do agente da imigração o pedido de casamento, mesmo porque ele nunca deixara clara qualquer intenção nesse sentido. O almoço com ele e a mãe, em Staines, até então protelado, tornou-se urgente.

Mrs. Weston não conseguiu enxergar a brasileira direito na penumbra de seu quarto, portanto, para ela, a amiga de seu filho não fedeu nem cheirou. Não pôde sequer desculpar-se por não ter preparado o almoço, já que, durante as crises agudas de dor de ouvido, como aquela que estava tendo naquele domingo, e que a prostrara na cama, era impossível articular um monossílabo que fosse. Ian poderia descongelar dois daqueles pratos prontos que hibernavam no *freezer* há alguns meses, ou então levar a cubana para comer fora.

Apesar do seu problema nos ouvidos, Mrs. Weston escutou o filho devassando o interior da casa para a colombiana. Naquele momento, estava mostrando seu quarto, onde aprendera a dormir sozinho aos dois aninhos de idade, e que, depois de adulto, decorara com cartazes e *souvenirs* texanos, encomendados pelo sistema de reembolso postal. A moça se surpreenderia, particularmente, com a cabeça de boi autêntica pregada na parede, que a uma inglesa discreta pareceria um tanto repugnante, mas que a ela, mexicana afeita a touradas sanguinolentas, causaria muito boa impressão.

Ian nunca dera trabalho a Mrs. Weston. Não fora um aluno exatamente genial na escola, mas, depois de formado, conseguira um emprego digno. Nunca se metera em encrencas com rabos-de-saia. Pois não é possível que justo agora, quando Mrs. Weston estava velha e encarquilhada pelo reumatismo, ele fosse lhe mostrar ingratidão. Que ele a comparasse a qualquer mãe em Staines ou na Inglaterra: não encontraria nenhuma tão caseira. Mrs. Drayton, por exemplo, tinha a idade de Mrs. Weston, 68, e era vendedora numa lojinha de guarda-chuvas perto da estação. A outra vizinha, Mrs. Collins, ainda mais velha, era balconista numa loja de artigos para presentes. O que aquelas senhoras queriam era uma vida movimentada, na rua. Nem parecia que tinham uma prole da qual cuidar, os filhos e os filhos de seus filhos. Mrs. Weston, estéril, sabia ser muito mais mãe do que todas elas juntas! Ou Ian corresponderia à sua dedicação relegando uma sul-americanazinha sem eira nem beira ao plano da insignificância, ou Mrs. Weston não conhecia mais o filho que tinha criado.

Rita empregou a maioria dos seus minutos livres de setembro em manobrar Ian na direção de um compromisso de casamento. Mas, ainda que, na opinião dela, ele não passasse de um fornecedor de cidadania inglesa, o agente da imigração tinha outras características, muitas delas comuns aos demais representantes do seu sexo. Uma era o instinto de aversão à ansiedade feminina.

Ian farejou o perigo, embora não soubesse qual era e nem de onde vinha. E, já que ele também não sabia como se defender, o instinto trabalhou por ele. Como por encanto, não falou mais uma palavra sobre o Texas, nem aventurou qualquer sonho de viagem de lua-de-mel. Passou incólume por toda uma rede de situações alusivas a *matrimônio* que Rita teceu com a obstinação de uma aranha. Convidado pela brasileira para um passeio dominical à Catedral de St. Paul, largou-a sozinha diante do altar onde o príncipe Charles se casou com Lady Diana Spencer, disparou até a cripta, que lhe atiçava muito mais a curiosidade, e nela passou um bom tempo, até ser encontrado, pela amiga, admirando a tumba do almirante Nelson. Na abadia de Westminster, o segundo passeio do dia, ele passou reto pelo High Altar, em frente ao qual tem lugar a maioria dos casamentos da realeza, enquanto apontava o pomo-de-adão para o teto, aparentemente hipnotizado pela magnificência das abóbadas construídas ao longo de três séculos medievais. No Museu da Imagem em Movimento, Rita sequer pôde parar no setor onde se exibiam beijos de filmes hollywoodianos água-com-açúcar, sob pena de perder de vista o companheiro, tão excitado ele se mostrou com a possibilidade de entreter-se alhures, com uma explicação sobre efeitos especiais para cenas escatológicas, o manuseio de uma traquitana de última geração, o exercício em estúdio de um truque barato, ou ainda a compra de quinquilharias referentes à Sétima Arte. Palavras como *relacionamento, dividir* e *solidão*, pronunciadas pela brasileira do jeito mais fortuito possível, durante algum bate-papo num *wine-bar* qualquer, faziam-no imediatamente bocejar e reclamar que ambientes abafados deixavam-no cansado e com sono.

Com as evasivas de Ian Weston, Rita via o tempo escoar numa hemorragia. Jane Blakemore já contratara, via fax, uma *au-pair* sueca de dezessete anos para substituí-la a partir do dia do vencimento do seu visto. Da Itália, cartas de Domenico chegavam quase que diariamente, prometendo-lhe lar, família, amigos e emprego.

— Acho que amanhã irei comprar minha passagem para a Itália — ela jogava verde para colher maduro. — Meu visto vence dia 28.

— *Oh, my dear, I'll miss you!* — Ian balbuciava, lambuzando seu rosto ingênuo com o olhar e engasgando o pomo-de-adão num resfôlego.

E ela acabava adiando a providência por mais um dia.

A aparente inacessibilidade ao coração de Ian Weston passou a lhe conferir, aos olhos de Rita, um quezinho de charmoso. Se a gente reparasse direito, ele não estava entre os mais desgraciosos machos da sua espécie. Sua timidez desengonçada tinha lá algum encanto; seu ar arrogante ficava-lhe até bem; e o contraste provocado por essas duas características era muito estimulante. O passeio do pomo-de-adão ao longo do pescocinho de frango depenado, com o qual Rita implicara desde o primeiro momento no aeroporto, parecia revelar, agora, certa dignidade viril. O olhar viscoso, que já evoluíra para um olhar melado, nunca fora outra coisa que não o reflexo de uma alma doce. A invariável roupa preta, que Ian envergava como uma espécie de farda, deixara de denotar desleixo e mau gosto para sugerir mistério e estilo; a magreza tornara-se esbeltez; o caráter débil, pragmatismo. O projeto de casar-se com ele, tendo Mrs. Weston como escudo, parecia, para Rita, cada vez menos desagradável, de forma que, a uma semana da expiração do seu visto, ela chegou à conclusão de que o pedido deveria ser feito por ela mesma, e mais ninguém.

Não precisou pensar muito para decidir o lugar e o traje adequados à conquista. Para que o mecanismo de defesa de Ian não fosse acionado, local e indumentária tinham que estar longe de sugerir aconchego e acasalamento. Assim, sob o pretexto de precisar de orientação para escolher um pé-de-cabra como presente de despedida para Mr. Adam Blakemore, Rita marcou com Ian um encontro numa loja de ferragens & ferramentas às oito horas da manhã, ao qual compareceu sem sequer ter passado um pente no cabelo, e empacotada na sua roupa mais gasta.

— Ian, quer casar comigo? — ela perguntou de repente, entre chaves de fenda, pacotes de prego e rolos de telas, assim que o vendedor indiano se afastou para buscar o objeto pedido.

Ian resfolegou, entortou o pé para dentro e deixou a cabeça pender sobre o peito encurvado. O bico do lábio inferior abotoou, dentro da boca, todas as possibilidades de resposta.

— Ian, é a última vez que eu pergunto: quer ou não quer casar comigo? — ela enfiou os olhos nos dele.

O indiano voltou com a ferramenta. Exibiu-a ao cliente, que parecia ter grudado com visgo os olhos nos da moça.

— Com licença — disse o vendedor, constrangido. — Este aqui está bom para o senhor?

— S-s-sim — Ian respondeu para Rita, o pomo-de-adão sem rumo.

— São quinze libras. Pode pagar no caixa, por favor — o indiano espiou de soslaio o curioso casal.

Rita voltou para North Acton com o pesado utensílio nas mãos. Tinha a ferramenta necessária para entrar no primeiro mundo pela porta da frente, ainda que arrombada.

Naquele dia, durante o trabalho no aeroporto, a cabeça de Ian fez diversas viagens entre Rita e a lua, com escalas em Mrs. Weston. Sua mãe não pudera ter uma impressão muito precisa da futura nora, mas certamente gostaria dela, com a convivência. Não havia motivo nenhum para ele ficar apreensivo quanto a isso. Rita e ele cuidariam muito bem dela. Da família, Mrs. Weston seria sempre a pessoa mais mimada. Ian contou cada minuto até poder deixar o trabalho e dirigir-se a Staines para dar-lhe a notícia com todo o cuidado.

— Alô, Rita? — Ian virou as costas eretas para a parede, o pé direito para a frente e o rosto pálido para cima, como se assim pudesse conter as lágrimas.

De seu quarto, Mrs. Weston, deitada na cama, e dentro do vestido de flanela preta, olhava para cima também. Mesmo sem poder escutar, sabia que seu filho iria marcar mais um encontro com a argentina.

— Desculpe, Rita, eu não consigo parar de chorar. Tenho vergonha... um homem na minha idade, e na minha posição! Sinto muito, muito, muito mesmo. Mas uma coisa terrível aconteceu.

Mrs. Weston conhecia todos os tipos de choro do seu filho. Uma mãe dedicada sabe, só pelo choro, se o filho está com fome, com frio, com dor, com medo ou com manha. Ian só chorara daquele jeito duas vezes em toda a sua vida. A primeira foi aos cinco aninhos, quando Mr. Weston faleceu.

— Eu cheguei agora há pouco do trabalho e encontrei...

Ian contava tudo para aquela estrangeira. Nem deviam

mais ter segredos um para o outro! Pois se saíam quase todas as noites!... Provavelmente já faziam planos desavergonhados juntos. Apesar da educação que Mrs. Weston dera ao filho, ele não se tornara um homem esperto o suficiente para escapar das garras de uma interesseira. A sorte é que Mrs. Weston não precisava mais dele. Mesmo sem poder se mexer, ela passaria muito bem sozinha.

— ... encontrei mamãe morta.

Mrs. Weston, vítima de um imprevisto aneurisma na aorta, foi enterrada no cemitério de Staines trajando o seu mais novo vestido de flanela preta. Além de Rita, que preferiu manter segredo sobre seu compromisso com Ian, estavam presentes ao funeral algumas amigas da defunta, como Mrs. Drayton, que serviu aos participantes do velório uma bandeja de rosquinhas amanteigadas, e Mrs. Collins, que trouxe da loja onde trabalhava um arranjo de flores artificiais para enfeitar o túmulo. Ian usou a roupa preta de sempre, o seu luto eterno e invariável.

Depois do enterro, ele ainda encontrou disposição para levar Rita de volta a Londres.

— A vida continua, minha querida — ele resfolegou, inspirando uma lágrima viscosa que lhe descia de dentro do nariz. — A partir de amanhã já terei condições de providenciar os nossos papéis.

Calada, Rita entregou-se às idéias que vinha chocando desde a notícia da morte de Mrs. Weston, no dia anterior. O acontecimento tinha virado tudo de cabeça para baixo. Sem a mãe, Ian demandaria atenção demais da esposa. Iria querer aplicar seu tempo em agir como um macho de verdade. A idéia era repugnante. Gastar energia com ele não estava nos planos de Rita. Em silêncio, ela ficou observando o órfão ao volante. Mais pálido, mais frágil, mais encurvado e mais magriço, ele estava muito longe de aparentar a sentinela das fronteiras britânicas que representava em Heathrow. Mostrava claramente o arremedo de homem que era. Rita tinha errado em pensar que um casamento com ele fosse seu único recurso. Poupar-se para uma nova oportunidade na Itália parecia mais sensato.

— Puxa, tudo tem acontecido tão rápido — o pomo-de-adão sacudiu como a barbela de um frango novo. — Nem tivemos tempo, ainda, de planejar a nossa vida. Poderemos morar em Staines, no começo. Eu só pediria, querida — e aqui Ian resfolegou —, que você não tirasse nenhum móvel do lugar para preservarmos a memória de mamãe.

— Também por respeito a ela podemos deixar esse assunto para amanhã — sugeriu Rita.

Precisava pensar rápido. Seu futuro ao lado de Ian Weston se aproximava numa determinação de estrada. O melhor seria romper o compromisso, mas como? Ficar órfão e ser abandonado pela noiva — tudo ao mesmo tempo — é desgraça demais para o coração de qualquer cristão. Mas o problema maior não estava aí, e sim no fato de Ian ser um sujeito perigoso. Se traído, poderia reativar as ameaças relacionadas ao crime do *wine-bar* e complicar ainda mais a vida de Rita.

— Vai demorar até que possamos fazer nossa viagem de núpcias — Ian deixou, sem querer, a mão bater na buzina e corou.

— Só terei férias no ano que vem. Mas não há pressa. O Texas não vai sair do lugar.

Só havia um meio de romper com Ian Weston sem correr riscos: desaparecer sem dar explicações. Era preciso fugir da Inglaterra antes que ele começasse a providenciar os benditos papéis.

Cara Jane
Precisei viajar de repente. Não se preocupe comigo, estou bem. Fui muito feliz junto de vocês todos. Quando eu estiver estabelecida em um canto qualquer deste mundo, mandarei um cartão-postal com

o meu endereço. Terei muito prazer em hospedar Brian e Philip durante as férias deles.
  Amor,

  Rita Setemiglia

  Ah, reparei que faltava um pé-de-cabra no seu arsenal de ferramentas e resolvi deixar-lhe um como lembrança.

Terceira Parte

Itália

Domenico Settemiglia acalmou o cachorrinho Lulluccio com uma carícia da mão de tijolo. Cesare saiu do carro mais uma vez, para encurtar a espera no quinto cigarro. No posto de gasolina, uma lâmpada acesa vigiava o poste. As colinas dormiam um sono escuro. A estrada se enfiava longe na noite. O ônibus que viria da capital já estava atrasado em mais de uma hora.

— Eu poderia ter ido buscá-la em Roma! — lamentou o octogenário. — Ela não sabe como é perigoso andar sozinha por este país!

Cesare respondeu uma tragada muda. Fazia meses que seu pai não parava de falar nessa distante *cugina* brasileira e, de repente, ela resolvera mesmo aparecer em Gentiluomo Calabrese. Antonella, a esposa de Domenico, que há sessenta e cinco anos fazia tudo o que o marido mandava contrariando tudo o que ele dizia, não tinha gostado nem um pouco da notícia da visita.

— Lá vem ele! Lá vem ele, finalmente! — gritou o octogenário. E, arrancando-se de dentro do carro empoeirado, equilibrou o corpo maciço nas pernas finas em forma de pinça para esperar o ônibus chegar.

O coletivo parou, abriu a porta e cuspiu Rita Setemiglia no território calabrês. O *cugino* babou-lhe muitos beijos na cara.

— *Come sei carina! Sembri proprio tua nonna!* — ele lhe torceu o queixo nos dedos-ferramentas.

— *Stai zitto, Lulluccio!* (Quieto!) — Cesare rosnou para o cãozinho, que tentava cravar os dentes no pneu do ônibus. E, depois de esmagar a mão de Rita no couro da sua e de lhe acertar nas bochechas dois beijos rangentes como as dobradiças de uma porta velha, forçou um sorriso. Tinha os dentes todos de prata, ou outro material similar, que lhe deixavam a boca parecida com um faqueiro.

O motorista do ônibus retirou a mala de Rita do bagageiro e continuou a sua viagem para o sul. Os três parentes e o cachorro sacolejaram numa estradinha em direção a Gentiluomo Calabrese.

No caminho, Cesare, sentado no banco de trás, deu algumas informações sobre a cidade. Rita sentiu nas costas o peso da sua voz rouca e monótona, que parecia estar trancada atrás da garganta, e que, na obrigação de expressar pensamentos, lançava-se na boca blindada pelo metal à custa de um grande esforço. A brasileira disse que achava extremamente interessante tudo o que ele dizia, e que pretendia passar uma ou duas semanas ali, partindo em seguida para Roma ou Milão, onde teria mais chance de conseguir trabalho. Domenico mostrou-se firme no propósito de conseguir para ela um bom emprego na cidade que ela escolhesse — mas só depois de acompanhá-la em um agradabilíssimo roteiro turístico pelo *bel paese*.

— Vai ser maravilhoso — ela murchou um sorriso. — Mas acho melhor garantirmos o emprego *antes*, e passear *depois*.

— *Non preocupare* — ele enrolou nos dedos de tubérculo as orelhas do cachorro. — *Ci penso io*.

Dez quilômetros depois, e sob a luz econômica das estrelas, Gentiluomo Calabrese se materializou na silhueta medieval das sacadas suspensas sobre ruas estreitas e tortuosas. Domenico trancou o carro e o cachorrinho na garagem da sua velha casa e subiu com Rita e o filho para a cozinha.

Ao lado do fogão, sentada numa cadeira de palha, e amarrada

num xale cor de chumbo, Antonella mascava o interior dos lábios. Uma vasta dentadura esculpia uma boca por cima do seu queixo descarnado, de onde se estirava um cavanhaque. Um lenço preto lhe prendia na cabeça os últimos fios de cabelo. Os dedos de ave se entrelaçavam. Ela fixou os olhos embaçados no batom de Rita, de onde brotaram saudações num italiano aprendido na escola. Depois, o beijo da intrusa lhe pressionou as rugas refratárias. Antonella levantou devagar da cadeira, puxou três pratos de comida de dentro do fogão, colocou-os sobre a mesa, onde já se dispunham copos e talheres, e rastejou para o quarto o seu perfil de gancho.

Domenico destampou uma garrafa do vinho que ele próprio fazia e encheu o copo de Rita com o líquido azedo. Cesare disse que não estava bebendo e tratou de comer a sua ração de gorgonzola e frango ensopado.

— *Mangiate! Mangiate!* — O *cugino* distribuiu fatias de pão. E se engolfou no seu prato de verdura cozida como um leitão no coxo.

Era forte e compacto. Entre a cabeça disforme e o tronco curto, não se metia nenhum pescoço. Dos dentes que lhe sobravam, frontais todos os dois, um em cima e outro embaixo, ele pouco se valia. A mastigação se operava nas poderosas gengivas nuas e livres do desconforto das próteses. Nelas se liqüefaziam folhas cozidas de beterraba, moíam-se castanhas assadas na lareira, quebravam-se balas de mel, rebentavam-se maçãs, pulverizavam-se biscoitos e cortavam-se vagens.

— *Mangia! Mangia!* — ele cortava mais pão, enchia o prato de Rita com mais gorgonzola e transbordava-lhe o copo com o seu avinagrado.

Terminada a refeição, Cesare foi embora e Rita quis tomar banho. O *cugino* desembrulhou um sabonete novo e ligou um chuveiro resfriado que funcionou aos espirros. Depois acomodou a hóspede no seu próprio quarto, o melhor da casa, onde ele dormia sozinho fazia vinte anos, e se recolheu a um cubículo perto do porão.

No quarto grande e frio, que por mobília tinha só a cama e o criado-mudo, Rita ficou pensando na vida, uma lâmpada acesa no teto. Gentiluomo Calabrese se localizava para lá de onde Judas perdeu as botas. Nem mesmo um sujeito intrometido como Ian Weston conseguiria encontrá-la ali. Dele, pelo menos, ela estava livre. Sentiu-se feliz, com a impressão de que, na Itália, as coisas seriam mais fáceis, e teve vontade de mandar notícias para o Brasil.

Querida Samira

Vocês devem ter estranhado o meu chá de sumiço. Andei meio enrolada, mas agora já mudei de endereço e de vida. Por enquanto, podem mandar correspondência aqui para a casa do meu primo calabrês, que está sendo um santo para mim. Ele me garantiu que, mesmo sem ter o passaporte italiano, eu posso conseguir um emprego em Roma ou Milão, com a ajuda dos parentes.

A melhor novidade é que na Itália eu não sou considerada uma bandida. Não tive nenhum problema com o funcionário do aeroporto de Ciampino, que, para me admitir no território italiano, não precisou fazer nada além de passar uma olhadela desatenta no meu passaporte. Que diferença da Inglaterra! Até para sair de lá eu tive que prestar satisfação na imigração! Foi na hora de embarcar para Roma, no aeroporto de Gatwick.

— O que você veio fazer na Inglaterra? — perguntou o agente, um tipinho barata-descascada.

— Turismo — tasquei, na maior cara-de-pau.

— Onde ficou?

— Em Londres.

— Você trabalhou?

Tentei parecer perplexa:
— *Of course not!*
— *Se não trabalhou, como conseguiu se sustentar durante seis meses?*
— *Fiquei na casa de um amigo.*
— *Pretende voltar?*
Vacilei:
— *Talvez.*
— *Pretende ou não pretende?*
— *Não!!!*
— *Se não pretende voltar, por que está com uma passagem de ida-e-volta?*
— *Comprei o primeiro bilhete que achei porque estava com pressa de viajar.*
— *Por que quis sair às pressas da Inglaterra?*
Olhei bem para a cara dele e respondi:
— *Porque os ingleses são muito hostis.*
Daí ele devolveu o meu passaporte e me deixou passar, sem nem dizer "Thank you"!

De qualquer modo, sendo tratada como marginal ou não, é, no mínimo, curioso sair de Londres e vir parar numa cidadezinha nos confins da Calábria.

Perto de Gentiluomo Calabrese, Quixeramobim é Nova York. Aqui moram umas oito mil criaturas, a maioria delas com mais de sessenta anos, que vivem basicamente da agricultura. Conversam, entre si, em albanês. Descendem dos imigrantes albaneses que fundaram a cidade no fim da Idade Média. Produzem uvas, olivas e trigo. Criam bois e ovelhas. Não dispõem de aquecimento central nas suas casas porque acham isso caro e supérfluo. Passam o inverno roendo castanhas em volta da lareira. A maior atração da cidade é um conjunto de termas e fontes de água medicinal indicadas no tratamento de gota, diabetes, anemia, obesidade, pedras nos rins e mal de Basedow (seja lá o que for isso). Para as águas

benfazejas de Gentiluomo Calabrese confluem, em todas as estações do ano, doentes de todo o país.
A Europa não é só a Suíça e a Dinamarca. A Europa também é Gentiluomo Calabrese.
Beijos e saudades

Ritinha

Para chamar o sono, Rita procurou alguma literatura dentro da gaveta do criado-mudo. Encontrou dois romances de bolso de quinta categoria e vários catecismos pornográficos. Divertiu-se com os catecismos, decorou uns nomes feios em italiano e recolocou o material na gaveta, tentando deixá-lo na mesma posição em que fora encontrado.

Acordou com o focinho de Lulluccio ventando na sua orelha. Na porta do quarto, a boca do *cugino* sorria os seus dois cacos solitários.

— *Sbrigati, cugina!* — exclamou ele, alegre por rever o seu brinquedo novo. — Quem quer trabalhar tem que levantar cedo! Vamos visitar os parentes.

Rita piscou o sono nas pálpebras pesadas e levantou-se da cama, um pouco incomodada com a invasão. Arrastou os pés descalços até o banheiro.

— Calce as chinelas, menina! — berrou o *cugino*. — Vai acabar ficando resfriada!

Ela desamarrotou o rosto, dizendo que tinha muita resistência à friagem.

— Mas seus pés vão ficar sujos!

Ela disse que o chão estava limpo e se trancou no banheiro.

Domenico sentiu pena dela. Rita não tinha chinelas, essa era a verdade, e estava com vergonha de dizer. Se ela tivesse chinelas, não pisaria direto no chão, sujando os pés e arriscando a saúde.

— *Non preocupare, bambina. Ci penso io* — Domenico falou através da fechadura.

O primeiro parente visitado foi um vendedor de calçados, de quem Rita aceitou, com resignação, um grosseiro par de tamancos. Os dois calabreses conversaram em albanês e depois em italiano. Rita ouviu o *cugino* dizer ao vendedor que ela ficaria uns três ou quatro meses em Gentiluomo Calabrese.

Também em albanês, e depois em italiano, o *cugino* conversou com o segundo visitado, um açougueiro, que deu de presente a Rita um quilo de lingüiça. Para ele, Domenico disse que Rita ficaria seis meses na cidade.

— Ela vai ficar morando comigo por tempo indeterminado — disse o *cugino* ao terceiro parente visitado naquela manhã, um ex-combatente da Segunda Guerra. Os velhos não disseram uma só palavra em albanês. Em vez disso, exaltaram, em italiano, para que Rita os pudesse entender, as virtudes do Duce. A brasileira ganhou um pacote de confeitos de alcaçuz.

O roteiro de visitas foi interrompido para o almoço com Antonella, que levara a manhã toda para lavar, cortar, temperar e cozinhar um maço de folhas de beterraba. Rita lhe ofereceu o seu quilo de simpatia em forma de lingüiça. A velha examinou o presente, pinicando o ar com o seu cavanhaque, e guardou-o na geladeira, sem dizer nada.

A refeição, regada pelo vinho intragável, transcorreu ao som dos grunhidos, chupões, resfôlegos, gemidos e arrotos que o *cugino* produzia, ao chafurdar no seu prato de verdura cozida. Quando todos terminaram de comer, ele ordenou à hóspede que subisse para o quarto.

— Calce os seus tamanquinhos novos e vá fazer a sesta — ele estendeu os dois cacos num sorriso. — Descanse bem, porque temos mais visitas pela frente.

— Não estou com sono. Prefiro ajudar Antonella na limpeza.

Antonella, que guardava as sobras de comida dentro do fogão, ergueu o cavanhaque e resmungou:

— *Non c'è bisogno.* Você não conhece o meu jeito de fazer as coisas. Só vai me atrapalhar.

Num bote, o *cugino* insultou Antonella em albanês e recebeu o troco na mesma moeda. Uma discussão medonha despencou na cozinha. Lulluccio ganiu. Rita percebeu que não tinha outra coisa a fazer senão subir para o quarto, e já estava pisando o primeiro degrau quando Cesare chegou, com os seus dentes de prata muito bem trancados dentro da boca tensa. Trazia um saquinho plástico com dois pequenos pombos vivos dentro.

— *Stai zitto, Lulluccio!* — ele ordenou ao cachorrinho, que imediatamente parou de ganir.

O velho casal também se calou, tendo Domenico proferido o insulto final. Cesare pôs o saquinho em cima da mesa. Um pombo piou, sufocado.

— Estes pombinhos são para você, Rita — Cesare abriu meio sorriso, expondo o seu minério. — Mamãe poderá prepará-los para o almoço de amanhã.

Rita agradeceu. Sabia que não conseguiria mastigar aqueles pobres seres asfixiados. Perguntou se não seria melhor matá-los imediatamente, ou prendê-los numa gaiola, onde eles pudessem respirar.

— Não, assim está bem — Cesare respondeu de dentro dos dentes de cofre.

— Calce os tamanquinhos e vá para o seu quarto! — Domenico deu um empurrãozinho na sua *cugina*. — Vá fazer a sesta, que da cozinha cuida Antonella! *Và! Và! Và!*

Rita achou melhor obedecer.

Acordou com a língua do Lulluccio na cara e a voz de Domenico nos ouvidos:

— *Sbrigati, bambina!*

A quarta visita do dia foi feita ao genro de Domenico, o viúvo

Libório Tortorelli. Seu nome se anunciava numa placa pregada na porta da frente, precedido da palavra *Direttore*. Ele atendeu a campainha vestido com o seu roupão de atoalhado bordô, e sem a dentadura, já que acabara de acordar da sesta. Mas, tão logo viu que o sogro estava acompanhado por uma estrangeira bonita, correu até o banheiro e equipou-se de sua prótese. Voltou todo esticado, os olhos vertendo serena maturidade nos de Rita, e uma garrafa de vinho na mão.

— Tome um pouco deste antídoto, minha querida — ele encheu o copo dela. — Vai curar o mal que o vinho de Domenico deve estar lhe fazendo.

— Ela não quer! — berrou o *cugino*. — Faz mal beber fora das refeições.

O *direttore* Libório riu. Sustentava o seu robe de atoalhado com a mesma elegância com que vestiria o mais fino terno de *tweed*. Manteve em Rita o seu olhar garboso.

— Você encontrará refúgio em minha casa — ele brincou — se o fascista do Domenico continuar lhe dando ordens.

Rita aceitou o vinho e o *cugino* amarrou um bico por alguns minutos.

O *direttore* Libório exigiu que só se falasse italiano, para que a moça pudesse participar da conversa. De vez em quando, ele corrigia os erros dela com uma paciência exagerada, explicando os porquês e citando exemplos; ela então repetia a forma certa, com um sorriso de agradecimento. Domenico, irrecuperavelmente iletrado, observava tudo cheio de ciúmes, o que fazia o genro estourar de satisfação.

Libório Tortorelli era professor e diretor aposentado da Escola Elementar de Gentiluomo Calabrese. Quando jovem, fora membro do Partido Comunista e publicara um livro de poesias, o que lhe garantiu, até a velhice, o *status* de intelectual da cidade. Orgulhava-se de nunca ter deixado os limites de Gentiluomo Calabrese sequer para visitar os filhos, que moravam em Gênova e Torino. Passava os dias compondo e decompondo os poemas de um segundo livro, que pretendia lançar com uma noite de autógrafos na Câmara Municipal.

— Quanto tempo você vai ficar em Gentiluomo Calabrese? — ele perguntou a Rita, que nem teve tempo de abrir a boca para dar a resposta.

— Quinze, vinte dias — Domenico atropelou. — Um mês, dois, três... *Chi lo sa?*

Na despedida, Domenico aceitou dois pacotes de macarrão. Para Rita, o *direttore* deu o seu livro de poesias. Ela leu o prefácio no carro, antes da quinta visita. Era uma carta de um antigo secretário-geral do presidente da República, a quem o jovem Libório enviara um exemplar. Nela, o secretário manifestava, em nome do chefe de Estado, vivo apreço pela obra, e dizia que estava remetendo, conforme desejo expresso pelo autor, uma cópia do retrato oficial do presidente da República.

O quinto visitado era rico e tinha uma propriedade à beira da estrada. Cunhado de um bispo do Vaticano, nunca se encontrava com os parentes de Gentiluomo Calabrese, preferindo perambular por Roma e Firenze. Do momento em que o caseiro lhe anunciou a visita de Domenico Settemiglia até aquele em que ele o recebeu, passaram-se duas horas e meia. A seu pedido, transmitido pelo caseiro, Rita e o octogenário ficaram esperando no jardim, sentados num banco, debaixo de um pessegueiro.

Com tempo de sobra para pensar, Rita começou a duvidar da possibilidade de conseguir um emprego em Roma ou Milão através do *cugino*. Vaidoso, ignorante e meio mentiroso, talvez ele não devesse ser levado a sério, ainda que merecesse respeito. Com relações da estirpe de um açougueiro, um vendedor de sapatos e um ex-combatente fascista, como poderia inspirar crédito? Já para o *direttore* Libório, que tinha instrução e certa importância social, ele não dissera uma palavra sobre o assunto.

— Nossos parentes são muito simpáticos e acolhedores,

cugino — ela atacou de mansinho. — Mas eu ainda não entendi como eles poderiam me ajudar em Roma e em Milão.

— *Non preocupare. Ci penso io.*

Faltava conferir o poder do tal ricaço, cunhado do bispo do Vaticano. Esse sim, parecia ter cacife. A impiedosa espera à qual submetia um velhinho e uma *signorina*, todos dois pertencentes à sua própria família, indicava que ele não era um calabrês qualquer, mas sim um homem atarefado e importante.

Ele saiu da sede de sua propriedade dentro de um terno bege, sob um chapéu branco, atrás de uns óculos Ray-ban, e com os cabelos molhados recendendo a banho. Conversou rápido e seco, ali mesmo, debaixo do pessegueiro. Disse que veria o que poderia fazer por Rita, mas não garantiu nada, já que a situação na Itália estava muito ruim até para os italianos. Avisou que estava de partida para a capital, pediu que o procurassem daí a um mês e se despediu, sem dar nenhum presente.

No primeiro dia dos trinta e um que deveria passar na casa do *cugino*, Rita tratou de começar a conquistar a confiança de Antonella, tarefa em que aplicou algum trabalho braçal, uma paciência de poste e todo o pacote de confeitos de alcaçuz que ganhara do ex-combatente. No começo, Antonella recusava as guloseimas, contorcendo todas as rugas na carantonha mais horrenda que conseguisse fazer. Depois, passou a aceitá-las, para imediatamente cuspi-las.

— Estas porcarias colam a dentadura de cima na de baixo e arrancam as duas das gengivas — resmungava.

Em poucos dias, porém, já se entregava, sem a menor resistência, ao prazer de derretê-las na boca e chupá-las com a língua, que estalava num zunido igual ao canto da cigarra.

O espaço na frente da pia, do tanque e do fogão, assim como o manejo da vassoura e do rodo, foram conquistados por Rita aos poucos, numa guerra em que não faltaram pequenas derrotas.

— *Non così! Non così!* —Antonella censurava o menor abuso do sabão, a fraqueza de uma esfrega, o desperdício de um talo de verdura.

O mundo pararia de girar em volta do sol se, naquela casa, pela fresta de uma janela fechada com desleixo, se intrometesse uma corrente de ar. E não importava o quanto a casa estivesse limpa: Antonella só considerava completa a faxina depois que cada objeto tivesse sido colocado de volta no seu lugar, e no mesmo ângulo em que se encontrava antes de ser removido.

Ai do não-iniciado que, sem ter sido convocado pelos deuses, ousasse se aproximar da máquina de lavar roupa! A ela se dispensava o respeito que se devota a um oráculo. Era-lhe solicitada a dádiva de funcionar somente uma vez por mês, e pelas mãos de Cesare, que, como um emissário dos Céus, vinha de manhã especialmente para ligá-la, voltando antes do almoço só para desplugá-la da tomada. No santuário em que ela se encontrava, ficava, como num altar, sobre um banquinho de madeira rachada, uma bacia de alumínio amassado contendo as relíquias que nenhuma mão humana, exceto a de Antonella, podia profanar: duas dezenas de pregadores de plástico coloridos.

Foi só ao fim de dez dias que Rita pôde completar a limpeza da casa sem ouvir, da boca da velha, qualquer som, exceto o sibilar da sua língua-cigarra sugando prazenteiramente as balas de alcaçuz.

A essa altura, as duas já tinham se tornado, se não amigas, pelo menos cúmplices. A associação não se limitara aos afazeres da casa, mas se estendera, numa operação muda e quase inconsciente, organizada em alguma dimensão secreta da natureza feminina, à sabotagem de certos hábitos de Domenico. Um deles, o mais terrível segundo Antonella, era o de assistir aos programas de tevê de péssimo nível que garantiam uma grande audiência à custa da exibição profusa de peitos, nádegas e coxas femininas. Antonella, que sempre detestara esses programas tanto quanto os acompanhara pelo simples hábito de acompanhar o marido, viu-se livre deles quando Rita, tendo como justificativa a necessidade de arranjar um bom emprego na área artística, convenceu Domenico de que precisava aproveitar o veículo televisivo para aumentar sua cultura cinematográfica e aperfeiçoar seu italiano. Assim, todas as noites, antes de dormir, Domenico e Antonella, na companhia de Rita, passaram a ver não mais os estridentes programas de auditório onde coristas peladas rodopiavam pingentes de franjas presos aos bicos dos seios, nem chanchadas escatológicas protagonizadas por divas baratas de botas, peruca e sombra azul, mas velhos melodramas e comédias românticas em preto-e-branco, produzidos em Hollywood e dublados em italiano.

Sempre que um filme começava, Domenico se plantava na frente do monitor com grande expectativa e igual disposição, desembrulhando e mastigando, uma a uma, as suas balas de mel. Mas, se seus olhos acompanhavam os letreiros iniciais, e se seus ouvidos se deleitavam com a música, seu cérebro, moldado nas lides com as vinhas e os olivais, logo se desgarrava do enredo. Mal terminava o segundo intervalo publicitário, o tédio e o sono já estavam derrubando, a machadadas, sua enorme cabeça sobre o peito. Humilhado, Domenico despedaçava nas gengivas uma última bala de mel e depois seguia para o seu cubículo, cambaleando o corpo de baú sobre as pernas em forma de pinça.

Ainda que flutuasse um sonho ou outro na luz leve e azul do monitor, Antonella via todos os filmes até o fim. Confundia os atores com os personagens e as trajetórias destes com as vidas daqueles, mas sempre se divertia, mesmo fazendo ressalvas. Na maior parte, elas provinham de uma comparação de cada filme com um dos primeiros aos quais ela assistira na companhia de Rita, chamado, em italiano, *Vacanze romane* (Férias romanas). A fita, que tratava do romance entre um jornalista e uma princesa incógnita em Roma, e que combinava os talentos de William

Wyler, Audrey Hepburn e Gregory Peck, conquistou para sempre a fidelidade de Antonella e se transformou num paradigma. Não importava o quanto o programador da emissora se esforçasse por apresentar obras premiadas, importantes e originais: Antonella jamais traía o seu favorito. Todas as noites, ao fim de cada sessão, ela desligava a televisão e dizia:

— Foi um belo filme. Mas não tão belo como *Vacanze romane*.

Pouco estimulado pelo talento de Audrey Hepburn, e menos ainda pela magreza dela, Domenico encontrou nas formas de Marilyn Monroe uma boa razão para ver um só filme até o fim, e esse filme foi *Bus stop*. Metida em sua fantasia de cantora de cabaré, a estrela lembrava o padrão de beleza feminina que Domenico cristalizara ao longo de, pelo menos, setenta anos, e que se repetia, em versões escandalosas, nas fotografias dos calendários vencidos que ele pendurara nas paredes do cubículo e da casa no campo.

Tanto quanto da nudez feminina, ele gostava de contar piadas sujas e, mais ainda, de explicá-las. E quanto mais sem graça fosse a anedota, mais comprida ficava a explicação, ao fim da qual só ele ria. Seu talento para estruturar uma narrativa era pequeno, e menor ainda era o seu repertório, de forma que lhe faltava o público.

— Um sujeito casou com uma moça e foi tirar a virgindade dela — ele contou para Rita, no segundo dia da sua estada em Gentiluomo Calabrese, e durante uma jornada no campo, enquanto lhe mostrava como se colhem olivas. — Só que ele tinha a *verga* muito grande e muito larga. *Così*.

Prendeu o cesto, por instantes, entre a barriga e a escada que usava para alcançar os frutos e fez o gesto demonstrativo com as mãos calosas, entre as quais se poderia introduzir uma tora de eucalipto.

— Mas era tão grande, tão grande a *verga* do rapaz, que não

entrou na coisa da moça — ele mal conseguia falar, de tanto rir.
— A moça continuou virgem. Então o marido foi ao médico e disse: "Doutor, eu não consegui desvirginar a minha esposa. O que eu devo fazer?"
Riu tanto que deixou cair umas olivas da mão. Rita as recolheu e as devolveu, séria.
— O médico entregou uma pomada para ele e disse: "Passe esta pomada no seu pênis que ele vai entrar." O rapaz levou a pomada, passou, e o pênis não entrou. Também, como poderia entrar, se era tão grande? Era enorme. *Così*.
Repetiu o gesto e riu sozinho. Rita teve vontade de deixá-lo falando sozinho também, mas, por educação, se esforçou para aturá-lo mais um pouco.
— Bom, o moço voltou ao médico e disse: "A pomada não deu certo, doutor. Minha esposa continua virgem. O que eu faço?" Então, o doutor lhe deu outra pomada e disse: "Leve esta pomada alemã, que é melhor. Mas tem que usar com leite. Você precisa passar a pomada no pênis e depois enfiá-lo num copo de leite." O rapaz foi, passou a pomada alemã no pênis, tentou enfiá-lo no copo de leite, mas ele não coube. Então o moço voltou ao médico e disse: "Doutor, eu não consegui de novo." O doutor ficou espantado: "Como não conseguiu?" E ele respondeu: "Não entrou no copo de leite!"
Domenico riu tanto que a escada balançou. Sisudos, e até um pouco tristes, os olhos de Rita procuraram, nas nuvens que viajavam no céu, nas colinas que cercavam o sítio, nas laranjeiras, nas pereiras e também em todo o olival, o lugar onde o *cugino* teria perdido a graça da piada. Domenico desceu da escada para ajudar a encontrá-la.
— Era tão grande a *verga* do moço que ele não conseguiu enfiá-la nem num copo, quanto mais na vagina da esposa! *Hai capito?* — E ria, ria, ria sozinho. — O médico pensou que ele só não podia enfiar a *verga* na coisinha da esposa. Ele não tinha visto

como era grande o pênis do rapaz! Não imaginou que nem num copo cabia! E nem podia caber, puxa vida! Pois se a *verga* do moço era imensa! Era enorme! *Così*.

E, às gargalhadas, representou, com as mãos nodosas, mais uma vez, as dimensões da tora de eucalipto.

Cesare Settemiglia não herdara o senso de humor paterno, mas nem por isso era mais agradável. Sua fisionomia era dura, sempre presa nos dentes de prata e apertada nos lábios tensos. Cesare ia diariamente à casa dos velhos, mais para cumprir com a responsabilidade de filho do que por vontade ou necessidade das duas partes. Ficava pouco tempo e quase não falava, porque ninguém lhe fazia perguntas. Se houvesse um objeto para consertar, consertava; se encontrasse um problema, resolvia. Enquanto ele estava presente, sentia-se o ar parado, como antes de um temporal. Quando ele ia embora, deixava nos outros a mesma impressão que se tem depois que se limpa um armário, se esvazia um porão ou se toma um banho.

Gostava de dar presentes para Rita. Mas, sem que percebesse, não conseguia inspirar na prima o afeto e a gratidão que pretendia. O problema principal estava nos próprios presentes, que batiam de frente com o gosto da artista premiada e afeita às agitações culturais londrinas. Primeiro, foi o par de pombinhos asfixiados num saco plástico; em seguida, um vidro com os cálculos renais expelidos por uma senhora graças ao tratamento feito com as águas medicinais de Gentiluomo Calabrese; depois, uma garrafinha de água sulfurosa verde e com cheiro de ovo podre, trazida das termas, da qual Rita deveria tomar uma colher de chá, manhã sim, manhã não, para evitar males da vesícula; uma porção de pequenas sardinhas temperadas com molho de pimenta-vermelha, prato típico calabrês que deveria ser saboreado cru; um pote com certo doce feito de chocolate e sangue de porco; e uma camiseta com o rosto do papa estampado na frente. Entre a piedade e a repulsa, não houve um só sentimento negativo que

Cesare e seus agrados, combinados à sua personalidade carregada, deixassem de despertar na brasileira.

Com tão pouco a compartilhar com os Settemiglia, Rita preferia passar as tardes na casa do *direttore* Libório, que fazia voar as horas ajudando-a a aperfeiçoar o seu italiano. A lição começava com uma aula de literatura. O *direttore* fazia Rita ler, e às vezes reproduzir numa redação, trechos de um clássico qualquer, como Pirandello, Dante, Boccaccio, Foscolo ou Petrarca, e, em seguida, impingia-lhe os seus próprios poemas. Declamava-os ele mesmo, tremendo e prolongando, nas vogais, a voz inspirada pelo vinho. Depois dissecava algumas questões gramaticais, sem gastar muito tempo com elas, e entrava na etapa final da lição, que era a conversação. Nessa aula ele ouvia, com um interesse de primeira vez, as previsíveis notícias de Rita sobre os afazeres de Antonella, as ordens de Domenico e as esquisitices de Cesare, e depois contava fofocas surpreendentes sobre essas mesmas pessoas.

— Eu tenho certeza de que você ainda não conheceu a esposa do Cesare — o *direttore* disse um dia, uma ruga a mais na testa, a postura impecável dentro do roupão de atoalhado bordô.

— Esposa?! Mas eu nem sabia que ele era casado! — Rita arregalou, nos olhos, a tentativa de enxergar a mulher que teria acolhido com prazer os presentes daquele cafona.

— Bem, não chega a ser casado. É amigado com uma ex-prostituta.

— Ex-? Ex- mesmo? — faíscas de malícia.

— Ex- mesmo. Está velha demais para continuar na profissão. É bem mais velha do que ele — gole de vinho entre risos.

— *Madonna Santa!* Essa união deve ter sido uma desgraça na vida de Domenico e Antonella! — mão na boca.

— Isso foi há uns trinta anos. Cesare se apaixonou pela mulher no bordel de uma cidade vizinha e avisou à família que ia casar com ela. Domenico e Antonella disseram que preferiam morrer a admitir uma vagabunda entre os Settemiglia, e expulsaram o filho de casa. Os dois amantes foram viver numa casinha miserável, na propriedade de um político que (todos dizem, mas nunca provaram) tinha ligações com a Máfia — rebaixamento do tom da voz, revirar de olhos, outro gole de vinho.

— Mas Cesare é tão atencioso com a família... — arzinho de falsa condescendência.

— É. Por respeito a Domenico e Antonella, desistiu de casar e nunca quis ter filhos. No fundo, ele se sente culpado pelo infarto do pai.

— Infarto?! — olhos e boca arregalados. — Não me diga que o *cugino*, forte daquele jeito, já teve infarto!!

— Domenico teve um infarto dez anos depois, quando os outros filhos emigraram para a América do Sul e ele ficou sozinho com Antonella. Eu já estava viúvo, nessa época, da única filha dele. Cesare aproveitou a ocasião para se reaproximar dos pais. Foi aceito aos poucos, contanto que nunca trouxesse a concubina a Gentiluomo Calabrese. Para Domenico e Antonella, ela estava morta — ida ao banheiro para retocar o penteado e aplicar um pouco de fixador na prótese dentária.

— E onde é que o Cesare e essa coitada moram hoje? — Rita perguntou assim que a porta do banheiro se abriu e soprou na sala um hálito de brilhantina.

— Na mesma propriedade do tal político. E não me pergunte mais sobre o Cesare porque eu não saberei responder. Ele fica muito pouco em Gentiluomo Calabrese, não tem amigos e não fala nada sobre sua vida. Como você diz, é um homem esquisito.

O tempo frio produz o paradoxo dos dias pequenos e demorados, muda o aspecto das cidades e transforma os seus odores. Novembro chegou devagar, depenando as árvores, desbotando as cores e acendendo, aos poucos, as lareiras das casas. No início do mês, ar, móveis, cabelos e roupas, tudo em Gentiluomo Calabrese já estava com cheiro de fumaça de lenha queimada.

— Até o pêlo do Lulluccio está com cheiro de lareira — Rita franziu o nariz, que estava sendo espanado pela cauda do cachorro.

— *Stai zitto, Lulluccio!* — Domenico chuviscou a ordem das gengivas.

O cachorro pulou do colo de Rita para o banco de trás, deitou-se e debruçou o queixo nas patas. Manchado de barro, e balançando devagar a lataria, o carro de Domenico empoeirou a estrada na direção da propriedade do cunhado do bispo.

O ricaço já teria voltado de Roma com alguma notícia sobre um emprego para Rita, que ia ao encontro dele num bom humor brasileiro. Ela passara o mês inteiro embotando o cérebro de pensamentos positivos. Não tinha alternativa, afinal. Convencera-se de que seu pistolão era quase tão poderoso quanto o papa e que, em alguns minutos, ela estaria palpitando uma vida nova. Seu sangue corria rápido, o coração pulava alto, o cérebro gritava.

Domenico dirigia devagar, amuado.

— *Stai zitto, Lulluccio!* — ele ordenava, de vez em quando, para o cachorro mudo e parado no banco de trás.

Rita sentiu um pouco de pena dos dois. Domenico andava meio borocochô. Dava broncas em Lulluccio por nada e não respondia aos insultos que Antonella lhe dirigia em albanês. Não repetia nenhuma das suas piadas há pelo menos três dias.

— Me conte aquela do médico que achou uma peruca no estômago do paciente — Rita se forçou uma caridade. — Faz tempo que não vejo você dar risada.

— Agora não. Não consigo contar piadas bem quando estou triste.

— E por que você está triste?

— Porque logo você deverá trabalhar em Roma ou Milão, e eu não sei se vou suportar aquela poluição.

— Você não tem que suportar poluição nenhuma. Quem vai morar lá sou eu.

— Eu sei. Mas você vai precisar de mim nos primeiros meses. A Itália é um país muito perigoso para uma mulher sozinha.

Quando o carro se aproximou da casa, foi atropelado por dois enormes cães negros de dentes de sabre que tomavam conta do jardim. Lulluccio se enfiou debaixo do banco e os dois primos continuaram trancados no veículo. As feras tiveram tempo para arreganhar os dentes, soltar bafo nos vidros, arranhar a já bastante arranhada lataria e infligir ao calhambeque outras humilhações, até que o caseiro as prendesse para atender os visitantes.

Sem serem convidados a sair do carro, o octogenário e a *signorina* foram informados de que o cunhado do bispo ainda não tinha voltado de Roma.

— *Grazie tante. Arrivederci.* — Domenico deu rapidamente a partida, aliviado.

— Espere, *cugino* — Rita saiu do carro e ficou em pé, interrogando o caseiro. — Quando ele volta? Não deixou nenhum recado para Domenico? Não falou nada sobre um emprego para uma parente brasileira?

O caseiro informou que seu patrão tinha telefonado só para avisar que iria direto de Roma para a Alemanha. Não deixara recado para ninguém. Também não dissera quando voltaria da Alemanha.

— Qual o telefone dele? — ela perguntou.

— Mas deixe que eu cuido disso, menina! — Domenico puxou-a de volta, impaciente. — Vamos para casa. Lá eu decido o que fazer.

O caseiro recitou o telefone da propriedade, o único que sabia de cor, enquanto Domenico manobrava o carro. Em segundos, o automóvel estava de novo na direção da cidade, sacudindo na estrada a sua marcha de coqueteleira.

— Homens importantes demais são assim mesmo — o

cugino começou a matraquear, a enorme cabeça encarapitada sobre o volante como uma coruja. — Hoje estão em Gentiluomo Calabrese, amanhã na Alemanha, depois de amanhã nos Estados Unidos. *Non preocupare. Ci penso io.* Vai dar tudo certo. Vai ficar tudo como você quer. Mas, por enquanto, você não perde nada se ficar alegre, menina! Sorria! Olhe aqui: já que você pediu, eu vou contar a piada do médico que encontrou uma peruca no estômago do paciente, está bem? Tinha um sujeito que era viciado em chupar...

Rita não o ouvia. Também não sentia os pisões de Lulluccio no seu colo e nem a cauda peluda esfregando no seu nariz o perfume de fumaça de Gentiluomo Calabrese. Só ouvia o número do telefone do cunhado do bispo pulsando infinitamente no cérebro.

Gentiluomo Calabrese, novembro.

Querida Samira
Estou aproveitando a minha temporada outonal na frente da lareira para pôr a correspondência em dia, enquanto asso, na ponta de um espeto, um pedaço de pão e outro de pimentão-vermelho.
Faz quase três semanas que estou tentando falar com um excomungado dum cunhado dum certo bispo do Vaticano que ficou de ver um emprego para mim em Roma ou Milão, mas não consigo. Aos dois telefones dele, em Gentiluomo Calabrese e em Roma, só atendem as secretárias eletrônicas. Deixei vários recados, mas nunca tive retorno. Nem consigo mais dormir direito, primeiro porque fico na dúvida se devo sair imediatamente de Gentiluomo e enfrentar Roma só com a cara e a coragem, e segundo porque aqui faz um frio desgraçado.
Para o mal dos meus pecados, o outono este ano está atípico. Os velhos de Gentiluomo Calabrese comentam que há muito tempo não fazia tanto frio. O resultado é que a lareira virou o meu habitat. É onde leio, estudo, vejo televisão, recebo visita, tomo café da manhã,

almoço e janto. Só não durmo e nem faço as necessidades na lareira porque ela fica na cozinha.

A ida ao banheiro ficou tão trabalhosa quanto uma expedição à Antártica. Faz tempo que abandonei o chuveiro de respingos gelados do cugino *pela banheira do genro dele, um professor aposentado que me dá aulas de italiano. Vou todas as tardes à casa dele estudar, levando, junto com meu caderno, uma toalha e a muda de roupa.*

Meu quarto é tão gelado que eu demoro pelo menos uma hora para me esquentar e conseguir dormir. Ontem o filho do cugino*, um esquisitão chamado Cesare, me trouxe de presente um miniaquecedor elétrico. Foi ligar o aparelho na tomada e causar um curto-circuito. A fiação da casa do* cugino *não suportou o aquecedor. Até a tomada de ligar a máquina de lavar roupa pifou, o que quase matou a velha de desgosto.*

O cugino *quer que eu passe o inverno aqui. Disse que eu posso ficar morando na casa dele sem me preocupar com dinheiro porque ele vai me dar tudo: cadernos, jornal, biscoitos, selos... Tem um coração de ouro, o coitadinho, mas não tem nem um pingo de semancol. Ele falou que, se eu esperar a primavera, ele vai viajar comigo para me ajudar a encontrar trabalho. Pode?*

E assim, sem saber o que fazer da vida, eu vou ficando, por pura inércia, aqui neste cirquinho de cidade de interior. Será que eu estava errada quando achei que merecia uma vida melhor do que aquela que levava em São Paulo?

Ritinha

Rita nunca mais sairia de Gentiluomo Calabrese, se dependesse da vontade de Domenico, Antonella e Libório. Ela despencara como chuva naquelas três árvores secas e fizera brotar folhas e flores nos seus galhos. Domenico, Antonella e Libório tinham aquela idade em que a vida parece se separar da morte por uma cerca tão fraca que qualquer mudança pode quebrá-la. Rita fazia bem para eles e eles a protegiam. As coisas estavam boas como estavam; estavam melhor do que antes e deveriam continuar assim. Ainda que fingisse estar fazendo o oposto, Domenico não mexeria um dedo para arranjar um emprego para a brasileira em Roma ou Milão, mesmo que tivesse algum cacife para isso.

Cesare, ao contrário, pareceu ficar verdadeiramente comovido com o problema da imigrante. Pedia novidades sobre os contatos com o pistolão com alguma insistência, e despejava toneladas de mudo pesar na atmosfera quando ouvia a resposta negativa. Suas visitas se espicharam e sua criatividade na escolha dos presentes aumentou. Chegou a dar a Rita uma capa para envolver a sua mala, feita de crochê e elástico, e enfeitada com o motivo da bandeira italiana.

— É tamanho único, o elástico estica. Vai conservar a sua mala sempre nova, por mais que viaje — os olhos tentaram sorrir e os dentes de metal lacraram.

Uma vez ele levou Rita até um castelo medieval, que ficava a uns dez quilômetros da cidade, e que se debulhava em pedras e abandono. Não havia ninguém por perto. O único som que chegava até os escombros era o dos automóveis na estrada.

— Eu sei como você se sente, sozinha e desempregada — Cesare examinou as ruínas através do véu negro que sempre parecia cobrir seu rosto. — Eu gostaria de poder ajudá-la.

— Toda ajuda será bem-vinda — Rita respondeu com um sorrisinho, mais para espantar a aflição de estar com ele naquele fim de mundo do que por simpatia.

Ele catou a menor pedra que encontrou e a entregou para Rita:

— Este castelo deve ter uns mil anos. Quem sabe você ache alguém que saiba dar a essa pedra o valor que ela tem.

— Obrigada, mas não posso aceitar este presente maravilhoso — Rita devolveu a relíquia, que devia pesar pelo menos uns cinco quilos. — Não seria honesto. Essa pedra é um patrimônio cultural italiano.

Cesare quase esmagou a prima com o peso da sua fisionomia:
— Honesto, honesto, honesto! Ninguém sabe o que é honesto nem o que é desonesto! O que é honesto para uns é desonesto para outros! Quer saber o que é honesto na opinião de Cesare Settemiglia? Eu vou lhe dizer. Uma pessoa tem que buscar o que é melhor para ela e para a sua família, isso é que é honesto!

— Alibeque era a filha linda e ingênua de um homem rico de Capsa — Rita começou a ler, para o *direttore* Libório, uma reprodução que escrevera em italiano de um conto do *Decameron*.

— De tanto ouvir os cristãos da sua aldeia louvarem a tarefa de servir a Deus, Alibeque quis saber qual a melhor maneira de realizar essa tarefa.

A campainha deu três berros aflitos.

— Agora eu não posso atender!! — gritou o *direttore*, irritado. Nunca admitira interrupções às suas aulas na escola elementar, e não seria menos disciplinado só porque já estava velho e aposentado.

— *Ma sono io! Domenico!* — gritou-se lá de fora.

Rita foi até a sala e abriu a porta. O *cugino* entrou, carrancudo, examinou-a do pescoço aos pés, sem dizer nada, e foi com ela para a cozinha. Vestia um conjunto todo preto de inverno, igual aos que todos os velhos de Gentiluomo Calabrese usavam quando fazia muito frio, e que se compunha de um chapéu, uma pelerine batendo nos tornozelos e um par de botas de cano médio. Ao passar perto do quarto, ele escorregou uns olhos rápidos na cama e farejou o ar. Depois, encontrando Libório na cozinha, conferiu o seu roupão de atoalhado bordô, tirou o chapéu e a capa e disse:

— Quero ver a aula.

A lareira estalou fagulhas. Na rua, o vento assobiou seu espanto diante do interesse repentino de Domenico pelas letras.

Rita e Libório trocaram um olhar desconfiado. O octogenário se instalou numa cadeira e Rita recomeçou a leitura.

— Alibeque era a filha linda e ingênua de um homem rico de Capsa. De tanto ouvir os cristãos louvarem a tarefa de servir a Deus, Alibeque quis saber qual a melhor maneira de realizar essa tarefa. "A melhor forma de servir a Deus", disseram, "é abandonar o conforto e morar no deserto." Assim, sem falar sobre seus planos a ninguém, a inocente partiu para o deserto de Tebaida. Andou muitos dias e passou muita fome, até que encontrou uma casinha onde morava um santo homem. Maravilhado por ver uma moça tão linda sozinha ali, ele perguntou o que ela estava procurando. "Quero me pôr a serviço de Deus", ela respondeu, "mas preciso de alguém que me ensine qual a melhor maneira de fazê-lo." O homem, com medo de ser enganado pelo Diabo caso mantivesse em sua casa uma jovem tão linda, deu-lhe comida e água e a mandou embora, dizendo que não muito longe dali morava outro homem santo que poderia ensinar-lhe tudo o que ela queria. Alibeque seguiu na direção indicada e foi recebida do mesmo jeito e com as mesmas palavras por outro senhor bondoso, que lhe indicou a cela de um jovem eremita chamado Rústico. Muito bom e devoto, Rústico, assim que se inteirou dos objetivos da belíssima jovem, decidiu dar uma prova da sua força contra as armadilhas do pecado. Ao contrário dos dois homens santos, não a mandou embora. Preparou-lhe, num canto da sua cela, uma cama de folhas de palmeiras e foi dormir onde sempre dormia, sozinho. Mas não demorou muito e as tentações começaram a combater a sua fé. Rapidamente, ele concluiu que vivera iludido, e admitiu a derrota, afastando-se dos pensamentos santos e se pondo a imaginar não só a beleza da hóspede, como também o melhor meio de desfrutar dela, sem ser considerado um devasso.

Enquanto lia, Rita aproveitava a brecha de um ponto ou de uma vírgula para espiar a reação da sua platéia. De olhos fechados, o *direttore* Libório aprovava o texto com um sorrisinho. Domenico ouvia tudo sem piscar, os dois cacos caindo da boca aberta, por onde chiava a respiração. Entre as sobrancelhas, várias rugas verticais lhe espremiam idéias do cérebro.

— Depois de se certificar de que a moça era realmente ingênua, casta e virgem, Rústico elaborou um plano para convencê-la a servi-lo com o seu lindo corpo, pensando estar servindo a Deus. Primeiro, explicou-lhe que o Diabo é um grande inimigo do Criador e que a melhor forma de servir a este é mandar aquele de volta ao Inferno. "E o que devo fazer para mandar o Diabo de volta para o Inferno?", a tolinha perguntou. Rústico respondeu que ela logo ficaria sabendo, desde que repetisse tudo o que ele fizesse. Então tirou as roupas e se ajoelhou, em posição de reza, no que foi imitado por ela. Os dois ficaram assim frente a frente por alguns instantes, até que o eremita, cheio de desejo, sentiu a carne ressuscitar. Alibeque, espantada com o milagre, perguntou: "O que é essa coisa que você tem, erguida para fora do corpo, e que eu não tenho?" "Isto é o Diabo, minha filha", o eremita respondeu. "Olhe só como está perturbado. Não consigo controlá-lo." Então a moça louvou o Senhor e disse: "Minha situação é melhor do que a sua, porque eu não tenho o Diabo no corpo." "Você não tem o Diabo mas tem outra coisa no lugar", afirmou Rústico. "Essa coisa é o Inferno. Se você tiver pena de mim pelo aborrecimento que o Maldito me causa, poderá permitir que eu o mande de volta para o Inferno, prestando dessa forma um serviço a mim e outro a Deus." A moça, que finalmente encontrara aquilo que estava procurando, deu o seu consentimento e se deixou levar até o leito pelo eremita, que lhe ensinou a maneira de prender o Capeta no Inferno. "O Diabo deve ser mesmo muito ruim", Alibeque reclamou, quando sentiu a dor da primeira vez. "Até dentro do Inferno, que é o seu lugar, ele continua fazendo mal aos outros." Acontece que o Diabo voltou a incomodar Rústico outras vezes naquela noite, e o eremita teve que trancá-lo novamente no Inferno, operação que começou a dar muito prazer também à moça. "Aqueles cristãos de Capsa tinham razão ao exaltar o servir a Deus", ela disse. "Nunca fiz nada que me agradasse tanto quanto mandar o Diabo para o Inferno. Todas as pessoas que, em vez de servirem a Deus, fazem outro tipo de serviço são bobas." Com o tempo, ela passou a procurar Rústico tantas vezes por dia, para cumprir o dever de mandar o Demo para os quintos dos Infernos, que o eremita acabou perdendo todas as suas forças. Ela então começou a resmungar. Disse que estava no deserto para servir a Deus e não para ficar na ociosidade. Abatido, até porque jejuava muito, e só se alimentava de raízes e ervas, Rústico respondeu: "O Diabo só pode ser mandado para o Inferno se mostrar sua soberba erguendo a cabeça. Além disso, ele já foi castigado tantas vezes que deveria finalmente ser deixado em paz, com a permissão de Deus Nosso Senhor." Mas isso não convenceu Alibeque. Se o Diabo de Rústico não o perturbava mais, o Inferno dela, pelo contrário, não a deixava sossegada; por isso, na opinião dela, seria justo que o eremita lhe acalmasse o Inferno com o Diabo dele, já que ela havia destruído a soberba do seu Diabo com o Inferno dela. Estavam os dois vivendo esse impasse quando um incêndio matou toda a família da jovem, tornando-a herdeira única de uma grande fortuna. Ela foi levada de volta a Capsa por um valente rapaz que, interessado tanto nela quanto no seu dote, com ela se casou, para alívio de Rústico que voltou à sua vida de ermitão.

Rita fechou o caderno e Domenico fechou a boca. Entre as sobrancelhas do octogenário, formara-se um calo rugoso. Ele rearmou a carranca, ergueu o corpo de caixote em cima das botas e berrou:

— Não pense que está me enganando, Libório Tortorelli! Isso que Rita acabou de ler, e que você diz que é uma lição, é uma piada muito suja! É uma piada muito velha e muito suja! É um pecado mortal que mistura pouca vergonha com o nome de Deus! Não é coisa para ser dita por boca de moça direita!

O *direttore* pôs de pé sua elegância atoalhada e tremeu todas as vogais da sua resposta:

— Só um fascista semi-analfabeto como você, Domenico Settemiglia, seria capaz de considerar *piada suja* uma obra-prima da literatura ocidental e *pecador* o primeiro grande realista da literatura universal: Giovanni Boccaccio!!

— Esse tal desse Boccaccio é um desbocado, um boca-suja, um bocudo! Um cornudo, um *maledetto*, um *schifoso*! E você, Libório Tortorelli, em vez de ensinar lição de verdade à menina, está conseguindo, isso sim, é deixar ela falada na cidade! Isso mesmo! Por sua causa, a minha prima Rita Setemiglia tem má fama aqui em Gentiluomo Calabrese!

Libório gargalhou. Rita soltou uma risadinha nervosa. No seu cérebro assustado projetou-se uma edição vertiginosa das experiências vividas em Londres. Algumas delas poderiam, facilmente, arrepiar os cabelos de um calabrês atrasado, e até mesmo impressionar um brasileiro moderninho. Mas em Gentiluomo Calabrese o seu feito mais extravagante fora, numa atitude de respeito aos mais velhos, ouvir as piadas cabeludas do *cugino*. Se ela estava malfalada, isso se devia a alguma intriga ou então a alguma confusão.

— Diga-me, *cugino*. Eu tenho fama de quê, pelo amor de Deus? — foi o jeito mais fácil de esclarecer a dúvida.

Domenico puxou, com os grossos dedos esculpidos em argila, um envelope de dentro do bolso e o entregou à prima. O carimbo de postagem marcava o dia anterior. A carta fora enviada pelo correio de Gentiluomo Calabrese, sem a identificação do remetente. Rita leu-a em voz alta.

Rita Settemiglia

Le brasiliane sono tutte putane.
Não pense que está nos enganando. Todos nós sabemos que você

é amante do direttore *Libório Tortorelli. Vemos você entrar todas as tardes na casa dele e sair de lá horas depois, com a roupa trocada e o cabelo molhado.*

Não queremos vagabundas em Gentiluomo Calabrese. As ruas de Roma estão cheias de putas e de travestis brasileiros. Por que não se junta a eles?

De índole bem-humorada, Rita não pôde deixar de se deliciar com o conteúdo da carta. Riu muito, mas continuou nervosa. Tinha inimigos na cidade, o que lhe tornava Gentiluomo Calabrese ainda mais inabitável.

— Me dê isto aqui! Me dê isto aqui! — o *direttore* arrancou a carta das mãos de Rita e a releu, o rosto iluminando o papel como uma lâmpada.

Domenico murchou toda a valentia em tristeza:

— Quando saí de casa, Antonella estava chorando. Disse que, se não morresse logo, queria ser enterrada viva, para não ter que ver a cidade inteira dizendo que existe outra vagabunda... quero dizer, uma vagabunda entre os Settemiglia!

— Mas isto aqui deve ter sido escrito por alguma pretendente minha!... — o *direttore* observou, orgulhoso. — Mulheres apaixonadas têm ciúmes até do vento!

Domenico descansou na cadeira e apoiou os cotovelos na mesa, as mãos ajudando o corpo a suportar o peso da enorme cabeça. Depois apalpou o peito.

— Uma desgraçada que levanta calúnias contra um Settemiglia precisa ser punida — disse. — Vou contratar um detetive.

— Não há detetives em Gentiluomo Calabrese — o *direttore* riu.

— Então vou contratar um detetive de Cosenza! Isso não pode ficar assim!

O *direttore* Libório lhe serviu um copo de vinho e, com uma suavidade à qual não recorria há anos, procurou convencê-lo de que não se deve dar crédito a cartas anônimas. Quem sabe o que diz não tem vergonha de se identificar. Aquilo devia ser brincadeira de criança, intriga de mulher ou, então, vingança de algum vizinho apaixonado por Rita.

Enquanto falava, guardou, disfarçadamente, a carta dentro do seu compêndio de gramática. Estava muito contente consigo mesmo por conseguir despertar suspeitas de que pudesse fazer amor com uma jovem forte e bonita. Naquela noite, dormiu de dentadura.

O bilhete anônimo foi o empurrão de que Rita precisava para decidir deixar Gentiluomo Calabrese rapidamente, e com o apoio dos velhos que, até o dia anterior, achavam inconcebível passar o final de suas vidas sem a companhia dela. Antonella recebeu a notícia com alívio, mascando, no interior das bochechas, a idéia de que, para uma senhora na sua idade, e também para qualquer pessoa em todas as fases da vida, mais vale flutuar sozinha sobre águas calmas do que naufragar numa tormenta em boa companhia. O *direttore* Libório também não fez nenhuma tentativa de convencer Rita a continuar em Gentiluomo Calabrese, pois preferia garantir a fama de ter sido amante de uma jovem vigorosa a correr o risco de ser desmoralizado, caso ela ficasse na cidade e provasse sua inocência, ou, pior ainda, caso ela começasse a namorar um mocinho, trocando-lhe a reputação de varão pela de corno. Domenico, como Antonella, também não queria acolher uma moça de má fama, embora estivesse certo da pureza e do bom gosto de Rita, que, ele podia jurar, jamais cederia aos desejos de um poeta almofadinha como Libório. Mas sentia-se no dever de ajudá-la a recomeçar a vida em outra cidade, portanto enfiou umas roupas e outros objetos de uso pessoal numa sacola e anunciou que iria acompanhá-la a Roma.

— Dinheiro eu não tenho, mas tenho isto — o dedo de casca de amendoim cutucou o crânio imenso.

— Mas sem dinheiro, onde você vai se hospedar? — Rita perguntou, depois de esgotar todos os argumentos para convencê-lo a não ir.

— *Non preocupare. Ci penso io.*

Logo que souberam que Rita ia embora da cidade, os parentes foram visitá-la antes do almoço, cientes, sabe-se lá por que meios, de que ela nunca ficava na casa de Domenico na parte da tarde. Muito discretos, o vendedor de calçados, o açougueiro e o ex-combatente fascista não disseram nada sobre a carta anônima, que, àquela altura, já devia ser um assunto de domínio público em Gentiluomo Calabrese. E todos os três fizeram questão de presentear a brasileira com uma pequena quantia em liras.

A pedido do *cugino*, Rita não voltou mais à casa do *direttore*. Libório foi se despedir dela na frente da lareira do sogro, que não desprendeu as íris deles sequer para piscar. O *direttore*, que acabara de tingir os cabelos de preto, apertou a aluna num abraço, pressionando furtivamente a pélvis contra o corpo dela, e prometeu dedicar-lhe o seu segundo livro de poemas.

À noite, depois que Domenico já se recolhera ao seu cubículo, e enquanto Fred Astaire e Ginger Rogers despendiam esforços inúteis para, com o filme *Top hat*, proporcionar a Antonella prazer equivalente ao que lhe dera *Vacanze romane*, Cesare chegou com o seu presente de despedida para Rita. Foi o primeiro mimo que a brasileira recebeu do homem da boca de faqueiro com sincera gratidão, porque, para felicidade dela, deveria ser, finalmente, o último.

— Não abra agora — pediu Cesare, quando Rita começou a retirar o papel colorido que envolvia uma lata redonda um pouco maior do que um prato. — É para levar na viagem.

Rita foi ao seu quarto guardar o presente na mala. Ela mal podia dobrar as pernas para subir a escada, de tanto que os olhos de Cesare pesavam nas suas costas. Quando voltou, ele a levou para dar uma volta de carro na cidade.

— É uma espécie de complemento do presente — roncou.

O carro engatinhou pelas ruas tortas e apertadas, onde o vento corria e uivava para a noite fria. De vez em quando, Cesare parava para deixar um velho ou uma velha passar, eles nos seus habituais conjuntos de chapéu, pelerine e botas pretas, elas metidas em botas iguais às deles, vestidas de preto e envoltas em xales negros da cabeça até a cintura. Das chaminés, Gentiluomo Calabrese exalava o odor do seu perfume de inverno. Cesare estacionou perto da igreja e acendeu um cigarro.

— Como é bonita esta cidade! — ele admirou a silhueta da cruz da igreja contra a lua. — Você deve estar levando boas recordações daqui, não é, Rita?

— Seguramente — não havia por que contradizer Cesare Boca-de-Faqueiro e seu mau gosto extremado.

— Mas Roma também não fica atrás de Gentiluomo Calabrese em beleza, não. Em compensação, a vida lá é muito mais cara. As coisas em Roma poderão ser muito difíceis para você.

— Não me diga! — Rita lembrou-se de que poderia estar se deliciando na frente da tevê com as músicas de Irving Berlin e a dança de Fred Astaire, em vez de padecer as previsões funestas do Cesare. — Olhe aqui, Cesare, eu gostaria de voltar para casa. Estou com frio.

Ele não a ouviu.

— Para evitar que você passe dificuldades em Roma, eu posso lhe conseguir um passaporte italiano — pousou a mão no ombro dela.

Ela desviou o corpo e massageou o ombro, sobre o qual parecia ter acabado de transportar um piano. A mão de Cesare se refugiou no volante.

— Estou falando sério — ele procurou sorrir a prataria. —

O passaporte italiano vai ser o próximo presente de Cesare Settemiglia para você!
— Essa é uma notícia ótima — ela ficou meio desconfiada.
— E como isso vai ser feito? Eu vou precisar pedir os documentos que estão no Brasil com o advogado?
— Não. Você não vai precisar mexer com burocracia. Mas vai precisar entregar uma encomenda para um rapaz, em Roma.
— Só isso? Que encomenda?
— Parte dela está dentro do presente que eu lhe dei há pouco, para você levar na viagem.
— Mas eu pensei que aquele presente fosse para mim.
— E é. Quero dizer, só uma parte. Quando você o abrir, vai encontrar uma lata de biscoitos. Dentro dela, há dois pacotes, um grande e um pequeno. O pacote grande tem que ser entregue para o rapaz. O pequeno é que é o seu presente. Vale um bom dinheirinho.
— Mas que biscoito caro é esse? — ela fez ar de sonsa. Lembrou-se do que o *direttore* contara sobre Cesare, sua casinha na propriedade de um mafioso e sua vida cheia de segredos. Não ficaria surpresa se soubesse que ele andava metido em transações ilegais.
— Bom, não é bem biscoito. De biscoito ali, só a embalagem. O que está dentro dos pacotes é outra coisa. É uma espécie de produto farmacêutico. Tem uma fórmula meio complicada, vai éter, vai um negócio meio amargo, uma espécie de anestésico. É um troço muito caro e perigoso, por isso tem que ser comercializado clandestinamente.
— Aquilo é droga, você quer dizer.
Ele se remexeu no banco. A fumaça escorria do seu cigarro como chumbo derretido.
— É isso mesmo. — Cocaína.
— Ah, sei. E por que não vai você mesmo entregar o presente para o tal rapaz em Roma, em vez de mandar uma intermediária?

— Não sou eu que estou precisando de um passaporte italiano. Você pertence à minha família, e eu tenho a obrigação de ajudá-la.

— Então por que não me arranja o passaporte sem me meter no tráfico?

— Quem tem condições de providenciar o passaporte para você não sou eu. É uma pessoa ligada ao governo. Só que você tem que lhe provar que merece o favor que vai receber.

— Esse sujeito do governo é o dono da propriedade onde você mora?

— Chega de perguntas. Você não precisa saber mais nada além do que eu já contei.

— Preciso sim. Quando sai esse passaporte?

— Trinta dias depois da entrega da encomenda. E não é documento falso, não. Você vai pegá-lo no próprio Consulado italiano de Roma.

Rita massageou de novo o ombro que Cesare tinha tocado, mais para fazer fluir os pensamentos do que para aliviar as pontadas que sentia.

— Acontece que eu tenho um medo danado dessas coisas — a voz dela desfiou feito meia de náilon.

— Não tenha medo. Eu não deixaria uma pessoa da família entrar nisso se não fosse um negócio seguro.

Rita pensou mais um pouco. Cesare devia estar sendo sincero, do contrário não permitiria que ela carregasse drogas na companhia de Domenico, que teria muitos problemas até provar que não era cúmplice, caso ela fosse flagrada pela polícia.

— Está bem, eu aceito o seu... *presente*. — Mas com a condição de ter o passaporte antes.

— Acha que eu já não tinha pensado nisso também? Quero o melhor para os Settemiglia. Mas a proposta foi recusada.

Rita empurrou os olhos para dentro dos de Cesare:

— Tudo bem, vai. Eu faço a entrega. Mas o pacotinho menor eu não quero. Posso jogá-lo na privada do Domenico?

— Pode fazer o que quiser com o que é seu — os lábios arrombaram um sorriso duro de metal.

Rita e o *cugino* chegaram a Roma ao meio-dia da quarta-feira, dois dias antes da data marcada para a entrega da droga. Foram hospedados por um irmão por parte de mãe de Domenico, chamado Armando, que morava com a esposa num bairro afastado. O casal recebeu a brasileira com toda a frieza de que seriam capazes duas criaturas de sangue latino, deixando claro que ela só estava sendo admitida sob aquele teto por consideração a Domenico.

Para o octogenário, que tivera os ossos todos moídos durante a viagem, e que mal conseguira transportar a sua pequena bagagem através do metrô, o dia e o almoço terminaram juntos.

— *Vado fare un pisolino* — ele cambaleou para o quarto, de onde só saiu na manhã seguinte.

Armando, que, acompanhado pelo irmão, louvara o Duce durante toda a refeição, usou o seu parco conhecimento da língua portuguesa e da cultura brasileira para criticar as duas. Caçoou das formas anasaladas *ão* e *ões* e se enojou com as misturas gastronômicas e raciais. Para ele, juntar num só recipiente porções de pratos diferentes como arroz, feijão, carne, batata frita e salada de tomate era tão repreensível quanto misturar doce ao queijo e gente branca com preta.

— A Itália só prospera porque os italianos comem um prato de cada vez — postulou. — Enquanto continuar misturando *risi e fagioli*, o Brasil nunca sairá da miséria.

À tarde, Rita inventou que ia visitar o Coliseu e, com a ajuda de um mapa comprado na rodoviária, foi conhecer o local onde deveria entregar a droga, só para aprender o caminho com antecedência e evitar o risco de se perder pela cidade no cumprimento de uma tarefa tão perigosa. O endereço era um prédio na via Tomaso Campanella, com alguns apartamentos vagos, num dos quais, às quatorze horas da sexta-feira, ela se encontraria com o receptor sob o pretexto de estar procurando um espaço para alugar. *Vim a mando de Cesare* era a sua senha. Não precisaria dizer mais nada nem pegar dinheiro algum. Esperaria o receptor examinar a mercadoria, o que era um procedimento meramente protocolar, e então poderia ir embora.

Desde que Cesare lhe passara as instruções para a transação, Rita não conseguira mais pensar em outra coisa. O medo de meter-se com drogas estava quase tão entranhado nas suas vísceras pequeno-burguesas quanto o medo da morte, de forma que um simples tapa num fuminho conseguia deixá-la paranóica. Ora torcia para que o momento de se livrar daquela carga insuportável chegasse depressa; ora desejava que ele não chegasse nunca. Passou a primeira noite em Roma trocando sonhos maus por pensamentos ruins. Com o coração aos pulos, imaginou o ato da entrega assombrado por atrasos, mal-entendidos, abusos, flagrantes, traições e torturas. Entre um pesadelo e outro, levantou-se várias vezes para encontrar para a sua mercadoria um esconderijo mais seguro, tirando-a da mala e enfiando-a debaixo da cama, ou escondendo-a debaixo de uma blusa na gaveta, ou ainda cobrindo-a com o travesseiro, para finalmente guardá-la de novo na mala. Os donos da casa, que tinham o sono leve, perceberam toda a sua movimentação e, se não chegaram a criar suspeitas com relação ao comportamento dela, criaram ainda mais implicância.

Domenico arrancou a quinta-feira de dentro da madrugada com o seu despertar amestrado pelas lides no campo. Decidido a acordar Rita às oito horas, ele precisou inventar muito que fazer para suportar o tédio das primeiras horas matinais trancadas numa casa da cidade grande. Tentou, sem sucesso, ler o jornal do dia anterior, cujas letras se embaralharam nas suas pupilas e na sua ignorância. Tomou o seu segundo banho em duas semanas, coisa que, nas estações frias, só fazia uma vez por mês. Barbeou-se, vestiu-se, guardou todo o seu dinheiro junto com o passaporte no bolso traseiro da calça e reorganizou seus pertences dentro da sacola. Depois sentou num sofá da sala para vigiar os ponteiros do relógio.

— *Sbrigati, cugina!* Vou levá-la para conhecer Roma! — ele gritou quando chegou a hora.

Rita se espreguiçou e esfregou os pesadelos noturnos dos olhos. Viu Domenico sorrindo seus dois cacos perto da porta do quarto, esticado no seu terno de viagem cor de gelo, e debaixo de um chapéu. Esfregou de novo as pálpebras e experimentou o resultado. Seu pesadelo diurno continuava ali, perto da porta, e cheio de disposição. Ela não se preocupou em esconder o mau humor:

— Vou passear sozinha. É mais rápido.

— De jeito nenhum! — o *cugino* balançou o tronco em cima das pernas em arco. — Você não conhece Roma. Esta cidade não é como Londres e Gentiluomo Calabrese, onde as pessoas são polidas e civilizadas. Esta cidade está cheia de ladrões. É um perigo para uma moça sozinha.

— Então hoje eu prefiro ficar em casa.

— Não! Eu vou depositar o meu dinheiro no banco. Você deve ir comigo, para aprender a andar na cidade. Agora vá para a cozinha tomar o seu leitinho.

Nas ruas de Roma, quase todo mundo parecia chique aos olhos de Rita, que se sentia uma mendiga, embrulhada no seu casaco de segunda mão de punhos puídos e escoltada pelo velho calabrês desdentado. Domenico, ao contrário, estava bem satisfeito por tê-la desfilando ao seu lado. Vaidoso, detectava todos os olhares que os mulherengos espichavam para a sua *cugina*. Ciumento, vigiava todos os movimentos dela, na tentativa de interceptar algum flerte.

— Cuidado com a bolsa. Com os gatunos de Roma não se brinca! — ele lhe recomendava de vez em quando.

No vagão do metrô, apinhado de trabalhadores, os dois tiveram que viajar em pé e espremidos. Domenico precisou tirar o chapéu algumas vezes para secar o suor da testa com as costas da mão cascuda. Saiu do metrô cansado, andando devagar e apalpando o peito. Na calçada, depois de averiguar se Rita estava trocando olhares com os homens que passavam por ela, perguntou a uma senhora:

— *Scusi. È lontano da qui alla Banca di Roma?* (Desculpe, é longe daqui até o Banco de Roma?)

Não era. Não para pernas habituadas a extensas caminhadas em Londres. Mas o ar de Roma deixava pesados os pulmões do *cugino* e cambaios os seus passos, por isso ele decidiu vencer os quatro quarteirões que o separavam do Banco de Roma dentro de um ônibus.

— Vamos tomar um táxi, Domenico. Pode deixar que eu pago — disse Rita.

— Mas de jeito nenhum! Você não conhece os taxistas de Roma. São todos uns ladrões. Vão perceber que nós somos forasteiros e ficarão dando voltas e mais voltas pela cidade. *Ci penso io.* Vamos de ônibus.

O ônibus, mais cheio do que o trem do metrô, passou pelo Banco de Roma antes que Domenico e Rita tivessem tempo de se desembaraçar dos passageiros. Os dois só conseguiram saltar depois de vergarem em três ou quatro curvas.

O octogenário percorreu o caminho para o banco a passo de lesma. Andava um pouco, parava, secava o suor da testa e perguntava a um transeunte qualquer se o Banco de Roma ficava longe. Quando reparou que Rita não jogava mais os olhos em volta, mas os mantinha presos debaixo da testa franzida num ódio mudo, convidou-a a sentar-se à mesa de uma sorveteria para ouvir uma de suas piadas.

— Vou contar aquela do médico que encontrou uma peruca no estômago do paciente. Eu já percebi que é a sua preferida!

O garçom, notando que o velho e a *signorina* não estavam consumindo, mandou-os sair. Domenico bufou como uma velha locomotiva em cima das pernas finas e lhe perguntou:

— *Scusi, è lontano da qui alla Banca di Roma?*

Chegou ao seu destino uma hora e meia depois, atrás da brasileira que, por mais que tentasse rastejar do seu lado, acabava sempre se adiantando.

— *Chi va piano, va sano e va lontano* — o octogenário arreganhou nas gengivas um cansaço feliz e foi até o balcão fazer o depósito.

Meteu os dedos de tubérculo no bolso traseiro da calça para desenterrar o seu tesouro mas não o encontrou. Vasculhou os outros bolsos e puxou, de dentro deles, as mãos vazias. O couro de seu rosto despencou em rugas convexas.

— Rita, o meu dinheiro ficou com você? — ele perguntou baixinho.

— Não — ela ainda verificou a bolsa e a carteira para ter certeza.

Domenico apalpou o peito e tirou o chapéu, secando com o punho a testa encharcada:

— Então ele caiu no caminho.

— Pelo amor de Deus, não! Não me diga, *cugino*, que você perdeu todo o seu dinheiro! — Rita fingiu não perceber que Domenico tinha sido roubado.

Ele se enfiou debaixo do chapéu, escarafunchou de novo

todos os bolsos com as suas mãos de casca de árvore e confirmou, num gemido:
— Perdi todo o meu dinheiro... e o passaporte também.

Voltaram para a casa de Armando num táxi, que Rita precisou pagar, coisa que o *cugino* engoliu muito a contragosto.
— Vou ter que voltar para Gentiluomo Calabrese, *bambina* — ele encaramujou. — Você vai ficar sozinha em Roma. *Poverina!* Cuidado para não deixar cair o seu dinheirinho. Aqui não é como na Inglaterra, onde as pessoas são civilizadas e têm o hábito de devolver objetos perdidos.

Da quinta para a sexta-feira, Rita teve insônia outra vez. Na primeira hora, avaliou todas as conseqüências do ato que deveria praticar, no dia seguinte, no apartamento vago da rua Tomaso Campanella. Na segunda, ponderou todos os resultados que obteria se não cumprisse o combinado. Na terceira, chorou no travesseiro uma tempestade de dúvidas.

A noite viu pesar-lhe nas olheiras a decisão de fazer a entrega. A madrugada encontrou-a mais leve e fortemente inclinada a desistir da transação. Quando o dia entrou em faixas brancas pela janela do seu quarto, Rita já sabia que atitude tomar.

Domenico teve que pedir dinheiro emprestado ao Armando para a passagem de volta a Gentiluomo Calabrese e uns trocados à *cugina* para as pequenas despesas com a viagem. Quanto menos precisasse pedir, menos humilhado se sentiria; por esse motivo, preferiu fazer a viagem de trem, que, apesar de mais demorada e cansativa do que a de ônibus, era um pouco mais barata. Também achou melhor chegar em Gentiluomo Calabrese de surpresa, e com uma desculpa muito bem-pensada durante a viagem, para justificar, com a devida dignidade, a sua volta prematura, de forma a não ser ridicularizado por Antonella e Libório.

Tomou o trem das dez da manhã para Nápoles, onde faria

uma conexão para Síbari. Em Síbari, faria outra para Cosenza. Ali ele desceria, enquanto o trem continuaria a viagem até Aspromonte, no sul da Calábria. Para chegar a Gentiluomo Calabrese, que se situava a vinte quilômetros de Cosenza, Domenico tomaria um ônibus intermunicipal.

Como todos os veículos de transporte coletivo que *iam para*, *vinham de* ou *estavam em* Roma, o trem para Nápoles estava lotado. Domenico conseguiu um lugar numa cabine para seis pessoas, mas logo o cedeu a uma senhora muito bonita, que amamentava um bebê. Em troca da caridade, e de um ângulo mais favorável à contemplação do seio lactante, ele acabou fazendo quase toda a viagem em pé.

Quando desceu à estação, sentiu a sacola pesada demais. Calculou que o peso dela tenderia a aumentar na proporção do seu cansaço, durante as baldeações que faltavam, e achou que, por isso, talvez fosse melhor jogar fora os objetos pessoais menos úteis. Logo de cara, antes de entrar no seu vagão, passou por uma lata de lixo e largou, ali dentro, um vidro com solução para gargarejo pela metade.

O vagão estava quase vazio. Domenico se acomodou numa cabine e continuou a seleção dos objetos dispensáveis. Assim que o trem começou a galopar, um jovem de cabeça raspada e argolas nas orelhas largou-se no banco que ficava de frente para o velho calabrês e deixou os olhos xeretarem na sua sacola aberta.

No assento ao seu lado esquerdo, Domenico separou o vidro de remédio para pressão alta, que estava cheio há muitos anos porque nunca fora aberto, o aparelho de barbear descartável, que estava quase cego, o velho par de chinelas, que já tinham as solas furadas, e o presente que Rita mandava para o Cesare. Era uma lata redonda de biscoitos, um pouco maior do que um prato, e embrulhada para presente em papel colorido. Como pesava! E que volume fazia! Domenico tinha certeza de que Rita não se importaria se ele embrulhasse os biscoitos no papel de presente e jogasse a lata fora. Cesare se importaria ainda menos, pois nunca fora de cerimônias. O que importava eram os biscoitos; lata, embalagem, essas coisas ninguém comia. Se os biscoitos murchassem, poderiam recuperar a consistência depois de alguns minutos sobre uma bandeja, perto da lareira.

Domenico desembrulhou o papel de presente com a delicadeza que lhe permitiam as mãos de adobe e o estendeu como a uma toalha de mesa sobre o assento ao seu lado direito. Depois abriu a lata para despejar os biscoitos sobre ele. Nenhum dos seus movimentos escapou aos olhos do jovem careca, que, pelas frestas das pestanas baixadas, tudo bisbilhotavam, como os focinhos de dois perdigueiros.

Dentro da lata, havia um bilhete. Domenico fechou um olho de cada vez e, espremendo o globo ocular nas pálpebras, conseguiu decifrar os dizeres:

Cesare

Mudei de idéia. Faça a entrega você mesmo. E obrigada por tentar me ajudar.

Rita

O octogenário dobrou o bilhete, devolveu-o à lata e tateou o pacote. "Mas que biscoitos esquisitos!", pensou. "Parecem estar pulverizados. Será que se esmigalharam com os trancos da viagem?"

Abriu-o. O que era aquilo? Polvilho? Farinha? Açúcar? Olhando, assim, Domenico não sabia dizer o que era. Mas, se cheirasse...

Enfiou o nariz dentro do pacote e inspirou profundamente.

Única testemunha da cena, o jovem careca arregalava tanto os olhos que talvez pudesse enxergar tudo o que se passava num ângulo de 360 graus. Domenico perdera as íris, que, rodopiando, sumiram atrás dos seus olhos, transformados em dois ovos brancos. Nos seus lábios, brilhava um fio de baba. Tinha as mãos crispadas, uma apertada contra o peito, e a outra soltando devagar o pacote com a substância esfarinhada. O careca aparou o pacote com as dele, cobertas por umas luvas surradas de lã, e o fechou de novo dentro da lata, que guardou na própria mochila. Depois largou-se de novo no seu banco e fingiu dormir.

Domenico estrebuchou um pouco e, num último estertor, tombou de boca aberta sobre as pernas do careca, fincando-lhe os dois cacos no joelho. Num pulo, e esbugalhando olhares rápidos à sua volta, o jovem deitou o corpo do velho sobre os assentos vagos e fechou-lhe os olhos. Vasculhou sua sacola e revistou seus bolsos, achando uma carteira. Contou os trocados e devolveu-a ao dono com todo o seu conteúdo miserável. Jogou o papel de presente pela janela, enfiou de novo na sacola o remédio para pressão alta, o aparelho de barbear e as chinelas, fechou-a e colocou-a sob a cabeça de Domenico, à guisa de travesseiro. Depois largou-se novamente no seu banco. Quando o trem parou em Síbari, agarrou a mochila, saiu da cabine, fechou-a e desceu à estação, de onde viu a composição carregar o cadáver para o extremo sul da Calábria.

Rita deixou a casa de Armando assim que Domenico saiu de viagem para Gentiluomo Calabrese. O anfitrião e sua esposa tinham tanta pressa de se livrar da brasileira que lhe recomendaram que, enquanto ela não encontrasse um quarto para alugar, deixasse sua mala no depósito de bagagem da Stazione Termini. Rita também estava tão ansiosa para se libertar da teia de aranha venenosa que era a ajuda dos parentes que agradeceu a idéia com lágrimas nos olhos. Na estação, separou umas calcinhas e duas camisetas numa sacolinha plástica de supermercado, depositou sua mala a dois dólares por dia e, como o serviço de informação ao turista estava fechado, pediu num guichê da polícia o endereço de algum hotel próximo e barato.

Abriram lá uma lista e me indicaram um tal de um Hotel Marisa, ali perto. Um guarda gordinho, de cara redonda e nariz boludo, me acompanhou com a desculpa de que era perigoso mulher andar sozinha naquela região. Para provar que falava a verdade, me mostrou um povo esquisito, espalhado numa praça em frente à estação. Eram uns sujeitos escurinhos, pobres-pobres-pobres de marré-marré-marré. "São marroquinos", o guardinha me disse. "Cuidado com eles. Alguns são batedores de carteira e ladrões de bolsa." Depois, na hora de atravessar a rua, ele me pegou pelo cotovelo, me puxou, me empurrou, me apalpou, como se eu fosse uma ceguinha, e me passou a maior cantada. Como nesse Hotel Marisa não havia quarto para solteiro vago, ele quis porque quis rachar o aluguel de um quarto para casal. Eu disse "Não!" (aprendi na Inglaterra) e, quando virei as costas, ele sapecou, habilmente, uma sonora bicota na minha nuca!

Acabei conseguindo um quarto de solteiro em outro hotel, mas continuei mantendo a minha bagagem na Stazione Termini, na esperança de tirá-la dali no dia seguinte, quando, havendo justiça neste mundo, eu já teria achado um quarto de aluguel. Doce ilusão, minha filha. Pouca gente quer alugar imóvel ou dar emprego para as brasileiras porque, aqui em Roma, nós temos fama de putas e de embusteiras. E olhe que não foi por falta de procurar, não! Nem tive tempo de fazer turismo, batendo perna o dia inteiro atrás de tudo quanto é anúncio do Porta Portese. E precisa ver cada cumbuca em que fui meter a mão!

*A mais esquisita foi quando eu respondi a um anúncio procurando uma "*ragazza alla pari*" para pessoa só, que pagava o dobro do que se costuma pagar na Itália. A "pessoa só" era um italiano superescroto de seus quarenta e cinco, cabelo mal tingido de ruivo, dentes pretos, maus modos e viciado em charutos fedorentos. Em vez de mostrar a casa e dizer o que eu tinha que fazer, me fez sentar na* *cama, perguntou sobre os meus namorados e investigou o meu relacionamento com os produtores de cinema. Nisso chegou uma irlandesa muito catita que não falava nada de italiano; como o escroto também não falava nada de inglês, ficou aquela enrolação, até que ele me pediu que traduzisse uma coisa para ela: "Diga a essa irlandesa que eu quero fazer amor com vocês duas agora mesmo." Levantei, expliquei a situação para a mocinha e, indignadas, raspamos todas as duas dali com dois quentes e três fervendo. Na rua, quase chorando, ela me contou que tinha acabado de largar um serviço de* au-pair *em Roma porque era tratada feito escrava. Até hoje, Samiroca, me pego imaginando a rotina daquele italiano falso-ruivo vivendo de anunciar empregos no Porta Portese para seduzir estrangeiras desavisadas, entre uma e outra baforada dos seus charutos fedorentos.*

Outra arapuca foi um anúncio recrutando estrangeiras de boa aparência e sem prática para trabalharem num bar, no horário das 23:00 às 5:00. Imaginei que as vagas fossem para garçonetes. Cheguei no tal do bar e, enquanto esperava a entrevista, reparei que todas as freqüentadoras seguiam o mesmo padrão de vestir, qual seja, microssaia justa, meias finas e decote. E muita maquiagem. Desconfiei de que não era garçonete que o gerente do bar estava querendo, mas mesmo assim esperei para confirmar. O sujeito que me entrevistou era um grosso. Me deu uma examinada de alto abaixo e perguntou a minha idade. "Trinta", eu disse. "No, non mi va bene", ele respondeu, sem o menor salamaleque. Saí de lá na certeza de que ele estava recrutando moças de programa, e, embora eu não queira ser puta, fiquei ofendidíssima por não ter sido selecionada. De vez em quando, Samiroca, eu me pego matutando que o que me reprovou foi a idade, e não o meu sex appeal, *e que se eu tivesse dito que tinha vinte e um, certamente teria sido admitida naquele bordel.*

Uma tarde, enquanto eu esperava um bonde perto da Stazione Termini, um velho puxou assunto comigo e se apresentou como Jacó, de Bagdá. Disse que trabalhava nas Nações Unidas. Me propôs um bico de uma semana na casa dele, que consistia em separar uns documentos velhos de uns novos, e depois me convidou para jantar. Como eu estava com cara de desconfiada, ele me ofereceu dinheiro, dizendo que eu não precisaria fazer nada que não quisesse, e ainda prometeu que, com os contatos que ele tinha, eu facilmente encontraria trabalho em Nova York. Não aceitei nenhuma oferta mas, no dia seguinte, telefonei para vários setores das Nações Unidas, disposta a conversar melhor com o velho sobre aquele bico de uma semana. Todo mundo me respondeu que não tinha nenhum Jacó lá. Vira e mexe, Sami, eu me surpreendo matutando na lábia desse velho, que deve levar esse papo de Nações Unidas com todas as imigrantes que ele vê paradas nos arredores da Stazione Termini.

Apesar de batalhar o dia inteiro, tudo o que eu tenho conseguido até agora é ver os meus caraminguás se esvaindo nas diárias do hotel. Para economizar pelo menos na alimentação, procurei uma entidade chamada Centro Accoglienza agli Stranieri, mantida pela Igreja, que distribui comida boa, farta e gratuita para os necessitados. Me mandaram comparecer às oito horas, munida de documento e três fotos 3x4, para preencher um formulário e fazer uma entrevista dizendo que eu era pobre. Bom, eu cheguei lá às sete e pouco da manhã, crente e abafando que ia ser a primeira a ser atendida, e o que foi que eu vi? Um povo parecido com os marroquinos dos arredores da Stazione Termini, todo amontoado e agarrado às grades do portão, empunhando passaportes e berrando sem parar. Gozado é que eles ficavam grudados um no outro, feito uma massa humana, enquanto, em volta, sobrava espaço para se organizarem. Não eram muitos, dava bem para fazerem uma fila. Mas eles se comportavam como macacos agarrados à jaula e gritando por comida. Me meti no meio deles, fazer o quê? Não podia dar uma de pobre orgulhosa. Consegui agarrar uma barra da grade e ali fiquei, esticando o braço com o passaporte na mão. Senti cheiro de cecê, chulé e mau hálito. Fiquei com tanto medo de pegar piolho da pobraiada que meu couro cabeludo começou a coçar. Agüentei aquela situação durante uma hora. Aí matutei. Se para pegar um formulário era aquela selvageria, que dirá para pegar um prato de comida. Virei as costas e fui embora, decidida a só voltar ao Centro Accoglienza agli Stranieri quando estivesse passando fome. Mais tarde, fiquei sabendo que a pobraiada era formada por africanos, marroquinos, filipinos e ciganos poloneses.

Tenho saudades da organização de Londres. Roma pode ser linda, mas é uma bagunça, o que torna a minha vida ainda mais difícil. Ninguém faz fila, ninguém respeita pedestre, ninguém sabe dar informação, ninguém tem educação. Até para ser atendida numa padaria você tem que mostrar que é macha. Tem que chegar de nariz empinado, botando banca, falando grosso, mostrando que é poderosa. Senão, a italianada passa toda na sua frente e o vendedor parece que fica com mais raiva ainda e nem te atende.

Amanhã vou procurar socorro na Embaixada brasileira. Diz que lá tem um mural onde a brasileirada prega um monte de anúncios de moradia e de trabalho. Minha intuição diz que daquele mato vai sair coelho.

Na frente do mural da embaixada, que fica na praça Navona, Rita preparou a agenda e um lápis para anotar os anúncios do seu interesse, mas acabou deixando a folha em branco. Ali não se ofereciam empregos, mas mão-de-obra, e nem quartos, mas candidatos a dividirem um aluguel com quem já estivesse instalado. Para não perder a viagem, ela se anunciou também, deixando no papel o telefone do seu hotel, e foi até a portaria tentar arrancar mais informação de uma recepcionista arisca como um mosquito.

— Mas eu não acredito! Rita! — uma voz feminina passou-lhe uma rasteira por trás.

Muito morena dentro da sua japona, e abrindo as asas de albatroz para apertar Rita num abraço, apresentou-se a Baiana:

— Achei que você estivesse morando em Londres! Ainda lembra de mim?

Mas nem que seu cérebro tivesse se dissolvido dentro do

crânio Rita deixaria de se lembrar da trambiqueira que conhecera no Covent Garden e que conseguira conquistar o maravilhoso Michael, de Nova Orleans.

— Baiana! O que é que você anda fazendo em Roma? — Rita experimentou naquele abraço uma fantasia de amor com o americano dos olhos turquesa.

— Ainda não estou fazendo nada porque cheguei anteontem. Mas já vou começar a fazer.

Baiana tinha enjoado do frio londrino e resolvera conhecer a Itália. Em Roma, dormiu a primeira noite num hotel e, de manhã, foi fuçar oportunidades na Embaixada brasileira. Em poucos minutos, descolou um bico com uma feminista italiana que estava organizando uma mostra de filmes de mulheres sul-americanas num cineclube em Florença.

— Mostra de filme de mulher sul-americana? Mas isso é comigo! — Rita pulou. — Me apresente a essa feminista, Baiana de Deus!

— Lógico! Hoje mesmo, se você quiser. Estou hospedada na casa dela.

— Com o Michael? — as pupilas de Rita incendiaram.

— Não. Ele ainda está em Londres. Vai se encontrar comigo em Florença, durante a mostra.

Rita sentiu a inveja ricochetear nas paredes das veias:

— E que bico foi esse que você arrumou com a feminista, logo no segundo dia?

— Eu vou fazer a tradução simultânea dos filmes. O dinheiro não é muito, mas, como terei estada grátis num hotel quatro estrelas durante uma semana, vou aproveitar e vender para os hóspedes uns produtos indianos que trouxe de Londres, além de fazer umas massagens — ela destroçou todas as moléculas de oxigênio ao redor com as hélices dos braços.

— Mas como você vai fazer a tradução simultânea dos filmes se não sabe italiano nem espanhol?

— E precisa? É tudo a mesma coisa. Além disso, a mostra vai acontecer só daqui a uma semana. Até lá, já vou ter aprendido italiano suficiente.

Pela primeira vez desde que chegara a Roma, Rita se sentiu relaxada o bastante para se permitir um desfrute turístico, e foi vagabundear com a Baiana dentro da igreja e em volta das fontes da praça Navona, que naquela época se enchia de barracas de petiscos e badulaques.

— Esta praça já foi um espaço para competições esportivas há quase dois mil anos — os braços da Baiana abarcaram toda a região ao redor. — E no século XVII, vira e mexe ela era toda alagada, para os nobres poderem brincar na água. O nome Navona apareceu nessa época. Navona vem de *nave*, que em italiano quer dizer...

— Navio — Rita cortou, irritada por ver a picareta despejando cultura em cima dela, e desconfiada de que ela estivesse inventando tudo.

As duas xeretaram um pouco as barraquinhas e Rita se despediu, deixando a Baiana em negociações com o responsável pela barraca de algodão-doce, para quem ela propôs fornecer algumas dúzias de potinhos de bananada.

À noite, Rita foi apresentada à feminista Paola Mangiapane, na sua casa de três quartos na via Tiburtino, perto de um cemitério. Um pouco passada dos quarenta, Paola parecia ter sido parida pela pena de um caricaturista. Usava um quepe de soldado, sob o qual escorriam os compridos cabelos acaju, calçava botas de vaqueiro com esporas e enxergava através de uns óculos de brinquedo modelo gatinho, cuja armação plástica, enorme e revestida de pedrinhas brilhantes, parecia uma máscara de carnaval. Líder do movimento feminista italiano durante muitos anos, abandonou a militância e assumiu publicamente o seu lesbianismo, para o desgosto do pai, um austero deputado do Partido Comunista. Sem verba para custear a vinda de qualquer realizadora sul-americana até Florença, viu na presença de Rita Setemiglia um recurso para dar ao seu evento uma animaçãozinha extra, ainda que Rita fosse pouco famosa, e ainda que fosse curta-metragista. Como pagamento, ofereceu-lhe hospedagem na sua casa durante a semana que faltava para a mostra.

Roma, dezembro.

Caro cugino
  Hoje fui jogar uma moeda na Fontana di Trevi e resolvi mandar este cartão com a fotografia dela para você.
  Tenho tido sorte em Roma. Estou hospedada na casa da filha de um deputado. Na semana que vem, iremos juntas para Florença, a trabalho.
  Lembranças e saudades

Rita
Via Tiburtino, 35, interno 12.

A primeira coisa que Rita fez, logo que Paola Mangiapane pôs um dos quartos à sua disposição, foi reaver sua mala no depósito de bagagem da Stazione Termini. Quando a abriu e entrou em contato com os seus pertences, dos quais estivera separada durante dez dias, experimentou uma sensação doce e morna de conforto doméstico. Escolheu roupas limpas, usou seus cremes, cortou as unhas dos pés com a sua tesourinha, lixou os calcanhares com a sua pedra-pome e depilou o buço com um resto de cera que comprara na Inglaterra. A proximidade dos seus objetos, a companhia da conterrânea e a associação com a cinéfila ajudaram-na a reconstituir os pedaços de sua alma que tinham se esfarrapado nos galhos secos do exílio.

Todas as manhãs, a casa da feminista italiana respirava o

cheirinho mole, meigo e ingênuo do doce de banana da Baiana cozinhando na panela. Rita ajudava a amiga a colocá-lo em potinhos plásticos e, ainda antes das nove horas, ia com ela entregá-los na barraquinha de algodão-doce, na praça Navona. Depois as duas iam conhecer os famosos tesouros arquitetônicos de Roma que, de tão antigos, arruinados e despedaçados, lembravam a Rita o sorriso do *cugino*. Nesses passeios, a Baiana pedia à amiga que conversasse com ela em italiano e lhe corrigisse os erros. Rita lhe ensinava tudo o que ela queria e, de vez em quando, ensinava uma ou outra coisinha errada, só de birra.

À noite, Rita dormia limpo, feliz e gostoso, sonhando com os elogios de Michael aos seus curtas-metragens, em Florença.

Roma, dezembro.

Querido Zeca
Surpresa!!!! Estou em Roma, sim, sã e salva, graças a Deus Nosso Senhor Jesus Cristo.
Lembrei de você, hoje, enquanto olhava umas estátuas mutiladas no Fórum Romano. Pensei: "Vou mandar um cartão-postal para o meu amigo ortopedista."
Daqui a três dias vou para Floren

— Rita, tem um senhor aqui querendo falar com você! — a Baiana gritou da sala.

Rita escreveu *ça* e saiu do seu quarto para ver quem era. Já da porta, enxergou a longa pelerine negra igual às que os velhos de Gentiluomo Calabrese usavam no frio e, entre ela e um chapéu preto, o sorriso plúmbeo do Cesare. Andou até ele uns passos pesados e sofreu, nas duas bochechas, os beijos rangentes de porta enguiçada.

— Isto aqui é para você — ele lhe entregou um envelope

contornado de verde e amarelo. — Chegou logo depois que você e papai saíram de Gentiluomo Calabrese.

Era uma carta de Teca, a amiga de Rita que amava os imberbes. Rita agradeceu e sugeriu ao Cesare que fossem conversar em seu quarto.

— Prefiro dar uma volta lá fora — roncou a voz enfadonha.
— Tem um cemitério muito bonito aqui perto.

Rita deixou a carta ainda fechada em cima da cama, vestiu o casaco e saiu com Cesare para a sua ronda indigesta.

Fazia um frio de dar constipação em gelo. Cesare afundou o piso da calçada com o peso dos seus passos e parou na frente do cemitério. Acendeu um cigarro, admirou a escuridão que abrigava a morte e disse:

— Tenho uma notícia ruim para lhe dar. Papai faleceu.

— Oh, pobrezinho! — Rita exagerou um pouco. — E como foi?

— Morreu dormindo, graças a Deus. Estava no trem, voltando de Roma para Gentiluomo Calabrese. Seu corpo foi encontrado na estação terminal de Aspromonte, no extremo sul da Calábria. Só ficamos sabendo de tudo na semana passada. Ele estava sem o passaporte, por isso a polícia levou muitos dias para identificá-lo.

— A polícia?! — Rita gelou. — E a polícia encontrou a droga que estava com ele?

— Droga?

— A lata de biscoitos com o pacote cheio do tal produto farmacêutico. Eu a mandei de volta para você, através do *cugino*!

— Ah, então agora você chegou à outra questão que me trouxe até aqui. Diga a verdade. O que você fez com a droga?

— Já falei! Será possível que você não acredita em mim?

— Não precisa mentir, Rita. Você pertence à minha família. Eu sempre quis ajudá-la e continuo querendo.

— Mas eu não estou mentindo! Domenico ia entregar a lata de cocaína para você, intacta, embrulhada para presente e tudo! A polícia deve ter encontrado a muamba junto com o corpo, deve ter lido o bilhete que eu mandei junto e agora deve estar me procurando para me prender!!

Começou a chorar. Cesare derrubou na cabeça dela olhos tão carregados de piedade que ela sentiu estourar as têmporas.

— Você é uma criança tão tontinha, Deus meu! — lamentou ele. — Provou que não merece confiança. Entenda uma coisa: tanto faz se você vendeu a droga para ficar com o dinheiro, ou se a jogou no Tevere, ou se a deixou com o papai. O fato é que você não fez a entrega combinada. O homem ligado ao governo que ia lhe arranjar o passaporte se sentiu traído. Agora ele quer que você pague pelo seu erro.

— O que é que vai acontecer comigo? — a cara de Rita inchou lágrimas vermelhas.

— Você vai ter que deixar a Itália.

Rita aspirou a mucosa do nariz e enxugou o rosto nas mangas puídas. Pensou no projeto de exibir seu trabalho em Florença e rever Michael, e depois lembrou-se dos escombros do Coliseu e dos cacos do *cugino*.

— Posso ir só depois do Natal?

— Não. Tem que ir amanhã.

— Mas eu não tenho um tostão para a passagem!

— A passagem vai ser presente meu.

— Está bem. Talvez eu deva ir para Lisboa, então. Pelo menos falo a língua deles.

— Não. Você tem que sair da Europa.

— Então vou para os Estados Unidos. A Baiana, aquela que abriu a porta para você, tem um namorado americano...

— Eu não expliquei direito. O homem decidiu que você tem que voltar para o seu país.

— Voltar para o Brasil? Mas eu não quero! Não faz nem um ano que eu saí de lá, numa depressão lascada!

— Rita, eu estou tentando ajudar você. O homem queria lhe aplicar um castigo pior. Tive que negociar com ele.

— *Cazzo*, Cesare, pela Porta Maggiore! Que castigo pode ser pior do que voltar ao Brasil na minha situação?

Cesare espichou os lábios para as laterais, como se fosse sorrir, mas a barreira escura dos dentes metálicos lhe deteve o movimento da boca pela metade.

— Você pensa que os meus dentes sempre foram assim? — a voz dele se desenterrou da garganta, áspera e soturna.

Rita deixou o vento adoçar o rosto salgado pelas lágrimas. Cesare retirou um envelope comprido do bolso e o entregou para ela.

— O meu presente, querida. Boa viagem.

Rita agradeceu e examinou as folhas fininhas. Era uma passagem para São Paulo, só de ida, na classe econômica, e no vôo das sete horas da manhã seguinte.

Epílogo

São Paulo, novembro.

Querida Ritinha
　Todos estamos torcendo para que você já tenha arrumado um emprego. Mas, se ainda não conseguiu nem um só porque não tem o passaporte italiano, alegre-se! Tenho uma ótima notícia.
　Ontem eu conheci uma arquiteta que tinha o mesmo problema que você. O sobrenome dela era Abruzi, com um "z" só, enquanto o do avô italiano era Abruzzi, com "zz". Ela contratou um advogado que providenciou só a correção das certidões pedidas pelo consulado, quer dizer, aquelas que provavam a ascendência italiana dela. Mais nenhuma, entendeu? E hoje ela tem o passaporte italiano! Aquele seu advogado, o Dr. Feitosa, estava por fora quando disse que precisaria mandar pôr "tt" em todos os documentos da família Setemiglia inteira. Demita-o!!!
　Se você quiser, posso pegar de volta os seus documentos que estão com esse picareta e passá-los para o advogado da Abruzzi (hoje com "zz"!). E cuidado! Ela me contou que, mesmo de passaporte italiano, comeu o pão que o diabo amassou para conseguir emprego na Itália. Demorou sete meses para obter uma colocação num hotel como recepcionista, ela que é arquiteta formada pela USP e poliglota! Acabou se enchendo o saco e voltando.
　Outra notícia maravilhosa: estou de casamento marcado, no civil e no religioso, para o ano que vem. Não é o máximo? Por mim, casava agora, mas é que o noivo só vai completar dezoito anos em julho. Você

ainda não o conhece, mas será apresentada a ele durante a nossa lua-de-mel, em Roma. Até lá, você já vai estar estabelecida na Itália, e dirigindo uma ambiciosa co-produção ítalo-americana! Tenho certeza!

Muitos beijos,

Teca

Se estiver interessado em receber sem
compromisso, *grátis* e pelo correio, notícias sobre os
novos lançamentos da Record e ofertas
especiais dos nossos livros, escreva para

**RP Record
Caixa Postal 23.052
CEP 20922-970, Rio de Janeiro, RJ**

dando seu nome e endereço completos,
para efetuarmos sua inclusão imediata no
cadastro de *Leitores Preferenciais*.
Seja bem-vindo.
Válido somente no Brasil

Este livro foi composto na tipologia A
Garamond em corpo 12/14, impresso em
papel offset 75g/m no Sistema Cameron da
Divisão Gráfica da Distribuidora Record